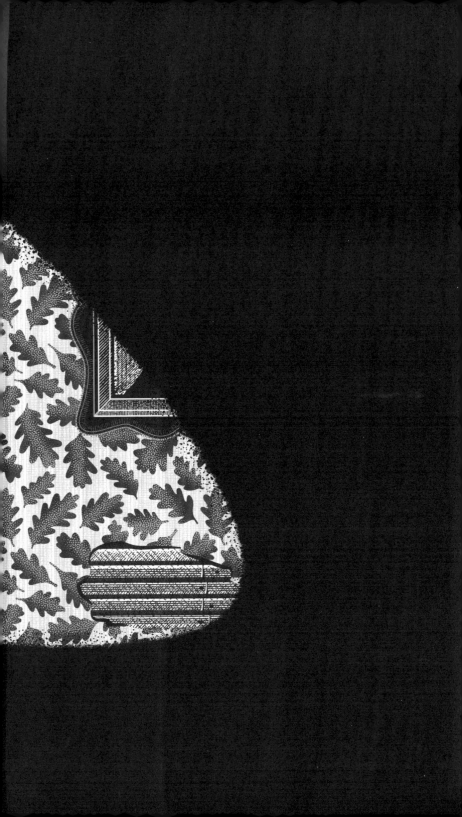

룩헤이븐

1 괴물들이 사는 저택

툭헤이븐

1 괴물들이 사는 저택

파드라이그 케니 글 · 에드워드 베티슨 그림 · 김경희 옮김

비룡소

THE MONSTERS OF ROOKHAVEN
First published 2020 by Macmillan Children's Books an imprint of Pan Macmillan
Text copyright © Pádraig Kenny 2020
Illustrations copyright © Edward Bettison 2020
All rights reserved.

Korean Translation Copyright © 2025 by BIR Publishing Co., Ltd.
Korean edition is published by arrangement with MACMILLAN PUBLISHERS INTERNATIONAL
LIMITED through EYA Co., Ltd.

캐서린, 폴, 프랜, 진에게

차례

미러벨

이닉 삼촌

일라이자 이모

오드

기디언

버트럼 삼촌

도티와 데이지

피글릿

1장

뜻밖의 만남

미러벨

미러벨은 정원에서 꽃에게 뼈다귀를 주고 있었다.

미러벨보다 키가 큰 꽃들이 간단간단 몸을 흔들며 밤공기를 들이마시고 주변 냄새를 킁킁 맡았다. 나무 기둥만큼 두꺼운 줄기를 끼익끼익 움직이며 먹이를 먹을 때면 꽃잎이 맞부딪치면서 부드럽고 축축한 소리가 났다. 키는 180센티가 넘지만 모두 아직 보살핌이 필요한 어린 모종들이었다. 어린 꽃들은 총총한 별빛을 받으며 열심히 고개를 두리번거렸다. 산들바람 한 줄기가 불어왔다. 미러벨은 숨을 깊이 들이마셨다. 따뜻한 대기에서 풀내음이 났다. 등 뒤의 커다란 저택에서 온종일 잠자던 이들이 깨어나는 기척이 느껴졌다.

문득 검은 그림자가 달을 가로질렀다. 가벼운 날갯짓과 함께 땅에 발을 디디는 소리가 들리자, 미러벨은 방긋 미소를 지었다.

"이녁 삼촌, 왔어요?"

이윽고 검은 옷차림의 남자가 어둠 속에서 모습을 드러냈다. 남자가 걸음을 떼자, 등에 달린 날개가 어둠 속으로 스르르 사라졌다. 이녁이란 남자는 키가 컸으며, 창백한 얼굴에 길고 높은 코가 인상적이었다. 새카만 머리칼은 이마 위로 브이(V) 자를 그리며 말쑥하게 손질되어 있었다. 전체적으로 근엄한 분위기를 풍겼지만, 남자의 두 눈에는 진심 어린 온정이 담겨 있었다.

"그래, 미러벨. 밤공기가 좋구나. 낮에는 어땠니?"

미러벨은 못마땅한 목소리로 대답했다.

"햇살이 쨍쨍했어요."

이녁 삼촌이 고개를 절레절레 흔들었다.

"저런."

이녁 삼촌은 미러벨 옆에 놓인 양동이에서 뼈다귀를 집어 들어 꽃들이 있는 쪽으로 휙 던졌다. 대번에 무리 중 하나가 잽싸게 튀어나와 허공에서 뼈다귀를 잡아챘다. 그러자 분통이 터진 이웃 꽃들이 뼈다귀를 얻은 꽃을 쉿쉿 소리 내며 위협하더니 이내 돌아서서 고개를 다시 까딱여 댔다.

"녀석들이 많이 주린 모양이야."

이녁 삼촌의 말에 미러벨이 어깨를 으쓱이며 대답했다.

"애들은 늘 배고파하잖아요."

"그래, 어린아이처럼 늘 배고프다고 보채지. 그런 점에서 버트럼과 비슷하달까. 그래도 식사 예절은 이쪽이 그나마 나은 편이지."

미러벨은 다시 양동이에서 뼈다귀를 집어 들었다. 조금이지만 고기와 연골이 아직 붙어 있었다. 미러벨은 잠시 뼈다귀를 이리저리 돌리며 찬찬히 살펴보았다. 이녁 삼촌은 그런 미러벨을 가만히 지켜보다가 말을 꺼냈다.

"너도 먹어 보지 그러냐."

미러벨은 고개를 가로저었다. 가족들과 달리 미러벨은 배고픔을 전혀 느끼지 않았다. 가족들은 자주 허기와 식욕에 대해 이

야기했지만, 미러벨은 그 말이 무슨 뜻인지 이해하지 못했다. 어떠한 형태로든 허기라는 걸 느낀 적이 없었으니까. 미러벨은 잠도 자지 않았다. 가족 대부분이 잠드는 낮에도, 바깥세상 인간들이 잠드는 밤에도 미러벨은 잠을 자 본 적이 없었다.

미러벨은 가장 가까운 꽃을 향해 뼈다귀를 높이 들어 올렸다. 꽃이 미러벨 쪽으로 머리를 쭉 내밀자, 뒤에서 긴장한 이녁 삼촌의 목소리가 들렸다.

"조심하거라."

"괜찮아요."

미러벨은 방긋 웃으며 꽃에게 뼈다귀를 가까이 가져갔다. 꽃이 천천히 고개를 숙였다. 동료 열두어 송이도 구경하려는 듯 함께 목을 쭉 뺐다.

꽃이 미러벨의 손끝을 향해 다가오며 봉오리를 쫙 펼쳤다. 꽃잎과 꽃자루가 만나는 지점에서부터 입이 쩍 벌어지더니 그 안에 줄지어 선 날카로운 이빨이 드러났다. 미러벨은 능숙한 손짓으로 뼈다귀를 휙 던졌다. 꽃이 허공에서 잽싸게 먹이를 잡아채더니 미러벨에게 고개를 가까이 들이댄 채 뼈다귀를 우적우적 씹어 먹었다. 미러벨이 매끈한 가죽 같은 꽃잎을 쓰다듬어 주자, 꽃은 미러벨의 볼에 머리를 비비며 애교 부리듯 콧소리를 냈다. 다른 꽃들이 하나둘씩 행동을 본뜨더니 이내 모든 꽃이 부드러운 콧소리를 냈다. 미러벨은 빙그레 웃음이 났다.

"그나저나 삼촌, 여긴 어쩐 일이세요?"

이녁 삼촌은 몸을 곧추세우며 뒷짐을 졌다.

"전할 소식이 있단다."

웃음기가 배어 나오지 않게 참으려는 듯 이녁 삼촌은 짐짓 입을 앙다물었다.

미러벨은 인상을 찌푸리며 되물었다.

"무슨 소식인데요?"

"이번 주 내내 스피어 하나가 아무래도 예사롭지 않아 보이더구나. 내 짐작이 맞은 듯해. 조만간 아주 보기 드문 일이 일어날 모양이야."

"어머나!"

손에서 뼈다귀가 툭 떨어졌지만, 미러벨은 전혀 알아차리지 못했다.

"누가 오는군요!"

이제는 이녁 삼촌도 싱글싱글 웃음을 감추지 않았다.

"새로운 누군가가 오는 거죠?"

미러벨의 목소리가 갈라져 나왔다. 이녁 삼촌은 고개를 끄덕이며 대답했다.

"그래. 새로운 누군가가 오고 있단다."

미러벨은 순간 가슴속이 파르르 떨리는 듯한 느낌을 받았다. 심장이 세차게 고동치기 시작했다.

17

"그동안 이런 적이 없었잖아요. 내가⋯⋯."

이녁 삼촌이 대신 말을 맺었다.

"그래, 네가 온 뒤로 처음이지."

"모두에게 소식을 알려야겠네요."

"네가 전하렴."

미러벨은 고개를 끄덕여 답하면서도 여전히 기분이 얼떨떨했다.

"다들 최대한 빨리 빛의 방에 모여야 한다."

이녁 삼촌은 벌써 저택 뒷문을 향해 달리고 있는 미러벨을 향해 소리쳤다.

"피글릿에게는 알리지 마라."

"왜요?"

"피글릿이라면 이미 알 수도 있어. 그래도 너무 흥분시키지 말자꾸나."

미러벨은 고개를 끄덕였다.

"오드는요? 지금 어디에 있어요?"

이녁 삼촌은 그걸 어떻게 알겠냐는 듯 어깨를 으쓱이며 대답했다.

"어디서든 오고 있겠지."

미러벨은 부리나케 저택 안으로 뛰어 들어가 부엌을 가로질렀다. 사용한 지 오래되어 먼지가 켜켜이 쌓인 부엌에는 낡은 식탁만이 덩그러니 자리를 차지하고 있었다. 문이 빼꼼 열린 찬장은 텅 비었고, 조리대 위에는 이 나간 사기그릇 하나만 쓸쓸히 놓여 있을 뿐이었다.

문득 찬장 위에서 뭔가 움직이는 듯한 기척이 났다. 미러벨이 고개를 들었더니 한쪽 눈이 먼 까마귀가 미러벨을 내려다보고 있었다. 마치 주인이라도 되는 양 저택을 유유히 드나드는 녀석이었다. 늙고 볼품없는 새는 멀쩡한 눈을 깜박이며 미러벨을 쳐다보았다. 시력을 잃은 반대쪽 눈은 막이 낀 듯 희뿌옜다. 미러벨이 고개를 까딱여 인사를 건네자, 까마귀는 짐짓 무심한 척했다. 그러나 분명 곁눈질로 미러벨을 찬찬히 살피고 있었다. 미러벨은 늙은 새에게도 기쁜 소식을 전하고 싶은 충동을 느끼며 빙그레 웃었다.

부엌을 지나 복도로 나서

면서부터 미러벨은 달리지 않으려 갖은 애를 썼다. 하지만 너무 들떠서 걸음이 자꾸만 빨라졌다. 이윽고 일라이자 이모의 방이 보였다. 미러벨은 검은 벨벳 원피스 소매를 당기며 옷매무새와 마음을 가다듬고서 방문을 똑똑 두드렸다. 아무 대답이 들리지 않자, 미러벨은 살포시 문을 열었다.

네 모퉁이에 기둥을 세우고 커튼을 늘어뜨린 고풍스런 침대는 이미 깔끔하게 정리되어 있었다. 미러벨은 화장대 쪽으로 눈길을 돌렸다. 커다란 거울과 화려한 의자를 갖춘 화장대에 온갖 향수, 보석함, 분첩이 가득했다.

문득 미러벨은 어떤 움직임을 느끼고서 위로 눈길을 들었다. 멀찍이 떨어진 천장 왼쪽 귀퉁이에 다른 곳에 비해 한결 어두운 그림자가 드리워져 있었다.

미러벨은 속삭이듯 말을 꺼냈다.

"일라이자 이모, 누가 곧 온대요. 새로운 누군가가요."

대답이라도 하듯 검은 그림자가 살며시 일렁이더니 미러벨의 머릿속에 일라이자 이모의 목소리가 울렸다. 창유리에 부딪치는 나비의 날갯짓처럼 나직하고 부드러운 소리였다.

'그래, 미러벨. 이모는 몸단장을 조금만 하고 바로 내려갈게.'

미러벨은 고개를 끄덕이고서 문을 닫았다.

갑자기 주변 대기의 압력이 확 바뀌더니 혀끝에 비릿한 금속성 맛이 느껴졌다. 익숙한 마법 현상이었다. 미러벨은 뒤돌아서서 오드를 향해 방긋 웃어 보였다. 오드의 옆에 보이는 포털이 검은 점으로 줄어들더니 휙 하고 사라졌다.

오드는 어린 외모와 비슷한 키 때문에 미러벨처럼 열세 살 또래로 보이지만, 실은 훨씬, 훨씬 더 나이가 많았다. 오늘 오드는 무릎까지 내려오는 두툼한 바다표범 가죽 코트 차림에, 두꺼운 장갑과 모자, 고글까지 갖추고 있었다. 오드는 고글을 이마 위로 밀어 올리고서 소매에 묻은 눈을 털어 냈다.

"오드, 이번에는 어디를 다녀온 거야?"

오드는 진지한 표정으로 대답했다.

"멀리 북쪽 어딘가. 눈과 얼음이 가득한 곳."

"그래, 딱 봐도 그런 것 같네."

미러벨이 두 눈을 반짝이며 싱글거리자, 오드가 씩 웃었다.

"너도 알고 있구나?"

"이녁 삼촌이 알려 주셨어. 빨리 가야 해."

오드가 고개를 끄덕이며 대신 말을 맺었다.

"빛의 방으로 말이지."

오드는 한쪽 장갑을 벗더니 맛을 보기라도 하는 듯 허공에 손가락 하나를 내밀었다.

"얼마 안 남았네."

"오드, 쌍둥이한테는 네가 알려 줘."

오드는 인상을 팍 찌푸렸다.

"내가?"

미러벨은 이미 복도를 달리면서 어깨 너머로 소리쳤다.

"난 버트럼 삼촌을 찾아야 해."

이번에는 오드가 소리쳤다.

"절대······."

"피글릿에게 말하지 말라고. 알아."

잠시 후 미러벨은 복도 어느 지점에 다다르자 뜀박질을 멈추었다. 왼쪽에 지하로 이어지는 널찍한 공간이 펼쳐져 있었다. 미러벨은 어둠에 잠긴 경사로에 눈길을 고정한 채 조심스레 걸음을 뗐다. "피글릿."하고 부르고 싶은 마음이 솟구쳤지만, 이녁 삼촌을 비롯해 가족 모두가 입버릇처럼 하는 말이 떠올랐다.

'피글릿은 위험해.'

미러벨은 걸음을 돌리고서 현관을 통해 저택 밖으로 빠져나갔다. 흥분이 점점 커지면서 뱃속에서 뭔가 계속 날개를 파닥이는 듯한 느낌이 들었다. 미러벨은 계단을 후다닥 달려 내려가서 정원의 딸기나무 숲 앞에 멈춰 섰다. 덤불 속에서 뭔가 거대한 형체가 쿵쿵대며 땅을 파헤치고 있었다.

"버트럼 삼촌."

갑자기 쿵쿵대는 소리가 멈췄다.

"이녁 삼촌이 빛의 방으로 오래요."

미러벨은 풀잎 사이로 붉은빛이 어른대는 걸 보았다. 크르릉

하는 소리도 들렸다. 할 일을 마친 미러벨은 돌아서서 다시 저택으로 돌아갔다.

미러벨은 복도를 따라 걸으며 오른쪽에 보이는 식당을 지나 복도 끝에 다다랐다. 앞에 믿을 수 없이 커다란 여닫이문이 자리하고 있었다.

미러벨은 문을 열고서 빛의 방에 들어섰다. 방안은 동굴처럼 크고 휑했다. 높다란 벽을 따라 오래된 초상화 수십 점이 끝이 보이지 않을 듯 층층이 걸려 있었다. 맨 위쪽 초상화를 보려면 목이 아플 지경이었다. 애써 고개를 젖히고 쳐다본다 해도 거리가 너무 멀어서 무슨 그림인지 흐릿하기만 했다. 한편 제대로 보이는 그림들은 놀라우리만치 다양하고 기묘한 인물들을 담고 있었다. 그중 한 남자는 목에 커다란 주름 장식을 단 16세기 옷차림을 하고 있는데 사실 얼른 보기에는 평범했다. 커다란 눈 세 개가 거의 얼굴 전체를 차지하고 있더라는 점만 빼고는 말이다. 둥글게 부풀린 빅토리아 시대 드레스 차림의 여인 둘은 각각 팔이 넷이었다. 하얀 예복 차림의 소년은 표정 없는 두 눈이 새카만 유리알 같았고, 이마에는 빙글빙글 꼬인 뿔이 넷이나 솟아 있었다.

하지만 그 방에서 가장 놀라운 건 바로 빛을 내는 둥근 물체들이었다. 저마다 밝기와 색깔이 다 다른 구슬들이 불규칙한 간격과 높이를 두고 허공에 둥둥 떠 있었다.

이녁 삼촌은 그것들을
'스피어'라고 불렀다. 스피
어는 미러벨 같은 족속
이 에테르라고 하는 곳
에서 이쪽 세상으로
오는 통로였다. 이녁 삼
촌은 에테르에 대해 미러벨
에게 이렇게 설명했다.

"에테르는 우리가 창조되어 태어나
기 전까지 잠들어 있는 곳이란다. 기억
은 없지만, 꿈속에서 떠오르는 곳이지."

미러벨은 삼촌의 말을 제대로 이해하지 못했다. 그런데
서재에 있는 책에서 인간들은 죽은 뒤에 천당이라는 곳에 간다
고 믿는다는 내용을 읽고서 에테르도 그와 비슷한 곳이리라고,
뭔가 대단히 신비로우면서 의심할 여지 없는 개념이라고 여기기
로 했다. 미러벨은 그처럼 경이로운 가족과 함께 살면서도 설명
할 수 없는 기적이나 마법 같은 개념에 늘 끌렸다.

이녁 삼촌은 벌써 어느 구슬 앞에 서 있었다. 쌍둥이 자매 도
티와 데이지도 함께였다. 곱슬곱슬한 금발을 어깨 위에 늘어뜨
리고, 파란 격자무늬 원피스 위에 하얀 앞치마를 겹쳐 입은 두
쌍둥이는 인형같이 예뻤다.

"안녕, 미러벨."

도티가 방긋 웃더니 떨리는 목소리로 힘없이 말을 꺼냈다. 반면 데이지는 거만하게 콧방귀를 뀌며 인사를 툭 던졌다.

"안녕, 미러벨."

미러벨이 다정하게 웃으며 답하려는 순간, 출입문이 쾅 하고 열리더니 버트럼 삼촌이 씩씩대며 들어섰다. 인간 모습으로 변신한 버트럼 삼촌은 키가 아주 크고 뚱뚱했으며, 가는 줄무늬가 든 노란색 바지, 겨자색 셔츠, 초록색 조끼, 보라색 벨벳 재킷을 걸치고 빨간 스카프를 매고 있었다. 수염이 덥수룩한 버트럼 삼촌의 큰 얼굴은 흥분으로 벌겋게 달아올라 있었다.

"얼마나 걸리겠나?"

버트럼 삼촌이 숨을 헐떡이며 묻자, 이닉 삼촌이 구슬에서 눈길을 떼지 않은 채 대답했다.

"얼마 안 남은 것 같네."

이제 구슬은 초록 기운을 띤 황금빛을 내뿜고 있었다. 구슬 안에 안개가 소용돌이치면서 뭔가 회색 막대기 같은 것이 언뜻언뜻 보였다. 이따금 그 작고 가는 막대기가 더 큰 덩어리로 변하는 듯하더니 다시 연기가 되어 사라졌다가 또 나타나기를 반복했다.

"아이고, 이런. 룰라도 여기서 이 광경을 보면 좋으련만."

버트럼 삼촌은 흥분해서 고함을 지르지 않으려 주먹으로 자신의 입을 틀어막았다. 이녁 삼촌은 아쉬움 가득한 한숨을 폭 쉬었다.

"그러게 말이네."

룰라 이모는 미러벨이 오기 훨씬 전에 이곳에서 살았다. 오드처럼 룰라 이모도 한곳에 처박혀 사는 삶을 달가워하지 않았다고 한다. 그러던 어느 날 룰라 이모는 저택을 벗어나 인간 세상을 여행하기로 마음먹었고 그 뒤 다시는 돌아오지 않았다. 일라이자 이모가 귀띔해 준 이야기에 따르면, 룰라 이모를 유난히 좋아했던 버트럼 삼촌은 이모가 떠났을 때 너무나 가슴 아파했고, 백 년 넘도록 그리워했다. 이제 버트럼 삼촌의 한탄을 들어 보니, 지금도 그리움이 가시지 않은 모양이었다.

다시 문이 열리더니 일라이자 이모가 머리를 매만지고, 길고 붉은 드레스 맵시를 다듬으며 들어섰다.

"내가 뭐 놓친 건 없지?"

일라이자 이모가 목청 높여 물었다. 이제 일라이자 이모는 인간 형태를 완전히 갖추고 몸체도 단단해져 있었다. 무심한 듯 오른쪽 장갑을 끌어 올리는 일라이자 이모를 보며 미러벨은 이모가 실은 몹시 들떠 있다는 걸 알아차렸다. 이모의 몸을 이루는 거미들이 서둘러 자리를 잡고서 손가락 모양을 만드느라 팔이 들썩댔기 때문이었다.

미러벨은 다시 혀끝에 금속성 맛을 느꼈다. 이내 미러벨 옆 허공에 검은 원이 나타나 빙글빙글 소용돌이치며 커지더니 오드가 밖으로 걸어 나왔다. 이제 오드는 빅토리아 시대 사립 학교 학생처럼 넓은 목깃이 두드러져 보이는 하얀 셔츠에 검은 재킷과 반바지를 입고 있었다. 오드가 새끼손가락으로 허공에 동그라미를 그리자, 갑자기 포털이 줄어들더니 온데간데없이 사라졌다.

미러벨은 그런 오드를 보며 한숨을 푹 쉬고 고개를 절레절레 흔들었다.

"왜?"

오드가 어깨를 들썩이며 물었다.

"그냥 보통 사람들처럼 문으로 드나들 수 없어?"

오드는 짐짓 윙크하며 대답했다.

"있어. 있어도 안 할 뿐이지."

이제 모두의 관심이 스피어에 쏠렸다. 방 안에 기대감이 가득 차서 혀를 내밀면 맛을 볼 수 있을 것만 같았다. 미러벨은 자꾸 눈물이 나려 해서 당황스러웠다. 여러 감정이 요동쳤지만, 무엇보다도 가슴 터질 듯 자부심이 차올랐다. 미러벨로서는 처음으로 새로운 가족을 맞이하는 순간이기 때문이었다. 그래도 모두를 위해 품위를 지키고 차분함을 유지해야 했다. 미러벨은 아무도 눈치채지 못했기를 바라며 서둘러 눈물을 닦았다.

"오래전 네가 왔을 때가 생각나네."

오드가 한마디 툭 던지자, 미러벨이 밝게 대답했다.

"무척 기뻤겠네."

오드는 짐짓 심각한 표정으로 대꾸했다.

"뭐, 그보다 더 나쁜 날도 있었으니까."

"쉿."

이넉 삼촌이 앞으로 나섰다.

"이제 다 됐어."

스피어가 눈부신 빛을 뿜기 시작했다. 바라보고 있기 힘들 정
도로 빛이 강렬했지만 아무도 눈길을 떼려 하지 않았
다. 회색 형체가 점점 단단해졌다. 미러벨의 머
릿속에 감동에 찬 일라이자 이모의 목소리
가 부드럽게 울렸다.

'막내가 나설 차례야……'

이어 이넉 삼촌이 근엄하게 말했다.

"우리 중 가장 어린 자는 앞으로 나오도록."

누군가 미러벨의 팔에 담요를 올려 주었다.
미러벨은 스피어로 다가가 두 손으로 담요를
받쳐 들었다. 환한 빛 속에서 작은 형체가 밖으
로 모습을 드러내기 시작했다. 잠시 후 빛이 사그라
지면서 어느새 미러벨의 품에 아기가 안겨 있었다.

외눈에 온몸이 회색 비늘로 덮인 아기였다. 가냘픈 울음소리를 내는 입속에는 날카로운 이빨이 가득했다. 미러벨은 곧바로 아기와 사랑에 빠져버렸다.

이녁 삼촌이 말했다.

"잘 왔다. 우리 가족에게 온 걸 환영한다."

모두가 기뻐 손뼉을 쳤다. 버트럼 삼촌만 빼고. 삼촌은 이 순간 룰라 이모가 함께 있었더라면 얼마나 기뻐했겠냐며 엉엉 흐느꼈고, 일라이자 이모는 '어휴' 하는 듯 눈을 빙글 굴리더니 삼촌의 팔을 다독여 주었다.

이녁 삼촌이 다시 말을 꺼냈다.

"자, 한때 가장 어렸던 자가 새로 온 자에게 앞으로 살아갈 곳을 보여 주도록."

모두가 길을 터 주자 미러벨이 마침내 입을 열었다.

"기디언. 기디언이라 이름 지을래요."

이녁 삼촌이 고개를 끄덕였다.

"멋지고 힘 있는 이름이로구나."

버트럼 삼촌은 눈물을 훔치며 훌쩍였다.

"감동적이군……. 너무나 감동적이야."

미러벨은 빛의 방을 나서자 먼저 저택 가장 깊숙한 곳으로 기디언을 데리고 갔다. 을씨년스러운 복도는 칠흑 같은 어둠에 잠겨 있었지만, 미러벨은 거침이 없었다. 이윽고 피글릿을 가둬 둔 방의 거대한 철제문이 나타났다. 담요에 싸인 아이가 엄지손가락을 빨며 옹알이를 했다. 미러벨은 문 앞에 서서 나직이 속삭였다.

"피글릿, 이 아기는 기디언이에요. 이제 우리 가족이랍니다."

문 너머에서 낮은 포효가 울려 퍼지자, 놀란 아기가 눈을 동그랗게 뜨고 그쪽을 쳐다보았다.

미러벨은 빙그레 웃으며 잠시 더 이야기를 이었고, 피글릿은 대답하듯 문 뒤에서 끊임없이 그르렁거렸다.

이어 미러벨은 저택 꼭대기 층으로 올라가서 커다란 창문 앞으로 아기를 데려갔다. 그곳에서는 앞뜰이 훤히 내려다보였다. 달빛이 저 멀리 꽃길까지 영지 전체를 환하게 비추고 있었다. 미러벨은 기디언을 내려다보았다. 아기는 외눈을 감은 채 가슴을 달싹이며 잠들어 있었다.

"이제 여기가 네 집이야."

미러벨이 나직이 속삭였다.

"여긴 룩헤이븐 가문의 저택이란다. 저택 너머에는 글래머가 바깥세상으로부터 우리 가족을 안전하게 지켜 주고 있어. 우리 허락 없이는 아무도 이곳에 들어올 수 없단다. 넌 에테르에서 왔고, 이제부터 이곳에서 우리와 함께 살 거야. 우린 진심으로 널 환영해."

미러벨은 창문 밖을 바라보며 방긋 웃었다. 스스로가 충만하고 강인하게 여겨졌다. 자부심이 넘쳤으며 안전하게 보호받는다고 느껴졌다.

그러나 그때 미러벨은 알지 못했다. 인간들이, 모든 일을 망치는 습성을 지닌 자들이 오고 있다는 것을.

일주일 뒤
젬

젬은 사이드미러에 비친 자기 모습을 슬쩍 쳐다봤다. 달빛 덕분에 젬 기준에는 너무 납작하고 펑퍼짐한 코가 잘 보였다. 게다가 주근깨는 또 왜 그리 빽빽한지. 머리카락은 빨간색이라기보다 불그스름한 녹이 슨 것처럼 보였다. 젬은 그런 자신이 초라하고 보잘것없이 여겨졌다. 옆 운전석에는 오빠인 톰이 앉아 있었다. 톰은 벌써 5분이나 차 시동을 거느라 끙끙대는 중이었다. 결국 톰이 한 손으로 여전히 운전대를 잡은 채 의자에 푹 기대어 앉더니 부루퉁하게 입을 열었다.

"제미마, 괜찮아?"

젬은 열심히 고개를 끄덕였다. 톰은 분위기를 띄워야겠다 싶을 때면 동생을 본명으로 불렀다. 톰은 운전대를 톡톡 두드리더니 기운 내자는 듯 싱긋 웃었다.

"그냥 기름 문제일 뿐이야. 기름이 더 필요해서 그래."

톰은 젬보다 한 살 위지만, 또래보다 덩치가 월등히 컸다. 열네 살이라기에는 외모도 훨씬 나이 들어 보였고, 행동거지에 어른

같은 허세가 있었다. 지금도 톰이 운전대를 단조로운 리듬으로 툭툭 치는 모습을 보고 있으니 젬은 아빠가 떠올랐다.

눈을 덮은 적갈색 머리칼도 어른스러운 분위기에 한몫을 톡톡히 했다. 톰은 낯선 사람을 적당히 속이거나, 상대의 호감을 얻기 좋은 인상을 지녔지만, 젬을 속이지는 못했다. 젬은 오빠의 눈에서 진실을 들여다볼 수 있었다. 자신과 같은 고통을. 톰이 항상 짊어지고 있는 그 고통을 말이다.

젬은 발치에 놓아둔 책가방을 뒤져서 너덜거리는 기름 배급 수첩을 꺼냈다. 안에 쿠폰이 한 장 남았지만 이렇게 인적 없는 외딴곳에서는 아무 소용이 없었다. 젬이 쿠폰을 보여 주자 톰은 포기한 듯 어깨를 들썩여 보였다.

톰은 눈살을 찡그리며 차창 밖 어둠을 살폈다.

"지난번 들른 마을에서 기름을 좀 채웠……."

톰이 갑자기 마른기침을 쿨럭했다. 거친 기침을 참느라 톰은 두 손으로 운전대를 꽉 붙잡아야 했다. 젬이 가까이 다가가자 톰은 동생을 밀어냈다. 기침이 겨우 잦아들자 톰은 손등으로 입가를 쓱 문질러 닦았다. 젬은 오빠의 창백한 얼굴에 식은땀이 송글송글 맺힌 걸 보았다. 톰의 두 눈이 열기로 이글거리고 있었다. 젬은 움찔했다. 어젯밤 차에서 잘 때 오빠 가슴에서 그르렁하는 소리가 났던 기억이 새삼 떠올랐다.

"오빠, 기침이 너무 오……."

"오래간다고. 그래. 나도 알아. 너 계속 그 소리를 하는데, 젬, 난 진짜 괜찮아."

톰은 짜증을 감추려 갖은 애를 썼다.

"오빠, 우리 이제 어떻게 해?"

젬이 물었다.

"넌 다리 뻗을 겸 차에서 내려서 잠깐 걷고 있어. 난 트렁크를 뒤져 볼게. 잡동사니 밑에 기름이 한 통쯤 남아 있을지도 모르잖아. 아주 조금만 있어도 돼. 금방 시동 걸고 떠날 거야."

젬은 고개를 끄덕였지만, 이번에도 오빠의 거짓말을 꿰뚫고 있었다. 젬이 차에서 내리자, 톰은 차 뒤편 트렁크로 향했다.

남매가 멈춰 선 곳은 어느 시골길이었다. 길 양쪽으로 숲이 빽빽했다. 이곳 길은 유난히 휑하고 어둡게 느껴졌다. 남매는 위험에 속절없이 노출되어 있었다. 젬은 당장이라도 누군가 둘에게 달려들 것 같은 익숙한 불안감을 느꼈다. 구름 한 점 없는 밤이었다. 젬은 좀먹은 카디건을 여미며 싸늘한 밤기운을 몰아내려 했다. 두 남매는 벌써 6개월째 떠돌이 신세로 길 위를 전전하는 중이었다. 조지 외삼촌한테서 달아나면서부터였다.

'외삼촌.'

그자에게는 전혀 어울리지 않는 호칭이었다. 외삼촌이라면 조카를 돌봐 줘야지 개 취급을 하고, 눈곱만한 흠만 보여도 업신여기고 핀잔을 주고, 무엇보다 폭력을…….

젬은 억지로 생각을 멈추었다. 어두운 기억을 잊으려 머리를 세차게 흔들어 보았지만, 그 장면이 선명히 떠올랐다. 조지 외삼촌이 산사나무 회초리를, 개들을 훈련할 때 쓰는 회초리를 들고 톰에게 다가가던 모습. 외삼촌과 젬 사이를 저항하듯 우뚝 막아선 오빠의 모습.

"젬, 그만."

젬은 자신을 타일렀다. 그러고는 외삼촌 집에서 도망친 뒤 이곳저곳을 떠돌며 예전 삶으로부터 최대한 멀어지고자 했던 시간을 쭉 돌이켜보았다.

남매는 3주 전 한밤중 어둠을 빌려 사우샘프턴의 숙소를 떠났다. 집주인 브레이스웨이트 부인이 위층에서 드르렁드르렁 코를 골며 자는 사이, 톰이 젬을 깨워서 숙소 밖으로 몰래 데리고 나왔다. 지니고 있던 돈이 다시 다 떨어진 데다, 브레이스웨이트 부인은 아무래도 톰이 미성년자인 것 같다는 의심을 나날이 굳히고 있었다. 어른처럼 으스대며 걷고 무뚝뚝하게 말해도 더는 속일 수 없는 날이 다가오고 있었다.

그간 남매는 이 도시 저 도시를 떠돌며 구걸을 하거나 톰이 도둑질한 음식으로 버텼다. 젬은 오빠의 소매치기 문제에 대해서 심리적 편법으로 대응했다. 마음 한구석의, 생각하고 싶지 않은 일들을 모아 두는 곳으로 늘 그 생각을 밀어 버리는 식이었다. 그곳에는 전쟁터에 나간 아빠가 돌아오지 못한 일, 1년 전에 엄마마저 돌아가신 일 같은 것들이 쌓여 있었다.

하지만 결국 이렇게 부모님을 떠올리자 젬은 눈시울이 뜨거워졌다.

그리고 그 순간, 무언가가 보였다.

오른쪽 시야 끝에서 어떤 빛이 일렁였다. 젬은 눈가에 맺힌 눈물을 문질러 닦고서 숲을 자세히 쳐다보았다. 짙은 어둠이 가득했지만, 그 속에서 분명히 무언가가 반짝하고 빛났다.

젬은 슬픔과 고민을 깡그리 잊은 채 빛의 근원 쪽으로 걸음을

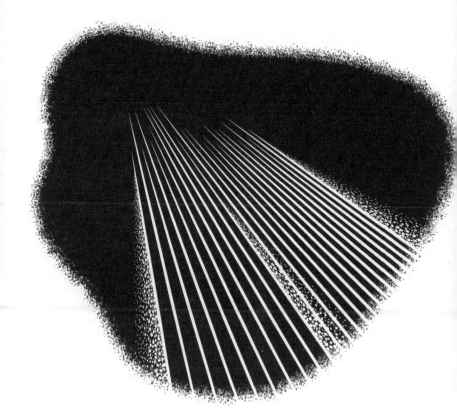

옮겼다. 실눈을 뜨고서 찬찬히 살피자 다시 그것이 보였다.

젬은 곧장 톰을 소리쳐 불렀다. 두려우면서도 호기심이 샘솟았다. 젬은 저도 모르게 턱이 덜덜 떨리는 걸 느끼고서 어금니를 꽉 깨물었다. 톰이 오늘 밤은 아무래도 차에서 자야겠다고 투덜거리며 다가왔다. 젬은 오빠의 불평을 한 귀로 흘리고서 숲을 가리켜 보였다. 손끝이 바들바들 떨렸다.

"오빠, 저기 뭔가가 있어."

톰은 눈을 찡그리며 대답했다.

"내 눈에는 아무것도 안 보……."

"저기!"

젬이 소리쳤다.

동시에 남매는 일렁이는 빛을 보았다. 마치 그물 커튼이 산들바람에 한들거리는 것처럼 보였다.

"오빠, 저게 뭔지……."

톰은 이미 젬에게 따라오라는 손짓을 하며 숲으로 다가서는 중이었다. 젬은 머뭇머뭇 오빠를 따라나섰다. 다행히 달빛 덕분에 흐릿하게 길을 알아볼 수 있었다. 젬은 오빠가 먼저 발을 디딘 자리를 골라 걸음을 놓느라 바빠서 톰이 우뚝 멈춰 서는 걸 보지 못하고 그대로 쿵 부딪치고 말았다. 정작 톰은 눈앞의 광경에 너무 놀라서 부딪친 것도 알아차리지 못하는 듯했다.

"저게 대체 뭐지?"

톰의 목소리가 갈라져 나왔다.

젬도 앞을 말똥말똥 쳐다볼 뿐, 자신이 보고 있는 것을 도무지 이해할 수가 없었다.

분명 사방이 숲으로 둘러싸여 있는데, 나무 사이로 땅 위에 둥둥 뜬 커다란 타원형 구멍이 보였다. 젬은 가까이 다가가서 구멍 양쪽을 살펴보았다. 뒤에 분명히 숲이 펼쳐져 있었다. 그런데 구멍 안에는 하얀 석회암이 깔린 길과 길을 따라 늘어선 가시덤불과 앙상한 나무들이 보였다. 긴 진입로 끝에는 담으로 둘러싸인 웅장한 5층 건물이 자리하고 있었다. 눈에 보이는 모든 이미지가 불투명한 천을 덮은 듯 흐릿했다. 젬은 딱 한 번 극장에 가 본 적이 있었다. 전쟁 관련 내용이라 좀 지루하긴 했지만, 젬은

스크린 위에 펼쳐지는 흑백 이미지에 감탄을 터뜨렸었다. 지금 눈앞의 광경도 영화 스크린과 비슷하지만, 이쪽은 흑백이 아니라 총천연색이고, 모든 게 너무 생생했다. 게다가 이곳에는 영사기도 없고, 뿌연 빛 속을 떠다니는 먼지도 없었다.

젬은 속으로 중얼거렸다.

'어떻게 세상에 구멍이 뚫릴 수 있지?'

그때 다른 어떤 것이 젬의 눈길을 끌었다. 기묘한 구멍의 오른쪽 땅에 나지막한 잿빛 바윗덩이가 솟아 있었다. 높이는 젬의 어깨 정도인데, 표면이 놀라울 정도로 매끈했다. 특이하게도 바위 둘레를 따라 온갖 선과 상징이, 한쪽으로 살짝 기운 꼭대기 쪽에는 동심원 여러 개가 아로새겨져 있었다.

젬은 다시 구멍 쪽으로 주의를 돌렸다. 구멍 가장자리가 하얗게 빛나고, 바람에 흔들리듯 한들한들 나부끼고 있었다.

젬은 눈을 깜박였다. 낯선 현기증이 느껴졌다. 그러나 다음 순간, 젬은 정신이 더욱 어질했다. 톰이 구멍 안으로 걸어 들어가 하얀 진입로에 올라섰기 때문이었다.

"오빠, 뭐 하는 거야? 어서 나와. 위험할 수도 있어."

톰은 아랑곳하지 말라는 듯 손을 흔들며 주위를 휘휘 둘러보았다. 젬은 공포와 짜증에 휩싸인 채 두 주먹을 꽉 움켜쥐었다. 늘 그렇듯 이번에도 톰은 깊이 생각해 보지 않고 일단 일부터 저지르려 하고 있었다.

"오빠, 차로 돌아가자."

톰은 고개를 가로저으며 되레 젬에게 들어오라고 손짓했다.

어쩔 도리가 없다고 느낀 젬은 돌아서서 오빠를 따라 구멍 안으로 머뭇머뭇 발을 들였다. 심장이 미친 듯이 뛰었다.

구멍 너머 공간에서 맨 처음 젬의 주의를 끈 것은 공기였다. 공기가 한결 깨끗했다. 젬은 고개를 돌려서 방금 자신이 왔던 쪽을 바라보았다. 이쪽에서 보니 빛나는 타원형 구멍의 가장자리가 무지개색으로 일렁이고 있었다. 구멍 너머로 숲이 분명히 보이는데, 다시 고개를 돌리면 숲은 없고 상류층 소유의 영지인 듯한 장소가 보일 뿐이었다. 그러고 보니 이쪽에도 숲에서 보았던 것과 크기와 모양이 똑같은 바윗덩이가 있었다.

그때 톰이 턱을 쓱쓱 문지르더니 눈을 찡그리며 중얼거렸다.

"괜찮아. 괜찮아."

젬은 구멍을 가리키며 물었다.

"오빠, 저게 도대체 뭘까?"

톰이 고개를 가로저었다. 실은 톰도 불안한지 턱이 바르르 떨렸다. 톰은 겸연쩍게 한번 웃더니 이내 기침을 심하게 했다.

"이제 어쩔 거야?"

젬의 물음에 톰은 하얀 진입로 끝을 가리켰다.

"저기 집이 있잖아."

젬은 도리질을 쳤다. 괜히 물었다는 후회가 밀려왔다.

"젬, 왜 그래. 누가 살고 있으면 하룻밤만 재워 달라고 부탁해 볼 수 있잖아."

톰은 싱글거리며 덧붙였다.

"만약 사람이 안 살면⋯⋯."

젬은 더욱 세차게 도리질을 쳤다.

"아니. 안 돼."

톰은 어깨를 으쓱하며 대꾸했다.

"안 될 게 뭐 있어. 일단 예의 바르게 문을 두드려 보자고."

젬은 찬 밤공기에 몸을 떨며 어둠에 잠긴 숲을 뒤돌아보았다. 또 차에서 새우잠을 자는 것보다는 이쪽이 차라리 나을 듯했다. 어쩌면 음식을 좀 얻을 수 있지 않을까 하는 생각도 들었다. 제대로 된 식사를 하지 못한 지 벌써 이틀째였다. 음식이란 말을 떠올리는 것만으로도 뱃속이 꼬르륵 요동을 쳤다.

젬은 오빠를 따라 걸음을 뗐다. 길 양쪽에 가시덤불이 빽빽이 자라 있고, 길가에는 열 그루도 넘는 기묘한 모양새의 앙상한 나무가 심겨 있었다. 일정한 간격을 두고 늘어선 모습이 마치 저택 보초를 서는 듯한 인상을 풍겼다.

톰은 앞에 보이는 집에 대해 이러쿵저러쿵하며 언젠가 우리도 딱 저런 초호화 저택에서 살게 될 거라고 떠벌렸다. 젬은 자기 때문에 오빠가 일부러 활기차게 떠들고 있다는 걸 눈치챘다. 난데없이 마주하게 된 상황에 동생이 너무 겁먹지 않게 주의를 돌리려고 실없는 소리를 늘어놓고 있었다. 젬은 오빠 말을 듣는 둥 마는 둥 주변을 조심스레 살폈다.

갑자기 톰이 걸음을 우뚝 멈추었다.

"젬, 너도 들었어?"

젬은 숨죽인 채 귀를 기울였다. 아무 소리도 나지 않았다.

마음을 놓으려는 순간, 젬도 그 소리를 들었다.

바스락 하는 소리, 이어지는 나직한 쉿쉿 소리.

으름장 놓듯 쉿쉿 하는 소리가 점점 커지더니, 젬의 오른쪽에 서 뭔가가 움직였다.

지금껏 길가의 나무들은 우듬지가 눈풀꽃처럼 아래로 기울어 져 있었다. 우듬지라고 하지만 줄기가 거의 없었고, 그나마도 줄 기라기보다 사실상 거대한 꽃봉오리처럼 보였다.

그런데 이제 그중 하나가 고개를 들고 있었다. 서서히.

"이게 무슨……."

놀란 톰은 말을 잇지 못했다.

젬은 그 자리에 얼어붙고 말았다. 가죽 꽃잎처럼 보이는 것이 서서히 펼쳐지더니 겹겹이 늘어선 날카로운 이빨이 드러났다. 젬은 공포에 질린 채 그 광경을 멍하니 쳐다보고만 있었다.

톰이 젬의 팔을 끌어당기며 소리쳤다.

"도망쳐!"

젬도 돌아서서 달리려 했지만, 톰이 팔을 너무 세게 끌어당기는 바람에 오히려 중심을 잃고서 넘어지고 말았다. 톰은 다급히 동생을 일으켜 세우려 했다. 그러나 서 있던 톰마저 이내 땅에 철퍼덕 쓰러지고 말았다. 괴물 중 하나가 길로 들어서더니 뿌리로 톰의 다리를 휘감았기 때문이었다. 식인 식물이 톰을 끌고 가지 못하게 젬은 얼른 오빠의 손을 꽉 마주 잡았다.

머리 위에서 꽤애액 하는 외마디 소리가 울려 퍼졌다. 젬은 얼른 눈길을 위로 들었다. 맨 앞의 식인 식물이 입을 쩍 벌린 채 젬을 향해 다가오고 있었다. 목구멍에서 침 같은 물질이 뚝뚝 흘러내렸다. 괴물이 걸음을 뗄 때마다 뿌리가 미친 듯이 꿈틀거렸다.

"사방에 괴물이 가득해!"

톰이 소리쳤다. 젬은 놀라 주위를 살폈다. 나머지 괴물도 길 위로 들어서더니 남매에게 접근해 왔다. 뿌리로 걸음을 뗄 때마다 땅이 쿵쿵 울렸다. 식인 식물들은 앞다투어 남매에게 다가오려고 깨애액 소리 지르며 서로를 위협했다.

톰은 다리를 감은 뿌리를 떼어 내려 마구 발길질을 했다. 젬도 비명을 지르며 오빠를 빼내려고 안간힘을 썼다.

"안 돼!"

젬은 문득 고개를 들었다. 어느새 바싹 다가온 식인 식물 한 그루가 입을 쩍 벌리고서 젬을 향해 달려들었다. 젬은 반대쪽 손으로 괴물을 있는 힘껏 내리쳤다. 식인 식물이 꽤액 하고 소리를

43

지르더니 고개를 흔들며 뒤로 휘청휘청 물러났다. 잠깐이지만 젬은 희열과 지독한 혐오감을 동시에 맛보았다.

이제 젬의 다리에도 뿌리가 감겨 있었다. 젬은 톰의 손을 꼭 붙잡았다. 그러고는 빈손으로 괴물을 내리치고, 발버둥치며 비명을 질렀다. 하지만 싸우고 버틸수록 오빠의 손가락이 미끄러져 나가는 게 느껴졌다.

젬은 톰을 마주 바라보았다. 식인 식물과 싸우는 중에 톰은 어찌어찌 고개를 가로저어 보였다. '이제 끝이야.'라고 말하는 듯했다.

그 순간, 갑자기 뭔가가 포효하더니 달빛을 가려 버렸다.

젬은 눈을 들어 자신 앞에 선 거대한 곰을 올려다보았다. 곰이 다시 울부짖었다. 젬은 살아 있는 곰을 실제로 본 적이 없지만, 세상의 어떤 곰도 이보다 클 수는 없을 듯했다. 곰이 땅에 두 앞발을 쿵 딛으며 내려서더니 식인 식물을 향해 한쪽 발을 휘두르며 사납게 울부짖었다. 괴식물 떼가 움찔하더니 신경질적으로 소리를 질러 댔다. 곰이 다시 포효하자, 식인 식물들이 길가로 비켜서기 시작했다. 젬은 톰의 다리를 휘감고 있던 뿌리가 스르르 풀리는 걸 보았다. 이어 자신을 붙잡고 있던 뿌리도 부드럽다고 느낄 만큼 살포시 힘을 거두고 물러났다. 톰을 공격한 식물은 반항하는 듯이 쉬잇 소리를 한번 내더니 결국 뒤로 물러섰다.

곧 괴식물들이 모두 제자리로 돌아가 보초 태세에 들어갔다. 고개를 푹 숙이고, 봉오리는 꼭 닫은 모습이 도무지 움직인 적이 없는 듯 보였다.

젬과 톰은 조심스레 자리에서 일어섰다. 곰이 고개를 획 돌리더니 성난 듯 숨을 헐떡이며 남매를 향해 포효하자, 젬은 숨이 멎을 것 같았다. 곰의 눈은 루비처럼 붉었고, 누런 송곳니는 멧돼지 엄니만큼이나 컸다. 곰의 악취 가득하고 뜨거운 숨결이 젬의 얼굴에 닿았다. 곰이 다가오자, 젬은 눈을 질끈 감고서 고통스런 순간이 금방 끝나기만을 간절히 빌었다.

그때 누군가가 소리쳤다.

"삼촌! 안 돼요!"

젬이 눈을 떴더니 웬 여자아이가 곰 앞에 서 있었다. 젬과 비슷한 또래인 듯한데, 믿을 수 없으리만치 창백한 피부에, 검은 고수머리가 눈에 띄었다. 아이는 회색 목깃이 달린, 무릎길이의 검은색 벨벳 원피스를 입고 있었다. 여자아이가 남매를 보며 고개를 갸웃했다. 잔뜩 찌푸린 인상을 보니 호기심이 일기도 하고 화가 나기도 한 듯했다.

"너희들은 누구니?"

"난 젬이라고 해. 여기는 톰 오빠. 우린 남매야."

젬은 대답을 하면서도 자신이 입을 열어 말을 꺼냈다는 사실에 내심 놀랐다.

낯선 소녀가 남매 쪽으로 몇 걸음 다가왔다.

"난 미러벨이라고 해. 너희들 여기 있으면 안 돼."

미러벨

여자애는 극도로 말이 없고, 남자애는 지나치게 말이 많다.

미러벨은 낯선 남매를 데리고 집으로 향하는 동안 속으로 그렇게 결론 지었다. 미러벨이 보기에 남자아이는 조금 전에 난리를 겪은 사람치고 다소 지나친 자신감을 보였고, 아주 수다스러웠다. 싱거운 소리를 계속 떠들면서도 이곳을 깡그리 파악하겠다는 듯이 주위를 유심히 살피는 모습 역시 어쩐지 미심쩍었다.

반면 여동생 쪽은 훨씬 내성적인듯했다. 여자아이는 좀먹은 카디건 소맷동을 끊임없이 만지작거렸고, 미러벨과 곰 모습을 한 버트럼 삼촌을 불안한 눈빛으로 번갈아 쳐다보며 계속 바들바들 떨었다. 옷은 딱 봐도 물려 입은 헌 옷 티가 났다. 미러벨은 남매의 부모님은 어디 계신지 궁금했다. 두 아이 모두 상당히 굶주려 보였고, 특히 남자아이 쪽은 몸이 어딘가 많이 아픈데 오직 정신력으로 버티고 있는 듯했다.

"너랑 네 애완 곰 덕분에 살았어. 저 흉측한 것들한테서 우리를 구해 줘서 정말 고마워."

남자아이가 말했다.

'애완 곰? 저 흉측한 것들?'

못마땅해진 미러벨이 입을 열었다.

"'저것들' 이름은 '신성한 랩시디의 꽃'이야."

"꽃이라고? 신기하네. 난 저런 꽃은 처음 봐. 정체가 뭐야? 그리고 여기는 대체 어디니? 아주……."

"어떻게 들어왔어?"

오빠가 무슨 말을 하기 전에 여동생이 서둘러 대답했다.

"구멍이 뚫려 있었어."

미러벨은 여자아이의 두 눈을 똑바로 마주 보며 되물었다.

"구멍?"

여자아이가 사과라도 하듯 열심히 고개를 끄덕였다.

"응. 허공이 북 찢겨 있고, 그 사이로 이 집이 보였어."

불안감이 번득 미러벨의 마음을 스쳤다.

"그 찢어진 틈 말이야, 어디서 봤어?"

"진입로 끝에. 그……, 그 꽃들이 있던 길 끝에."

젬에 이어 톰이 말을 덧붙였다.

"기름이 떨어지는 바람에 차가 숲에서 서 버렸는데, 그 근처에서 구멍을 발견했어."

"그럼 마을 사람이 길을 열어 준 건 아니라는 거지?"

미러벨의 물음에 톰이 어리둥절한 눈으로 되물었다.

49

"마을? 무슨 마을?"

버트럼 삼촌이 당황한 듯 킁 하고 콧김을 낮게 내뿜었다. 미러벨도 이 사태에 대해 점점 불안해졌다. 낯선 남매는 룩헤이븐 마을에 대해 전혀 모르는 눈치였다. 그런데도 열쇠를 사용하지 않고 글래머를 통과하다니, 이건 보통 일이 아니었다.

버트럼 삼촌이 저택 옆으로 슬며시 사라지자, 미러벨은 젬과 톰을 데리고서 현관문으로 이어지는 계단을 올랐다. 갑자기 까마귀 몇 마리가 부산스럽게 지붕 주위를 빙글빙글 돌기 시작했다. 밤하늘에 울려 퍼지는 까악 소리가 낯설고도 공허하게 들렸다. 미러벨은 소리나는 쪽으로 눈길을 들었다. 까마귀 떼의 우두머리인 외눈 까마귀가 지붕 처마에 앉아 미러벨 일행을 노려보고 있었다. 외눈 까마귀는 이내 일행에게 흥미를 잃은 듯 하늘로 푸드덕 날아올랐다. 그러고는 무리와 합류하고서 저 멀리 저택 반대편 지붕에 난 구멍으로 날아 들어갔다.

"집이 아주 근사하네."

톰은 손으로 기침을 막으며 말을 이었다.

"누가 살아?"

"우리 가족."

미러벨은 톰의 호기심 어린 눈길을 모른 척하며 현관문을 열었다.

이윽고 일행은 현관의 선득한 어둠 속으로 들어섰다. 미러벨

은 두 남매의 반응을 흥미롭게 지켜보았다. 여동생 쪽은 앞에 펼쳐진 저택의 어마어마한 규모에 입을 떡 벌린 채 믿을 수 없다는 듯 눈만 껌벅였고, 오빠 쪽은 주체할 수 없는 갈망이 끓어오르는 듯했다. 톰은 이마의 식은땀을 손등으로 문질러 닦으며 주변의 모든 것을 넋을 잃고 바라보았다. 하얀 석고 기둥으로 장식한 계단이며, 가시나무를 본뜬 화려한 샹들리에로 톰의 눈길이 바쁘게 옮겨 다녔다.

"무게가 꽤 나가겠네."

톰이 말했다. 진짜 속뜻은 '값이 꽤 나가겠네'라는 걸 미러벨은 훤히 꿰뚫어 보았다.

그때 막이 한 겹 스르르 벗겨지듯 저택의 어둠 속에서 사람 그림자가 앞으로 쓱 나섰다. 이녁 삼촌이 모습을 드러내자 남매는 놀라 뒤로 주춤 물러섰다.

"미러벨. 여기 이 사람들은
누구냐?"

이녁 삼촌의 목소리는 품위 있고 중후했지만, 숨길 수 없는 냉혹함이 묻어났다.

톰은 목을 가다듬더니 기침하지 않도록 가슴을 툭툭 치고서 입을 열었다.

"저는 톰 그리핀이라고 합니다. 이쪽은 제 동생 젬이에요."

톰은 다시 터져 나오려는 기침을 억지로 눌러 참았다.

이녁 삼촌은 톰을 무시한 채 미러벨을 엄하게 노려보았다.

"마을 사람들이 아니잖아."

"그래요."

미러벨은 삼촌의 얼굴에 염려의 빛이 스치는 걸 놓치지 않았다. 두 아이를 만난 뒤부터 계속되던 불안감이 한층 더 커졌다. 삼촌에게 사정을 자세히 설명하려던 미러벨이 두 눈을 휘둥그렇게 떴다. 톰이 이녁 삼촌에게 성큼 다가서더니 손을 내밀었기 때문이었다.

"오빠, 그러지 마."

젬이 기겁해서 말렸지만, 톰은 동생의 말을 못 들은 척 태연하게 물었다.

"그쪽은 누구시죠?"

이녁 삼촌은 불쾌한 듯 고개를 뒤로 젖히더니, 톰을 못마땅한 눈으로 내려다보았다.

"미러벨, 이 사람들이 어떻게 들어온 거지?"

"글래머를 통과했대요. 전 꽃길에서 발견했고요."

이녁 삼촌은 충격을 받은 듯했다.

"그건 불가능한 일이야!"

"거기서 발견했다니까요."

미러벨은 삼촌의 이런 모습을 본 적이 없었다. 이녁 삼촌은 분노와 혼란을 동시에 느끼는 듯했다. 심지어 조금 겁먹은 것처럼 보였다. 삼촌의 낯선 모습에 미러벨은 갑자기 등골이 오싹했다.

"이방인들이라니."

이녁 삼촌은 너무나 뜻밖이라는 듯 고개를 절레절레 흔들었다.

"잠시 머물게 해 주면 어때요? 차에 기름이 떨어……."

미러벨은 경악하는 듯한 삼촌의 반응에 차마 말을 맺지 못했다. 이녁 삼촌은 미러벨이 말귀를 못 알아 들었나 보다는 듯 또박또박 힘주어 말했다.

"저들은 마을 사람이 아니야."

미러벨이 상황을 제대로 파악하지 못하고 있다는 듯한 반응이었다.

"저도 알아요, 삼촌."

미러벨은 이녁 삼촌이 느끼는 두려움을 이해하고 공감했다. 하지만 꽃들의 공격을 받은 뒤 특히 여자아이 쪽이 겁에 질린 모습을 보며 침입자에 대한 반감이 다소 누그러들었다.

"특별 허가는 오직 마을 사람들한테만 주어졌다."

"저도 알아요. 하지만……."

그때 문이 쾅 하고 열리더니 인간으로 변신한 버트럼 삼촌이 들어왔다. 얼굴이 벌겋게 상기된 버트럼 삼촌은 숨을 헐떡이며 손에 든 스카프를 정신없이 펄럭였다.

"아아안녕하신가. 별일 없나 싶어 들러 보았네."

버트럼 삼촌은 얼굴을 파르르 떨며 불안하게 웃더니 짐짓 젬과 톰을 바라보았다.

"어이쿠, 손님이 왔나 보군. 어디서 온 사람들인가?"

버트럼 삼촌의 연기는 어색하기 짝이 없었다. 미러벨은 이마에 손을 짚고서 짜증을 꾹 누르며 한숨을 쉬었다.

"우리가 꽃길에서 발견했잖아요."

버트럼 삼촌이 꽥 소리를 지르며 되물었다.

"우리라니?"

"내 말은 나랑……."

톰이 대신 말을 맺었다.

"네 애완 곰이랑."

"애완 곰?"

버트럼 삼촌이 다시 빽 소리를 지르며 되물었다. 톰의 말이 꽤나 불쾌한 눈치였다.

그때 톰이 다시 기침을 터뜨렸다. 가슴속에 돌무더기가 덜그럭대는 듯한 소리가 났다. 미러벨은 젬의 얼굴에 걱정이 어리는 걸 보았다.

톰은 두 어른에게 별일 아니라는 듯 손짓하며 말했다.

"저기요, 크게, 쿨럭쿨럭, 폐를 끼치진 않을게요."

기침이 심해지자 톰은 제대로 서 있지 못해 몸을 웅크렸다.

다음 순간 톰이 눈에 흰자위를 드러내며 바닥에 쿵 하고 쓰러졌다. 솔직히 미러벨은 톰이 기절했다는 사실 자체에는 별로 놀라지 않았다. 오히려 그 쓰러지는 동작이 어찌나 느리면서도 우아한지, 공연 막바지의 발레리나를 보는 듯해서 놀랐다.

젬이 비명을 지르며 달려가더니 오빠를 급히 일으켜 세우려했다. 그러자 톰의 머리가 걱정스러운 각도로 휙 꺾였다. 젬은 눈물을 주룩주룩 흘리며 주변 인물들을 애처롭게 바라보았다.

"오빠를 도와주세요. 제발요."

아무도 움직이는 이가 없었다. 버트럼 삼촌과 이넉 삼촌은 충격을 받은 듯했다.

"도와주세요!"

젬이 예전과 다른 매서운 태도로 소리쳤다.

미러벨은 남매 곁으로 가서 젬이 톰의 머리를 바로 받칠 수 있게 도와주었다. 손에 닿는 톰의 살갗은 식은땀으로 축축했고, 열기가 느껴졌다. 두 눈은 완전히 뒤집혀서 흰자위만 보였다. 미러벨은 오빠를 부둥켜안은 젬의 얼굴에서 공포를 읽었다. 당장 오빠가 사라져 버리기라도 할까 봐 두려운 듯했다. 그 순간 미러벨은 결심했다.

"버트럼 삼촌, 저 애를 2층으로 데려다주세요."

버트럼 삼촌은 허락을 구하듯 이녁 삼촌을 쳐다보았고, 이녁 삼촌은 미러벨을 매섭게 노려보았다.

"저 애는 이방인이야! 여기 있을 수……."

이녁 삼촌은 화가 나서 말까지 더듬었다. 그러나 미러벨은 듣지 않겠다는 듯 세차게 고개를 저으며 버트럼 삼촌을 향해 돌아섰다. 버트럼 삼촌의 얼굴에 혼란이 가득했다. 어떻게 해야 할지 망설이는 모양이었다. 일단은 이녁 삼촌의 기세에 눌려 가만히 서서 구경만 하고 있지만, 분명 두 눈에 동정의 빛이 어려 있었다.

"삼촌, 부탁드려요. 애가 많이 아프잖아요. 이대로 내버려 둘 순 없어요."

버트럼 삼촌은 다시 이녁 삼촌을 쳐다보았다.

"나쁠 것 없지 않겠나? 내 말은……."

버트럼 삼촌은 톰을 가리키며 말을 이었다.

"아이고, 저 불쌍한 애를 좀 보게나."

이녁 삼촌이 톰에게 눈길을 주었다. 미러벨은 이녁 삼촌이 이를 악무는 모습을 지켜보았다. 삼촌의 얼굴에 알 수 없는 표정이 스쳐 지나갔다. 무슨 생각인지 짐작하기는 어렵지만, 고통스러워 보이는 모습을 보아 이녁 삼촌도 심각한 갈등을 겪고 있는 게 분명했다. 미러벨의 분노와 버트럼의 조심스러운 부탁 사이에 끼어 평소와 달리 단호하게 나오지 못하는 듯했다. 이넉 삼촌이 말을 꺼낼 듯 말 듯 망설이는 틈에 미러벨은 얼른 버트럼 삼촌에게 고갯짓으로 신호를 보냈다. 버트럼 삼촌이 냉큼 달려와 톰을 품에 안아 들었다.

미러벨은 계단 쪽으로 향하며 버트럼 삼촌에게 어느 방으로 가라고 일러 주었다. 쨈에게 고갯짓으로 따라가라는 신호를 주고서 자신도 계단을 오르려는 순간, 이넉 삼촌이 미러벨의 팔을 가만히 잡더니 미러벨을 물끄러미 내려다보았다.

"저들은 이방인이야, 미러벨. 바깥세상 사람이란 말이다."

이넉 삼촌의 얼굴에 또 그 표정이 어렸다. 미러벨은 처음과 달리 삼촌의 확신이 흔들리는 걸 느꼈다. 지금은 오히려 미러벨에게 간청하는 듯이 보였다.

미러벨은 고개를 가로저었다.

"삼촌, 저 애들한텐 우리 도움이 필요해요."

이어 미러벨은 뒤돌아서서 계단을 올랐다.

젬

　톰이 기절한 순간, 젬은 눈앞이 캄캄해지는 공포를 맛보았다. 지금껏 이렇게 지독한 두려움은 느낀 적이 없었다. 부모님이 돌아가셨다는 소식을 들었을 때 마음이 갈가리 찢어지는 듯했던 고통보다 이번이 더 끔찍했다.

　'오빠까지 잃을 순 없어. 내게 남은 건 오빠뿐인걸.'

　젬은 몸이 주체할 수 없이 덜덜 떨렸다. 오빠를 안아 든 버트럼이라는 남자를 따라 계단을 끝까지 올라갈 자신이 없었다.

　그때 누군가 살며시 젬의 팔을 잡았다. 눈을 들자, 차분한 회색 눈동자가 보였다. 미러벨이라는 아이였다. 미러벨이 살포시 미소를 지으며 말했다.

　"네 오빠는 괜찮아질 거야."

　전율이 점차 가라앉자 젬은 다시 몸서리를 치지 않으려고 두 주먹을 꽉 움켜쥐었다.

　톰을 데리고 들어간 방에는 네 모퉁이 기둥에 커튼을 늘어뜨린 커다란 침대, 소파, 탁자, 의자 몇 개가 놓여 있었다. 하나같이 오래된 물건 같아 보였다. 창문에는 천장부터 바닥까지 닿는 두꺼운 벨벳 커튼이 드리워져 있었다.

버트럼은 톰을 침대에 살며시 내려놓고서 뒤로 물러서더니 때맞춰 들어온 이녁을 불안한 눈으로 쳐다보았다.

젬은 검은 옷차림에 차가운 태도를 지닌 이녁이란 사람이 무서웠다. 버트럼이 그를 대하는 태도를 보면 이녁이 이 집의 최고 결정권자인 듯했다. 방으로 들어온 이녁은 버트럼에게 별다른 말을 하지 않았다. 그저 그 자리에 가만히 서서 톰을 지켜볼 뿐이었다. 불안에 시달리고 있는 젬조차 이녁이 동요하고 있다는 걸 분명히 알아볼 수 있었다.

"의사가 필요해요. 엘런비 선생님을 모셔와야겠어요."

미러벨이 말을 꺼냈다. 젬은 '의사'라는 말이 들리자 마음이 훅 놓였다. 그 말은 적어도 젬이 이해하는 세상에 속한 것이었다. 이녁이 버트럼을 손짓해 부르더니 날 선 목소리로 나직하게 뭔가를 말했다. 버트럼이 고개를 끄덕이더니 곧장 밖으로 나갔다. 이어 이녁의 눈길이 젬을 향했다. 젬은 주눅 들지 않고 그 시선을 똑바로 마주했다. 그게 오빠가 자신에게 바라는 일일 테니까.

젬은 문득 누군가 자신의 팔꿈치를 부드럽게 당기는 걸 느꼈다. 미러벨이 젬을 침대 옆 의자로 이끌었다. 젬은 고개를 까딱여 고맙다는 인사를 하고서 의자를 침대 머리맡 쪽으로 옮겨 앉았다. 그러고는 두 손을 뻗어 식은땀에 젖은 오빠의 손을 꼭 감싸 쥐었다.

젬은 오빠한테서 한시도 눈을 떼지 않았다. 힘겹게 들썩이는 오빠의 가슴을 지켜보며 기다리고 또 기다렸다. 시간의 흐름이 느껴지지 않았다. 하지만 미러벨이 가까이에 있고, 문간에 이넉이 서 있다는 걸 어렴풋이 느낄 수 있었다. 한때 파란색 격자무늬 원피스 위에 하얀 앞치마를 겹쳐 입은 여자아이 둘이 방으로 들어왔다. 쌍둥이 같아 보였는데, 젬은 오빠를 지켜보느라 그다지 주의를 기울이지 않았다. 쌍둥이가 서로를 도티와 데이지라 부르는 소리가 들렸다. 둘이 쑥덕대면서 젬을 빤히 쳐다보는 눈길이 느껴졌다. 이윽고 둘은 처음 나타났을 때처럼 갑자기 획 사라져 버렸다.

30분쯤 지났을 때, 차가 다가오더니 저택 밖에 멈춰 서는 소리가 들렸다. 잠시 후 버트럼이 나이 지긋한 남자를 데리고 방으로 들어왔다. 남자는 검은색 줄무늬가 든 우윳빛 조끼 위에 갈색 재킷을 걸친 품격 있는 옷차림을 하고 있었다. 깔끔하게 손질된 콧수염 위로 둥근 안경이 보였다. 남자의 목소리는 따뜻하면서도 사람의 마음을 진정시키는 힘을 지니고 있었다.

"이 아이들은 누군가?"

남자가 묻자, 이넉이 대답했다.

"이방인이지."

젬은 그 말에 내심 발끈했다. 이넉의 목소리에서 차가운 경멸

이 느껴졌다.

"흠, 알려 줘서 고맙네."

남자가 대답하면서 침대로 다가왔다.

"손님에게 이토록 관대하다니, 이넉 자네의 너그러운 태도에 감명받지 않을 수 없구면."

이어 남자는 젬에게 손을 내밀며 악수를 청했다. 젬이 손을 마주 잡자, 남자가 빙그레 웃으며 말했다.

"난 의사고, 이름은 마커스 엘런비란다. 넌 누구니?"

"젬. 젬 그리핀이에요."

"어디서 왔니?"

"런던이요."

"음, 그래, 런던에서 온 젬 그리핀. 만나서 반갑구나."

젬은 단박에 엘런비 선생님이 좋아졌다. 엘런비 선생님은 다른 이들과 달랐다.

'이분은……'

젬은 적당한 말을 찾느라 열심히 생각했다. 마침내 알맞은 낱말이 떠올랐을 때, 그 말이 얼마나 당연한지 놀라지 않을 수 없었다.

'그냥 평범해.'

이 집 사람들과 비교하면 엘런비 선생님은 정말 평범하게 느껴졌다.

엘런비 선생님이 톰을 유심히 바라보며 물었다.

"여기 이 친구는 누구니?"

"제 오빠 톰이에요."

젬은 어수선한 마음을 가라앉히려 애를 썼다. 오빠를 바라보며 억누르고 있던 감정이 밖으로 터져 나오려 했다.

엘런비 선생님은 고개를 끄덕이며 젬의 어깨를 다독여 주더니 낡은 왕진 가방을 침대 옆에 올려놓고 진료를 시작했다. 먼저 엘런비 선생님은 청진기 소리를 들어 보려고 톰의 셔츠를 벗기고서 살며시 옆으로 돌려 눕혔다. 시퍼런 멍으로 얼룩진 톰의 등이 드러나자 엘런비 선생님은 순간 멈칫했고, 젬은 속으로 눈물을 삼켰다. 고맙게도 엘런비 선생님은 톰의 상처에 대해 아무 말도 하지 않았고, 젬은 그런 배려가 한없이 고마웠다.

엘런비 선생님은 톰의 심장 소리를 들어 보고, 체온과 혈압을 쟀다. 엘런비 선생님은 손가락이 긴 반면, 손가락 마디는 울퉁불퉁한 나무뿌리처럼 굵었다. 그래도 환자를 다루는 솜씨가 세심하면서도 여간 노련하지 않았다.

엘런비 선생님은 청진기 소리에 귀를 기울이면서 젬을 향해 따뜻한 미소를 보냈다.

"힘차고 튼튼한 심장이로구나."

엘런비 선생님은 가져온 의료기를 챙기며 말을 이었다.

"아무래도 우리 톰이 열병 증세가 있는 듯하구나. 푹 쉬면서

약을 잘 챙겨 먹어야 한단다."

엘런비 선생님은 가방에서 병 하나를 꺼내어 침대 옆 탁자에 올려놓았다.

"일주일간 하루에 네 번 복용해야 해. 적어도 닷새는 꼼짝 말고 누워 있어야 한단다. 체력을 회복해야 하니까 말이야. 당연히 식사도 잘해야 하고."

엘런비 선생님은 메마른 톰의 팔 가죽을 살짝 집더니 짐짓 이넉을 쳐다보며 덧붙였다.

"잘 먹어야 낫는 법이거든."

"일주일?"

이넉이 당황해서 되묻자, 엘런비 선생님은 고개를 끄덕이더니 고집스러운 표정을 지으며 안경테 너머로 이넉을 뚫어져라 쳐다보았다.

이넉이 한숨을 푹 쉬었다.

엘런비 선생님이 가방 옆을 탁 내리치며 말했다.

"좋아. 이넉 자네가 환자를 대하는 태도의 기본기를 익힐 수 있을지 기대해 보겠네."

엘런비 선생님은 눈주름을 잡으며 싱글싱글 웃었고, 이넉은 서글프게 고개를 절레절레 흔들었다.

"마커스, 오랜만에 만나서 반가웠네."

이넉의 말에 엘런비 선생님이 고개를 주억였다.

"나도 반가웠네. 정말 오랜만이군."

젬은 잠깐이지만 두 남자 사이에 묘하게 껄끄러운 침묵이 흐르는 걸 느꼈다. 여태 말이 없던 버트럼이 불쑥 입을 열었다.

"벌써 몇 년은 되지 않았나? 서로 못 본 게 그때……."

이넉이 차가운 눈빛을 날리자, 버트럼은 말꼬리를 흐렸다. 젬은 잠깐이지만 엘런비 선생님의 몸이 굳는 걸 알아차렸다. 가방 손잡이를 잡고 있던 손에도 힘이 들어갔다.

"자, 그럼 난 그만 가 보겠네."

엘런비 선생님은 젬에게 고개를 까딱여 인사하며 말했다.

"오빠를 잘 돌봐 주렴. 잘 먹고 잘 쉬게 살펴 줘야 해. 이넉 저 친구 말은 너무 신경 쓰지 않아도 돼. 내 말이 맞지, 미러벨?"

미러벨은 활짝 웃으며 대답했다.

"그럼요, 엘런비 선생님."

엘런비 선생님은 잠시 망설이더니 젬에게 다가가 안심하라는 듯 어깨를 다독였다. 그러고는 나직이 말했다.

"이 집이라면 안심해도 돼."

젬은 엘런비 선생님이 떠나려 하자 심장이 철렁했다. 그런 젬의 두려움을 감지하기라도 한 듯 곧바로 미러벨이 곁으로 다가왔다.

"오늘 밤 오빠 옆에서 지내도록 해. 버트럼 삼촌이 이부자리를 가져와서 소파 위에 깔아 주실 거야. 그렇죠, 삼촌?"

버트럼은 고개를 끄덕였고, 이넉은 못 말린다는 듯 눈을 굴리며 미끄러지듯 방을 나섰다. 버트럼이 이넉의 뒤를 따라 나가자, 미러벨이 말했다.

"이넉 삼촌은 너무 염려하지 마. 누가 찾아오는 게 익숙하지 않아서 저러는 것뿐이야. 난 내려가서 먹을 걸 좀 챙겨 올게. 먹고 싶은 거 있니?"

젬은 어떻게 답해야 할지 몰라 망설이는데 배에서 꾸르륵 소리가 요란하게 울려 퍼졌다. 미러벨은 금방 돌아오겠다며 방을 나섰다.

잠시 후 미러벨은 커다란 쟁반을 들고 나타났다. 버트럼도 베개 두 개와 이불 한 채를 가져와 소파에 깔아 주었다. 미러벨은 쟁반을 탁자에 내려놓더니 의자를 뒤로 당기며 젬에게 앉으라는 손짓을 했다.

젬은 쟁반에 쌓여 있는 음식을 보고서 눈이 휘둥그레졌다. 빵에 올려 먹을 수 있도록 얇게 썬 구운 소고기, 사과, 오렌지, 포도, 치즈, 과자, 빵 두 덩이, 삶은 달걀 여러 개, 홍차와 우유, 난생처음 보는 희한하게 생긴 갈색 과일, 과일 케이크, 초콜릿케이크, 책에서 한번 본 적이 있어 겨우 정체를 알아본 파인애플까지. 젬은 엄마가 이 음식을 보면 뭐라고 했을지 궁금했다. 변변찮은 홍차 배급량에 한숨 쉬고, 다시 바나나 구경을 할 수 있을지 모르겠다며 서글퍼하던 엄마 기억이 떠올랐다.

버트럼은 기대에 부푼 표정으로 곁에서 서성대며 손을 꼼지락거리더니 어서 먹으라는 듯이 고갯짓으로 음식 쪽을 가리켰다.

"달걀은 오늘 아침에 삶은 거란다. 소고기는 최상급일 거야. 이건 키위라는 과일이야. 아주 진미라더구나."

버트럼은 신경 쓰지 말라는 듯이 한 손을 휘휘 저으며 이렇게 덧붙였다.

"그게 무슨 소린지 나도 모른단다."

젬은 키위를 실제로 본 적이 없었다. 예전 이웃 테이트 할머니한테서 이야기를 들은 게 전부였다. 할머니도 전쟁 때 뉴질랜드에 주둔했던 아들이 보내온 편지에서 키위에 대한 설명을 읽은 게 전부일 터였다. 할머니의 아들은 키위가 '새콤달콤'하다고 했다. 그 설명만으로도 젬은 입에 침이 고였다. 모두 마지못해 먹고 있는 퍽퍽한 빵 말고 다른 음식을 맛보고 싶다는 갈망이 끓어올랐다.

그래도 키위가 아무리 맛있다 한들 일단은 익숙한 음식이 나을 듯했다. 젬은 자신의 행동 하나하나를 유심히 바라보는 버트럼의 눈길을 느끼며 삶은 달걀을 집어 들었다. 껍질을 까는 동안 뱃속이 꼬르륵대며 사정없이 요동쳤다. 젬이 달걀을 한 입 베어 물자, 버트럼이 구슬프게 끙 소리를 냈다.

"무슨 맛이냐?"

버트럼이 입맛을 다시며 물었다. 젬은 입안 가득 달걀을 문 채 버트럼을 멀뚱멀뚱 쳐다봤다. 너무 뜬금없는 질문에 한 대 맞은 기분이었다. 젬이 서둘러 달걀을 씹어 삼키는 사이, 버트럼은 조끼에서 수첩과 연필을 허둥지둥 꺼내 들었다.

"어떤 맛인지 말로 표현해 보겠니?"

순간 젬은 멍하니 말문이 막혔다.

"어…… 달걀 맛이요?"

"달걀 맛이라! 멋지군!"

버트럼은 잔뜩 들떠서 수첩에 메모를 끄적였다.

"삼촌! 그만하세요!"

보다 못한 미러벨이 발끈했다. 버트럼은 입을 삐죽거리고 얼굴에 경련을 일으키며 죄지은 사람처럼 눈길을 옆으로 돌렸다.

"아, 그럼, 그럼. 미안하다."

버트럼은 부루퉁하게 사과하고는 문으로 걸음을 옮겼다.

"그 맛난 음식은 전부 내 조카 오드가 구해 왔다는 점을 꼭 밝히고 싶구나. 오드가 그러는데 하나같이 최고 품질이라고 장담했단다."

이윽고 버트럼이 방에서 나갔다.

"너도 이 방에서 지내도록 해. 저 문으로 나가면 화장실이 있어."

미러벨은 오른쪽 벽에 난 문을 가리켰다.

젬은 고개만 끄덕였다. 입안 가득한 빵 때문에 말을 할 수가 없었다.

미러벨이 목소리를 확 낮추더니 엄숙한 눈빛으로 젬을 바라보며 말을 이었다.

"무슨 일이 있어도 밤에는 절대로 이 방을 떠나선 안 돼. 자정이 지나고 나서는 더더욱. 해가 지고 어둠이 내리면 아침까지 반드시 이 안에만 있어야 해."

미러벨의 진지한 목소리에 젬은 멈칫했다. 자신이 입을 떡 벌리고 있다는 걸 알지만, 다물려 해도 어쩐지 뜻대로 되지 않았다. 빵 덩어리를 씹는 둥 마는 둥 삼켰더니 목에 턱 걸렸다.

"왜?"

젬의 물음에 미러벨은 고개를 가로저으며 대답했다.

"그냥 이 방을 떠나지 마. 무슨 소리가 들려도 방에서 나가지 않겠다고 약속해."

젬은 미러벨의 목소리가 떨리는 걸 느끼고서 더 묻지 않고 고개를 끄덕였다. 미러벨은 그제야 마음이 놓이는 눈치였다.

"약속해 줘서 고마워."

미러벨은 문으로 걸음을 떼며 말을 이었다.

"삼촌이랑 얘기해서 너희들이 더 머물게 해 달라고 부탁해 볼게."

"고마워. 정말 고마워."

미러벨이 살며시 방문을 닫고 나갔다. 젬은 다시 감정이 벅차오르던 참이라 혼자 남은 쪽이 차라리 반가웠다. 젬이 두 손에 얼굴을 묻고서 눈물을 삼키는데, 언뜻 등 뒤에서 속삭이는 소리가 들렸다.

"젬?"

톰이 일어나 앉으려고 애를 쓰고 있었다. 아까보다 더 얼굴이 죽은 사람처럼 창백했다. 젬은 얼른 침대로 달려가 오빠의 어깨를 부드럽게 밀며 자리에 다시 눕혔다. 톰은 동생의 뜻을 고분고분 따르더니 침대 옆에 늘어진 커튼을 보고서 눈빛이 혼란스러워졌다.

"여긴 어디……?"

"저택 안이야. 그 사람들이 우릴 여기 머물게 해 줬어. 오빠는 한동안 잘 쉬어야 한대."

톰은 젬이 따라 준 물을 벌컥벌컥 들이마셨다. 이어 젬이 소고기 샌드위치를 건네주었지만, 톰은 두어 입 이상 삼키지 못했다. 젬은 나중에 다시 먹을 수 있도록 침대 옆에 접시를 올려놓고서, 약병에 쓰인 용량대로 오빠에게 약을 먹였다. 약 기운에 몸이 나른한지 톰이 스르르 잠들었다. 잠든 오빠의 모습은 거의 평화로워 보이기까지 했다. 지난 며칠간 몸이 불덩이처럼 펄펄 끓던 사람처럼 보이지 않았다.

젬도 잘 준비를 했다. 소파는 누워 자기에 충분히 컸고 편안해 보였다. 이불에서는 오랫동안 좀약과 함께 보관한 듯한 냄새가 났다. 젬은 오빠를 좀 더 살펴본 다음, 소파에 몸을 뉘었다. 밤에 오빠가 찾을 때를 대비해서 창문 커튼을 아주 살짝 열어 두었더니 달빛 한 줄기가 비쳐 들었다. 어둠 속을 말똥말똥 바라보고 있으니 젬은 이곳에 와서 보았던 광경들이 떠올라 머릿속이 복잡해졌다. 남매를 잡아먹으려고 달려들던 괴물 꽃 떼와 거대한 곰의 붉은 눈동자가 눈을 감을 때마다 자꾸 선명하게 떠올랐다. 하지만 시간이 흐르자 그동안 쌓여 온 피로가 몰려왔고 그날 겪은 소동까지 더해져서 몸이 한층 더 느른했다. 마침내 젬은 깊고 깊은 잠에 빠져들었다.

젬은 꿈을 꾸었다.

꿈꾸는 동안 젬은 두려움에 사로잡힌 채 무거운 이불 밑에서 꼼짝달싹하지 못했다. 달빛 너머로 그림자 하나가 스쳐 지나갔다. 저 멀리 어딘가에서 가죽 날개를 펄럭이는 듯한 소리가 들렸다.

미러벨

"누가 누굴 잡아먹는다는 거예요? 절대 안 돼요!"

미러벨이 으름장을 놓았다. 식탁 반대편에 앉은 데이지가 보란듯이 히죽거렸다. 미러벨은 데이지를 매섭게 노려보았고, 데이지는 그런 미러벨을 향해 입을 삐죽대며 대꾸했다.

"물어볼 수 있잖아? 합리적인 질문이었어."

"합리적인 질문이었나?"

버트럼 삼촌이 이넉 삼촌에게 되물었다. 목소리가 지나칠 정도로 기대에 부풀어 있었다. 일라이자 이모와 함께 식탁 맨 앞자리에 앉은 이넉 삼촌이 대답했다.

"남자아이가 깨어나는 대로 내보내도록 하자."

이넉 삼촌의 말에 미러벨이 대답했다.

"엘런비 선생님이 일주일은 요양해야 한다고 하셨잖아요."

그러자 도티가 다정하게 물었다.

"그럼 잡아먹어도 되겠네?"

미러벨이 탁자를 탕 내리치며 대꾸했다.

"안 된다고 했잖아!"

도티의 눈에 눈물이 그렁그렁 고이더니 아랫입술이 파르르 떨리기 시작했다. 미러벨의 뒤쪽 식당 구석에서 뼈다귀를 갉아 먹고 있던 기디언이 고개를 들더니 인상을 찌푸렸다.

버트럼 삼촌이 아주 무뚝뚝하고 진지한 표정으로 고개를 주억거리며 말했다.

"절대 안 되지. 미러벨 말이 맞아. 예의 없는 짓이야."

이어 버트럼 삼촌은 잠시 생각해 보더니 희망에 찬 표정으로 이넉 삼촌에게 물었다.

"예의 없는 짓이려나?"

미러벨은 가슴이 답답해져서 도티, 데이지 쌍둥이와 버트럼 삼촌을 노려보았다.

"예전에는 인간을 사냥했잖아."

데이지가 의기양양하게 떠들었다.

"그건 사실이야."

일라이자 이모의 말을 듣더니 도티가 주눅 들고 겁먹은 표정으로 중얼거렸다.

"인간들도 우리를 사냥했는걸."

이넉 삼촌이 입을 열었다.

"그래서 서로 간의 균형과 평화를 유지하기 위해 '언약'을 맺은 거야. 우리도 그들을 건드리지 않고, 그들도 우리를 건드리지 않는다. 우리는 글래머의 테두리 안에 머문다. 그러기로 우리는 오래전에 인간과 협정을 맺었고, 그 합의 사항을 존중해야 해."

이닉 삼촌은 말을 맺고서 한숨을 푹 쉬었다. 그러자 데이지가 나섰다.

"그 협정은 우리랑 마을 사람 사이에 맺어진 거예요. 저 애들은 마을 사람이 아니잖아요. '언약'이 바깥세상의 누구도 사냥하지 않는다는 데까지 적용되는 거 나도 알아요. 그런데 저 애들은 자기 발로 우리 영역에 들어왔지, 우리가 강제로 데려온 게 아니잖아요. 그러니 잡아먹어도 된다고 봐요."

그러자 미러벨이 발끈해서 쏘아붙였다.

"지금 법의 빈틈을 이용하려는 거 너도 알고 있지?"

데이지가 뭐 어떠냐는 듯 어깨를 들썩였다. 미러벨은 탁자 너머로 몸을 날려 데이지에게 달려들고 싶은 마음을 억누르느라 갖은 애를 써야 했다.

"사람 고기 맛이 어땠는지 이제 기억도 안 나네."

일라이자 이모의 말이 떨어지자마자, 때맞추어 기디언이 꺼억 하고 트림을 했다.

미러벨은 고개를 돌리고서 이닉 삼촌을 바라보았다.

"그 애들을 도와줘야 해요."

"바깥세상으로부터 무단 침입이 일어났어. 이 사건을 어떻게 다루면 좋을지 가족 모두의 합의가 필요해."

이닉 삼촌은 역정을 내며 의자에 푹 기대어 앉더니 짜증스럽게 소리쳤다.

"오드는 어디 있는 게냐?"

미러벨이 차분하게 대답했다.

"이 문제에 오드는 필요 없어요."

"미러벨, 가족의 원로로서 말하는데……."

미러벨이 자리에서 벌떡 일어서며 대꾸했다.

"삼촌은 최고 원로도 아니잖아요. 최고 원로는 피글릿이죠. 우리 가족은 그 남매를 반갑게 맞아들여야 해요. 이방인이든 아니든 상관없어요."

이닉 삼촌은 차갑게 미소 지으며 대답했다.

"너도 알다시피 가족의 기강을 세우는 문제에 있어 피글릿은 어린아이나 다름없지."

미러벨은 코웃음을 쳤다.

"기강이라니요!"

"기강이 뭐야?"

도티가 데이지에게 나직이 묻자, 데이지는 그걸 어떻게 알겠느냐는 듯이 어깨를 으쓱였다.

이닉 삼촌은 화를 참느라 표정이 일그러지다 못해 얼굴에 바들바들 경련이 일어났다.

"미러벨."

"그게 누구든 사람을 잡아먹어선 안 돼요!"

미러벨은 분노로 가슴이 꽉 막혀 더는 숨을 못 쉴 것 같았다.

데이지는 여전히 물러서지 않았다.

"한 가지 짚고 넘어가자면, 미러벨, 넌 사람이든 뭐든 '먹지' 못하잖아."

이번에는 이닉 삼촌이 식탁을 쾅 하고 내리쳤다.

"오드는 어디 있는 게냐?"

곧장 버트럼 삼촌이 천장을 가리켜 보였다.

모두의 눈길이 위로 향한 순간, 천장에서 한 뼘 정도 아래 허공에 검은 소용돌이가 일어나더니 포털이 열렸다. 이어 작은 형체가 포털에서 빠져나와 쾅 하고 식탁 위에 떨어졌다.

오드는 태연하게 일어서서 옷의 먼지를 툭툭 털더니 식탁에 떨어뜨린 새빨간 페즈 모자*를 집어서 다시 썼다. 이어 오드는 인상을 찌푸린 채 혼자 오른쪽, 왼쪽을 가리키며 툴툴거렸다.

"아무래도 진입 지점을 다시 검토해 봐야겠어."

이닉 삼촌이 매서운 눈초리를 날렸지만, 오드는 모른 척 가족을 휘휘 둘러보며 물었다.

"무슨 일로 이렇게 모두 모인 거야?"

미러벨이 대답했다.

----

*튀르키예나 일부 중동 사람들이 쓰는 원통형 모자. 위쪽 폭이 조금 더 좁다.

"손님이 왔어."

"'초대하지 않은' 손님이지."

이넉 삼촌은 나무라는 눈으로 미러벨을 보며 덧붙였다.

"먹을 수 없는 손님이야."

버트럼 삼촌이 의자에서 나부대며 말했다.

"인간 남자아이와 여자아이가 글래머 안으로 들어왔단다."

일라이자 이모의 말에 오드는 눈을 휘둥그레 떴다.

"그건 불가능한 일이에요."

"우리도 그런 줄 알았지."

이넉 삼촌이 한숨을 쉬며 대답하자, 일라이자 이모가 설명을
덧붙였다.

"듣자 하니 글래머가 찢어진 모양이야."

그 말에 도티와 데이지가 서로를 와락 끌어안더니 우는소리
를 하고, 버트럼 삼촌은 엄지를 쪽쪽 빨기 시작했다. 이넉 삼촌
은 골치가 아픈 듯 눈을 질끈 감았다.

오드가 고개를 갸웃하며 입을 열었다.

"글래머가 찢어져요? 곤란하게 됐네요. 이런 일은 들어 본 적
이 없는데. 고칠 수는 있어요?"

이넉 삼촌이 대답했다.

"그래. 대신 시간이 좀 걸릴 것 같구나."

도티가 대뜸 징징거렸다.

"그럼 누구든 들어올 수 있다는 거잖아요. 안 그래요?"

순간 식당 안에 침묵이 내려앉았다. 그 문제에 생각이 미치자, 일라이자 이모는 거북한 듯 자세를 바꾸었고, 버트럼 삼촌은 눈길은 돌리지 않은 채 팔을 뻗어 이모의 손을 꼭 잡았다. 이녁 삼촌도 마음이 어수선한 듯했다. 미러벨과 눈이 마주치자, 이녁 삼촌은 걱정을 감추려고 자세를 꼿꼿이 세우더니 목을 흠흠 고르고서 입을 열었다.

"이 문제는 어떻게든 해결할 거다. 손님 건도 마찬가지고."

오드가 대답했다.

"알겠어요. 그럼 손상된 글래머를 수리하고, 초대하지 않은 손님은 내보내는 거죠?"

미러벨이 다급히 말했다.

"오드, 남자애가 심하게 아파. 그 둘에겐 달리 의지할 사람이 없어."

미러벨은 애원하는 표정으로 오드를 바라보았다. 오드는 미러벨을 딱하게 바라보더니 고개를 끄덕였다. 그러고는 식탁 위를 가로질러 이녁 삼촌에게 다가갔다. 이녁 삼촌이 미심쩍은 눈으로 쳐다보자, 오드는 한숨을 푹 쉬더니만 페즈 모자를 벗어서 이녁 삼촌의 머리에 툭 올려놓았다. 이녁 삼촌은 이게 무슨 일인가 싶어 눈만 껌벅였다. 미러벨은 웃음이 터질 것 같았다. 어느새 미러벨의 무릎에 올라와 있던 기디언도 놀란 눈을 반짝이며 이넉 삼촌을 빤히 쳐다보았다.

오드가 입을 열었다.

"삼촌께 드리는 선물이에요. 이런 걸 너그러운 행동이라고 하죠. 아마 삼촌도 관대함을 드러낼 나름의 방법을 찾을 수 있을 거예요."

미러벨이 웃지 않으려고 한 손으로 입을 틀어막자, 이넉 삼촌이 미러벨에게 눈총을 날렸다. 이어 이넉 삼촌은 오드를 노려보며 머리 위의 페즈 모자를 휙 쳐 내더니 나직이 으르렀다.

"그래. 그럴 수도 있겠지."

오드는 고개 숙여 절을 하더니 새끼손가락으로 왼쪽 허공에 동그라미를 그렸다. 곧바로 포털이 열렸다.

"자, 그럼 저는 이만 실례하겠습니다. 위층에 가 봐야 해서요."

오드가 들어가자 포털이 순식간에 사라졌다. 다음 순간, 식당 바로 윗방 바닥에 뭔가 쿠당탕 부딪치는 소리가 났다. 식당 안의 모든 눈길이 천장을 향했고, 이어 "아야" 하는 소리가 둔하게 들려왔다.

일라이자 이모가 혀를 끌끌 차며 고개를 절레절레 흔들었다.

"언제쯤 계단 쓰는 법을 배우려나."

이넉 삼촌이 미러벨을 똑바로 바라보며 입을 열었다.

"딱 일주일만이다."

미러벨은 기쁨을 드러내지 않으려 입술을 앙다문 채 고개를 끄덕였다. 이어 미러벨은 기디언을 꼭 끌어안았고, 기디언도 미러벨을 따뜻하게 안아 주었다.

이닉 삼촌과 일라이자 이모가 글래머 문제를 의논하는 동안 미러벨을 비롯한 나머지 가족은 잠자코 자리를 지켰다. 이닉 삼촌은 이번 사건 때문에 골머리를 앓는 눈치였다. 그래도 미러벨은 이닉 삼촌이라면 어떻게든 방법을 찾아내리라고 확신했다. 자세히는 모르지만, 글래머를 고칠 수 있을 만한 어떤 수단이나 마법이 분명히 있을 터였다. 혹시 꽃들이 바깥 세계로 나갈까 봐 버트럼 삼촌이 걱정하자, 이닉 삼촌은 룩헤이븐 가족처럼 꽃들도 언약의 당사자이며, 무슨 일이 있어도 저택 진입로를 지킨다는 맹세에 묶여 있다고 알려 주었다.

어느새 저녁 식사 시간이 다가왔다. 미러벨은 저택 뒤쪽에 있는 식품 저장실로 갔다. 한때 초록색이었던 저장실 문은 오랜 세월을 지나는 동안 칠이 벗겨지고 색이 우중충하게 바래 있었다.

저장실 안에 들어서자 날고기 냄새가 확 풍겼다. 천장 고리에 갈빗살 네 덩이가 걸려 있었다. 미러벨은 그중 가장 작은 걸 고르고서 구석에 놓여 있던 손수레를 밀고 왔다. 고리를 빼내자 고깃덩이가 수레 안으로 쿵 하고 떨어졌다.

"미러벨."

오드가 코코넛을 들고서 저장실 문간에 서 있었다.

"이건 코코넛이야."

오드는 미러벨이 볼 수 있도록 코코넛을 들어 올리며 싱글싱글 웃었다.

"나도 알아. 오드, 코코넛은 왜 가져온 거야?"

오드는 코코넛을 선반에 올려놓으며 대답했다.

"버트럼 삼촌이 맛감각을 시험해 볼 수 있도록 뭔가 '흥미로운' 걸 가져다 달라더라고."

"너 요즘 자주 떠나 있더라. 어디 갔었어?"

오드는 어깨를 들썩이며 대답했다.

"아, 너도 알잖아. 여기, 저기, 어디든."

미러벨은 오드를 쳐다보며 방글방글 웃었다. 어쩔 수가 없었다. 어린 소년의 얼굴에 진지한 노인의 표정이 걸려 있으니 보고 있으면 저절로 웃음이 났다. 그러나 무엇보다도 미러벨은 오드를 직접 마주해서 기뻤다. 여러 식구 중에서 미러벨은 오드와 가장 끈끈한 유대감을 느꼈고, 아슬아슬하게 2위이긴 하지만 피글릿도 무척 좋아했다.

신호를 받기라도 한 듯, 낮고 애절한 울음소리가 아득하게 들려왔다.

"배고픈가 봐."

오드의 말에 미러벨은 한숨을 폭 쉬며 대답했다.

"안 그런 적 있어?"

미러벨은 손수레를 밀며 저장실을 나섰다. 적막한 복도에 바퀴 덜컹대는 소리, 끼익 하는 수레 소리가 메아리쳤다. 오드가 뒤따라 나오더니 미러벨 곁에서 나란히 걸었다.

"모로코."

오드가 불쑥 말을 꺼냈다.

"그게 무슨 말이야?"

"모로코에 있었다고."

오드는 손가락을 꼽으며 말을 이었다.

"모로코, 튀니지, 아마도 그린란드였던 듯한 곳, 러시아 남부 초원 어딘가, 그리고 어떤 섬을 다녀왔어."

"좋았겠네."

"아, 게이츠헤드*도 갔구나."

"게이츠헤드에는 뭐 하러?"

미러벨이 어리둥절해서 묻자, 오드는 어깨를 들썩여 보일 뿐 대답이 없었다. 그러더니 호주머니에서 검은색의 매끈한 화살촉을 꺼냈다.

"이걸 발견했어."

연이어 오드는 주머니에서 노르스름한 회색 덩어리를 꺼내어 보였다.

----

*영국 북부 지방에 있는 도시.

"이것도."

"그게 뭐야?"

미러벨의 물음에 오드가 환한 얼굴로 대답했다.

"비누."

"이제 비누까지 수집하러 다니는 거야?"

"오래된 비누만."

"어련하시겠어."

미러벨을 웃으며 머리를 절레절레 흔들었다. 오드가 다시 주머니를 뒤적였다.

"흥미로울 만한 물건은 이제 더 없을 것 같은데."

뭔가 잡히는지 오드가 주머니에서 손을 꺼냈다. 손안에 금으로 만든 가느다란 사슬이 들려 있었다.

"이게 왜 여기 들어가 있지?"

오드는 인상을 찌푸리며 사슬을 다시 호주머니에 넣었다.

잠시 둘은 말없이 복도를 걸었다. 그러다가 오드가 싱글거리며 불쑥 물었다.

"그래서 넌 방문객을 잡아먹으면 안 된다는 쪽인 거지?"

순전히 농담이라는 걸 알지만, 미러벨은 짜증스러운 표정을 지어 보였다.

"왜? 물어볼 순 있잖아?"

오드의 말에 미러벨이 되물었다.

"넌 걔들을 잡아먹고 싶니?"

오드는 쿡쿡 웃으며 대답했다.

"별로."

"이젠 사람 고기 생각이 전혀 안 나?"

"뭐, 꼭 그런 건 아니고."

오드의 대답을 듣고서 미러벨은 빙그레 웃었다.

오드는 잠시 뭔가를 생각해 보더니 다시 입을 열었다.

"인간을 잡아먹지 않겠다고 맹세하기도 했지만, 수없이 여행을 다니면서 인간들 틈에서 오랜 시간을 보냈더니 뭐랄까, 그들에 대해 일종의 자비심 같은 게 생겼어."

둘은 다시 한동안 말이 없었다. 문득 미러벨의 마음에 어떤 감정이, 옳은 일을 해야 한다는 열망이 끓어올랐다.

"그 애들을 도와줘야 해."

오드는 입을 앙다물며 생각에 잠겼다.

"오드, 그게 옳아. 물론 그 애들은 마을 사람이 아니야. 그렇다고 무조건 돌려보내야 한다는 법도 없잖아. 가족이든 아니든, 그 애들도 우리 도움을 받을 자격이 있어."

오드는 말없이 고개를 끄덕였다.

둘은 다시 침묵 속에 걸었다. 적막한 복도에 수레가 삐걱대고, 바퀴가 덜컹이는 소리만 울려 퍼졌다.

잠시 후 오드가 물었다.

"이녁 삼촌은 어떻게 지내?"

미러벨은 한숨을 쉬며 대답했다.

"이녁 삼촌은 늘 똑같지 뭐."

"넌 그간 세상 구경 좀 다녔어?"

오드가 물었다.

"응."

"재미있는 구경거리라도 있었어?"

"저택 바깥도 보고, 담벼락 안도 보고, 정원도 보고."

"그 이상 나가 볼 마음은 안 들어?"

"오드, 난 너랑 달라. 난 너처럼 특별한 능력을 지니고 있지 않아. 이녁 삼촌이 '그런 능력을 제한하는 건 너무 잔인한 일이지'라면서 마음껏 쓰도록 허락해 준 능력 같은 게 없다고. 글래머 밖으로 나가면 안 된다는 규칙을 난 따라야 해."

오드는 한숨을 쉬며 대답했다.

"미러벨, 넌 내 질문에 대답하지 않았어."

"'더 멀리' 나가는 게 내겐 허락된 일이 아니야."

"그것도 내 질문에 대한 대답은 아니잖아."

이윽고 둘은 널찍하고 긴 복도 입구에 다다랐다. 희미한 노란색 등이 복도를 어슴푸레하게 밝히고 있었다. 복도 끝에서 피글릿의 낮은 신음이 들려왔다. 미러벨과 오드는 가로세로 폭이 6미터나 되는 커다란 철문 앞에 도착했다. 문 앞면에 온갖 괴물

84

형상이 장식되어 있었다. 촉수를 뻗은 괴물, 뿔이 솟은 괴물, 수
많은 날개가 달린 괴물, 눈이 여럿 달린 괴물 등 온갖 형체가
뒤엉켜 날카로운 이빨과 발톱의 소용돌이를 이루었다. 괴물 장
식 사이사이의 공간에는 삐쭉삐쭉한 룬 문자가 새겨져 있었다.
누가 이 문을 만들었는지 제대로 아는 이가 없었다. 얼마나 오
래되었는지도 알려진 바가 없었다. 하지만 그 중요성만큼은 모
두가 잘 알고 있었다. 미러벨은 이따금 문 앞에 서서 괴물 장식

을 바라보며, 고대의 언어를 해석하기라도 하듯 온갖 이미지를 흡수하려 해 보았다.

미러벨이 문을 가리키며 말을 꺼냈다.

"난 이게 일종의 이야기라는 생각이 들어. 이 조각들을 좀 봐."

오드는 고개를 갸웃하며 문을 쳐다보았다.

"전에도 그런 말을 한 적이 있지? 네 말이 맞을지도 몰라."

미러벨은 나직이 중얼거렸다.

"그런데 무슨 이야기인지는 모르겠어."

미러벨은 실눈을 뜨고서 괴물 이미지를 다시 들여다보았다. 이 문 앞에 설 때마다 마음으로는 거부하면서도 자꾸만 어떤 특정한 형상에 눈길이 갔다. 무시무시한 이빨과 발톱으로 이루어진 혼돈 한가운데에 마치 살을 도려낸 듯 뼈만 앙상한 괴물 하나가 자리 잡고 있었다. 긴 얼굴, 텅 빈 두 눈. 그 괴물은 발톱 사이에 자기보다 더 작은 괴물을 움켜쥔 채 울부짖고 있었다. 입안에는 길고 날카로운 이빨이 가득했다. 괴물이 새된 소리를 지르며 손에 든 작은 괴물들을 쩍 벌린 입으로 가져가는 듯이 보였다. 정말 기이한 형상이었다. 문 위의 온갖 괴물 이미지 중에서 유독 그 형상은 볼 때마다 미러벨을 몸서리치게 했다.

미러벨은 오드에게 그 괴물을 가리켜 보였다.

"이게 뭘까? 너무 소름 끼치게 생겼어."

"정말 그러네."

오드는 메스꺼워하면서도 동시에 생각이 많은 듯 보였다.

미러벨은 차가운 철문에 살며시 손을 올려놓고서 속삭였다.

"피글릿?"

갑자기 문 안쪽에서 쿵 쿵 땅을 울리며 다가오는 소리가 났다. 이어 철커덩하는 금속성 소리와 귀청이 터질 듯한 포효 소리가 울려 퍼지더니 문이 부르르 떨렸다.

미러벨은 방그레 웃었다.

"피글릿."

미러벨은 문 뒤에서 울려 퍼지는 포효와 쿵쿵대는 소리에 전혀 개의치 않고 수레 쪽으로 돌아섰다. 어느새 오드가 손을 움직이고 있었다. 오드 옆의 허공에 검은 구멍이 열리기 시작했다.

"어디 가는 거야?"

미러벨이 볼멘소리로 물었지만, 오드는 태평하게 대답했다.

"몰라."

"오래 떠나 있을 거야?"

오드는 시커먼 포털 안으로 들어서더니 미러벨을 돌아보며 어깨를 으쓱였다. 다음 순간, 오드도 포털도 사라지고 없었다.

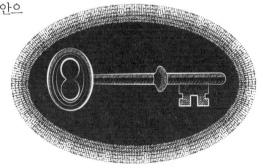

미러벨은 짜증이 치밀어 끙 하고 앓는 소리를 냈다. 피글릿이 몸을 부딪치는지 등 뒤에서 문이 드르르 떨리고, 문 안쪽을 발톱으로 벅벅 긁는 소리, 포효 소리가 사정없이 울려 퍼졌다.

미러벨은 수레에서 고깃덩이를 꺼내어 문 쪽으로 끌고 갔다. 거대한 대문짝 아래쪽에 조그만 덮개 문이 나 있었다. 미러벨은 문 양쪽에 꽂혀 있는 열쇠를 돌리고서 문짝을 안으로 밀었다. 빼꼼 열린 문틈으로 소름 끼치도록 거친 콧소리와 숨넘어갈 듯 다급하고 뜨거운 헐떡임이 느껴졌다.

미러벨은 고깃덩이를 문 안으로 밀어 넣고서 다시 열쇠를 잘 잠갔다. 그러고는 문에 등을 기대고 앉아 피글릿이 기뻐서 끙끙거리는 소리, 입맛을 쩝쩝 다시는 소리, 갈빗대를 와그작 부수고 살을 부욱 찢는 소리에 귀를 기울였다.

"피글릿, 잘 지냈어요?"

먹느라 바쁜데 성가시게 굴지 말라는 으르렁 소리가 대답처럼 들렸다. 다시 쿵쿵, 우적우적 소리가 이어졌다.

"잘 지낸다니 기쁘네요."

여느 때라면 피글릿이 식사를 마칠 때까지 잠자코 기다렸겠지만, 오늘따라 미러벨은 이상하게 가슴이 답답했다. 저도 모르게 말이 불쑥 튀어나왔다.

"피글릿, 손님이 왔어요. 인간인데, 마을 사람들은 아니에요. 하지만 내 생각엔 이 손님들은 우리 도움이 필요해요. 남자애는 등에 오래된 흉터가 가득하고, 여자애는 뭐랄까……. 작고 연약해 보여요. 마치……."

미러벨은 말끝을 흐렸다. 젬과 그 애 오빠를 생각하면 슬픔과 분노가 뒤섞인 이상한 감정이 들었다.

"그 애들은 우리 도움이 필요해요. 이닉 삼촌은 그 애들을 반기지 않아요. 여기 사람이 아니라서요. 그래도 도움의 손길을 찾아온 사람들을 그냥 돌려보낼 순 없잖아요?"

와그작 와그작 씹는 소리가 점점 잦아들면서 뭔가 생각하는 듯한 리듬으로 바뀌었다. 미러벨의 말에 귀를 기울이기라도 하는 걸까? 미러벨은 종종 이곳에 와서 문에 기대어 앉아 몇 시간이고 피글릿에게 이야기를 건넸다. 비록 피글릿이 말은 못 하지만 자기 이야기에 귀를 기울여 주는 것 같아서 미러벨은 어쩐지 마음이 편했다. 언젠가 일라이자 이모는 피글릿에 대해 '동정심이 많다'고 표현했다. 이닉 삼촌은 콧방귀를 뀌었지만, 미러벨은 일라이자 이모의 말에 동의했다. 피글릿은 남을 판단하려 들지 않았다. 피글릿은 남모를 속셈을 품지 않았다. 피글릿은 누구도 괴롭힌 적이 없었다. 절대로.

'피글릿은 위험한 존재야.'

이닉 삼촌의 말이 귀에 생생히 울렸다. 미러벨도 이닉 삼촌이 좋은 뜻에서, 가족을 보호하려고 그런다는 걸 알았다. 그래도 미러벨은 피글릿이 선한 마음을 지녔다고 굳게 믿었다.

문 뒤에서 꺼어억 트림 소리가 길게 울려 퍼졌다. 미러벨은 까르르 웃음이 터졌다. 피글릿이 숨을 헐떡이더니 문에서 물러나는 소리가 들렸다.

미러벨은 자리에서 일어섰다. 문 위에 돋을새김된 룬 문자와 괴물 형상이 등 뒤에 느껴졌다. 이제 피글릿의 소리는 들리지 않았다. 별안간 존재 자체가 세상에서 휙 사라져 버린 듯했다. 미러벨은 차가운 철문에 이마를 기대고서 눈을 감고 나직이 속삭였다.

"피글릿?"

미러벨은 귀를 쫑긋 세웠다. 바닷바람에 모래가 날리는 듯한 소리가 언뜻 들린 것도 같았다. 미러벨은 방긋 웃으며 말했다.

"피글릿, 들어 줘서 고마워요. 늘 내 이야기에 귀 기울여 줘서 감사해요. 또 이야기 나눠요."

미러벨이 제대로 들은 걸까? 멀리서 낮은 울음소리가 들린 듯했다. 밤바다에서 고래가 노래 부르듯, 멀리서 낮은 울음소리가 들린 듯했다. 미러벨은 문에서 한 걸음 뒤로 물러섰다. 문 위의 온갖 조각들과 뒤엉킨 괴물들 한가운데에 자리 잡은 형체로 다시 눈길이 갔다. 어떨 때는 움직이는 걸 본 듯한 느낌도 들었다. 물론 빛의 장난일 테지만.

미러벨은 돌아서서 식품 저장실 쪽으로 다시 수레를 밀기 시작했다. 어깨 너머로 문을 다시 돌아보고 싶은 충동을 꾹 억누르면서.

피글릿

피글릿은 암흑 속을 맴돈다.

피글릿은 이곳이 좋다. 미러벨의 목소리를 듣는 게 좋다. 부드럽고 따뜻한 목소리가 반짝이는 무지개처럼 어둠 속으로 잔잔히 흘러들어온다. 미러벨은 강렬한 빛과도 같다. 별빛처럼. 미러벨이 떠나면 피글릿은 미러벨이 그리워진다. 하지만 다시 돌아오리라는 걸 알고 있다. 말로 표현하지 못 하더라도 피글릿은 많은 것을 안다.

때때로 피글릿은 스스로가 달처럼 느껴진다. 크고 환한 달. 때로는 어둠 속의 먼지 알갱이처럼 느끼기도 한다. 어찌할 바를 모르고 외롭다. 하지만 피글릿은 절대 두려워하지 않는다.

결단코.

피글릿은 공포를 느낀 적이 없다. 배고픔도 알고 호기심도 알지만, 공포에 대해서만큼은 다른 이들의 공포밖에 알지 못한다. '피글릿은 위험해.' 그들이 서로에게 속삭이는 소리. 피글릿은 그 말을 이해하지 못한다. 하지만 피글릿은 공포의 냄새를 맡는다. 맛을 느낄 수 있다. 공포는 묘한 맛이 난다. 고기 맛과는 다르다.

피글릿은 고기가 좋다. 따끈한 온기가 남아 있는 고기를 더 반긴다. 이왕이면 살아 있을 때가 좋다. 가장 맛나니까.

지금 피글릿은 듣고 있다.

피글릿은 항상 듣고 있다.

피글릿은 저택 안의 모든 목소리를 듣는다. 그들의 목소리를 듣기에 여기 이 어둠 속에 홀로 남겨져 있지 않다.

오늘 밤은 다른 소리가 들린다.

미러벨이 말했던, 두 개의 새로운 심장 소리가 쿵쿵 울린다.

피글릿은 숨죽인다. 열심히 귀 기울인다. 피글릿은 어떤 사실을 아는 게 좋다. 누구보다도 많은 걸 알고 있다. 여기…… 영원토록 머물러 왔으니까.

두 심장은 피글릿이 알던 것과는 다르다. 피글릿은 그 소리에 한참 귀 기울이다가 이 일이 어떤 의미일지 의문이 든다. 그러다 문득 허기를 느낀다. 너무나도 허기가 진다.

피글릿은 늘 배가 고프다.

피글릿은 어둠 속에서
신음하고 몸을 데굴
데굴 구르며 뱃속
의 요동을 무시해
보려 한다. 이빨
과 발톱을 날카롭
게 간다. 피글릿은
바깥세상을 갈망한
다. 고기가 있는 그곳, 피
가 흐르는 그곳으로 나가고 싶
다. 따뜻하고, 달콤하고, 맛나다. 피글릿은 과거에도 현재에도 미
래에도 속하지 않기에, 시간을 뛰어넘은 존재이기에, 다른 이들
은 보지 못하는 것을 보고, 알지 못하는 것을 안다. 이제 피글릿
은 무엇보다 한 가지 사실을 확실히 안다.

자신이 곧 풀려나리란 것을.

2장
피글릿이 본 것

미러벨

배달일이 왔다.

미러벨은 배달일이 좋았다. 저택 밖으로 나설 좋은 구실이 생기기 때문이었다. 밖에 나가면 늘 마음이 놓였다. 가끔은 저택 안의 어둠이 숨 막힐 듯 답답하게 여겨졌다. 바닥에서 천장까지 닿는 높다란 창문이 벽마다 가득 늘어서 있지만, 하나같이 두꺼운 커튼이 드리워져 있었다. 심지어 공기마저 무겁고 탁했다.

미러벨은 가죽 목걸이 끝에 달린 마법 펜던트를 벌써부터 꺼내어 놓고 기다리는 중이었다. 돌로 만든 작고 동그란 펜던트 표면에는 초승달, 이글거리는 태양, 그리고 그 둘 사이를 가르는 칼 한 자루가 새겨져 있었다. 미러벨은 손끝으로 그 상징을 어루만지는 걸 좋아했다. 일라이자 이모가 들려준 이야기에 따르면 이 기호들은 햇빛으로부터 보호해 주는 힘을 지녔는데, 이녁 삼촌이 그 기호를 돌에 새겨 목걸이로 만들었고, 그 뒤부터 가족 안에서 대대로 햇빛을 피하는 비법으로 전해져 내려오고 있었다. 물론 가족들은 낮에 활동하기를 꺼리지만, 꼭 낮에 돌아다녀야 하거나 바깥세상에 나갈 일이 있으면 마법 펜던트를 사용했다.

미러벨은 현관문으로 향하다가 그 애를 보았다.

"안녕."

젬이 먼저 인사를 건넸다. 어쩐지 당황하고 불안해하는 눈치였다.

"안녕, 젬."

미러벨이 환한 표정으로 답하자, 젬은 주변을 손가락으로 가리키며 말했다.

"난 그냥 좀 걷고 있었어…… 다른 뜻은……"

미러벨은 얼른 고개를 끄덕였다.

"괜찮아. 온종일 방 안에만 콕 박혀 있기는 힘들잖아."

두 아이는 복도를 사이에 두고 서로를 멀뚱멀뚱 쳐다보았다. 어색한 침묵이 흘렀다.

"네 오빠는? 톰은 어때?"

미러벨이 물었다.

"자고 있어."

미러벨은 다시 고개를 끄덕였다.

"잘됐네."

미러벨은 살포시 웃는 젬을 보며 기뻤다. 수줍은 미소였지만, 미소는 미소니까.

"오늘은 배달일이야. 프레디 만나러 같이 갈래?"

미러벨의 말이 떨어지자마자, 데이지의 목소리가 들렸다.

"그래. 같이 가서 프레디랑 인사하자."

젬의 왼쪽 벽에서 난데없이 데이지의 투명한 머리가 스르르 튀어나왔다. 젬은 기겁하며 비명을 지르다가 하마터면 자기 발에 걸려 넘어질 뻔했다. 데이지가 벽에서 걸어 나와 완전히 모습을 갖추더니 젬을 향해 입을 삐죽이며 놀렸다.

"어이구, 놀라쪄요? 무서워쪄요?"

미러벨은 주먹을 꽉 움켜쥐며 경고했다.

"데이지, 그만해. 손님한테 이게 무슨 짓이야."

데이지는 한쪽 눈썹을 치켜올리며 미러벨을 쳐다보았다.

"뭐, '손님'? 저 앤 그냥 침입자야. 침입자에게 어울리는 건 환영이 아니라 벌이라고."

미러벨은 젬의 얼굴에서 공포를 읽고서 데이지에게 성큼 다가섰다.

"저 애를 건드리지 마. 안 그러면 확 피글릿한테 던져 버릴 거야."

데이지의 입가가 바르르 떨리는 걸 보며 미러벨은 짜릿한 기쁨을 맛보았다.

"말만 그렇지 실제로는 못 할걸?"

데이지의 반격에 이번에는 미러벨이 한쪽 눈썹을 치켜올렸다.

데이지는 미러벨을 손가락질하며 젬을 향해 떠들었다.

"얘는 잠을 자지도 먹지도 못해. 겉모습도 이 꼴 하나뿐이지. 뭐든 다른 형태로 변신도 못 하고, 벽을 지나다니는 능력처럼 쓸 만한 재주도 없어. 얘는 너희 인간보다도 못해. 따분하기 짝이 없지."

젬은 그 말을 듣고 완전히 혼돈에 빠진 듯했다.

데이지의 말은 모두 사실이지만, 한 마디 한 마디가 미러벨의 마음을 사정없이 쑤시고 들었다. 미러벨만 빼고 나머지 가족은 모두 확실한 재능을 적어도 하나 이상 지니고 있었다. 버트럼 삼촌처럼 곰으로 탈바꿈하는 변신 능력이든, 오드처럼 눈 깜짝할 사이에 어디든 자신이 원하는 곳으로 갈 수 있는 순간 이동 능력이든. 나머지 가족들도 겉모습을 최소 두 가지 이상 지니고 있었다. 일라이자 이모는 가만히 쉴 때는 거미 떼지만, 언제든 인간 모습을 이룰 수 있고, 도티와 데이지 쌍둥이도 외모를 바꿀 수 있었다. 하지만 미러벨은 달랐다. 에테르에서 나왔을 때부터 지금까지 한가지 모습밖에 지니고 있지 않았다.

미러벨은 크게 심호흡을 했다. 데이지에게 따끔하게 퍼부어

주려는 찰나, 도티가 반대편 벽에서 숨을 헐떡이며 걸어 나왔다. 도티는 데이지를 가리키며 소리쳤다.

"찾았다!"

미러벨은 찬바람을 일으키며 데이지 곁을 스쳐 지나고서 젬의 팔을 잡아끌었다.

"우리도 같이 갈 거야."

데이지가 뒤에서 소리쳤다.

"안 돼."

미러벨은 딱 잘라 말했다.

"지금은 낮이야. 잘 시간에 어딜 돌아다니려는 거야? 게다가 너희들은 펜던트도 없잖아."

그러자 데이지는 징징대며 고집을 피웠다.

"우리도 방문객을 보고 싶었어. 궁금해서 좀이 쑤신단 말이야."

"냄새를 맡으니까."

도티가 한마디 덧붙이더니 씩 웃으며 데이지와 엉큼한 눈길을 주고받았다.

미러벨은 쌍둥이에게 경고의 눈빛을 번득이고는 돌아서서 젬과 함께 현관으로 향했다.

"어떻게 저게 가능해? 어떻게 벽 사이를 움직여 다니는 거야?"

젬이 소리 죽여 물었다. 아직도 넋이 반쯤 나간 듯 보였다.

"그게 저 애들 재능이야."

"재능?"

젬은 긴장한 채 뒤를 돌아보았다.

"응. 우리 가족은 모두가……, 음, 대부분이 특별한 재능을 지니고 있어. 나중에 설명해 줄게. 일단은 프레디부터 만나자."

미러벨은 특별한 능력이 없다는 데이지의 비아냥을 마음 뒤편으로 밀어 놓고서 젬을 현관으로 이끌었다.

바깥은 햇살이 환했다. 저택 현관 가까이에 우윳빛 승합차가 주차되어 있었다. 차 옆면에 '플레처'란 상호가 보였다. 갈색 페인트로 쓴 글자가 군데군데 색이 바래 있었다. 마을 푸줏간 주인 플레처 씨의 차였다. 플레처 씨와 그 아들 프레디는 엘런비 선생님과 함께 마을과 미러벨네 가족 간의 연락책을 맡고 있었다.

이넉 삼촌은 벌써 저택 밖으로 나와 플레처 씨와 긴밀한 이야기를 나누고 있었다. 플레처 씨는 대머리에, 목이 황소처럼 굵고, 가슴이 떡 벌어진 사나이였다. 키는 이넉 삼촌보다 작지만, 상대를 주눅 들게 만드는 기세만큼은 절대 밀리지 않았다. 미러벨의 눈에 플레처 씨는 항상 폭발하기 직전의 화산처럼 보였다. 끊임없이 엄지를 나머지 손가락에 비벼 대고, 누가 욕이라도 던지고 가지 않을지 의심하는 사람처럼 몸을 움찔거렸다. 플레처 씨가 늘 이랬던 건 아니다. 미러벨은 전쟁 전 플레처 씨의 모습을 기억하고 있었다. 그때는 완전히 다른 사람이었다.

프레디는 승합차 뒤에서 상자를 내려 손수레에 옮겨 싣고 있었다. 올해 열세 살인 프레디는 체격이 호리호리하면서도 탄탄한데, 늘 고개를 떨군 채 누가 당장이라도 주먹을 날릴까 겁먹은 사람처럼 어깨를 축 늘어뜨리고 다녔다.

"저 애가 프레디야."

미러벨이 젬에게 말했다.

"꼬맹이 페디 웨디."

갑자기 데이지가 앞으로 춤추듯 사뿐사뿐 걸어 나오더니 미러벨의 얼굴에 자신의 마법 펜던트를 흔들어 보였다. 미러벨은 인상을 팍 찌푸리며 경고했다.

"데이지, 예의를 지켜."

플레처 씨가 갑자기 고개를 휙 돌리고서 젬을 쳐다보더니 다시 이넉 삼촌과 이야기를 이었다.

"내 얘기를 하나 봐."

젬은 다시 소맷부리를 만지작거리기 시작했다. 미러벨은 아니라는 거짓말로 젬의 기운을 북돋아 줄까 하다가 생각을 접었다.

"그래. 하지만 글래머에 대해서도 얘기하고 계실 거야."

젬이 무슨 말인지 어리둥절한 눈치를 보이자, 미러벨이 설명했다.

"글래머는 바깥 세계로부터 우리 집을 지켜 주는 마법 장벽이야. 여기 들어올 수 있는 열쇠는 엘런비 선생님만 지니고 있어.

배달일이 되면 엘런비 선생님이 플레처 씨한테 열쇠를 빌려줘. 그래야 들어올 수 있거든. 그런데 평소 플레처 선생님이 열쇠로 길을 여는 부분의 글래머가 찢어졌고, 너랑 톰은 그 찢어진 틈으로 들어온 거야. 이넉 삼촌은 그곳의 마법이 낡아서 해진 것 같대. 오랫동안 여닫은 문고리가 상하듯 말이야."

"마법?"

젬이 눈을 동그랗게 뜨며 되물었다.

"응."

그제야 미러벨은 마법이란 말이 젬에게 얼마나 충격적일지 깨달았다.

"마법이라니……. 난 상상도 못 했어. 이건 정말……."

젬이 말을 못 잇고 어름대는 사이 도티가 다가오더니 미러벨의 귀에 손을 대고서 뭐라고 속삭였다.

세 여자아이의 눈길이 젬의 발과 낡아빠진 갈색 구두로 향했다. 젬이 무안해하자, 미러벨은 미안한 마음이 들었다.

"넌 지금 코닐리어스 큰할아버지를 밟고 있어."

미러벨이 무슨 말을 하는지 젬은 전혀 영문을 모르는 눈치였다. 순간 미러벨은 혹시 젬이 놀림당했다고 오해하지 않을지 걱정스러웠다.

젬이 눈길을 아래로 내렸다. 땅에 검은 얼룩이 있었다. 윤곽이 좀 더 날카롭기는 하지만 아무래도 인간 형체처럼 보였다.

도티가 마법 펜던트를 들어 보이며 말했다.

"큰할아버지가 보호 장비를 안 걸고 밖으로 나왔거든."

"그래서 불타 버렸지."

데이지가 지나칠 정도로 발랄하게 말하자, 도티가 바로 말을 이어받았다.

"마른 불쏘시개처럼 훨훨 타서 사라져 버렸어."

데이지는 짐짓 안타까운 척하며 말했다.

"난 할아버지 비명을 똑똑히 들었어."

미러벨은 이야기를 끊기로 마음먹었다.

"아주 옛날, 옛날 일이야."

젬은 검은 실루엣에서 얼른 물러섰다. 얼굴에 두려움이 가득했다.

그때 프레디가 수레 가득 상자를 싣고서 다가왔다. 미러벨은 먼저 프레디 쪽을, 이어 젬을 손짓하며 말했다.

"젬, 인사해. 얘는 프레디야. 프레디, 얘는 젬이라고 해. 한동안 여기 머물 거야."

프레디는 젬을 보고서 흠칫했지만, 얼른 고개를 까딱이며 나직이 인사를 건넸다.

"안녕."

젬도 고개를 까딱여 인사하자, 도티 데이지 쌍둥이가 키득키득거렸다. 미러벨은 슬슬 치밀어 오르는 짜증을 억누르고서 최대한 프레디에게 관심을 쏟았다.

"도와줄까?"

프레디는 어깨를 들썩이고서 중얼거리듯 대답했다.

"좋을 대로."

프레디가 계단 위로 수레를 밀고 올라가자, 나머지 아이들도 프레디를 뒤따라 저택의 싸늘한 어둠 속으로 걸어 들어갔다.

도티와 데이지는 다른 아이들과 보조를 맞추면서 벽을 빙글빙글 드나들었다. 젬이 당혹스러운 상황 앞에서 불안해하자, 미러벨은 기운 내라는 듯 미소를 보냈다. 한편 도티 데이지 쌍둥이는 심문이라도 하듯 프레디에게 성가시게 굴었다. 미러벨은 티를 내지 않으려 애썼지만, 점점 짜증이 치밀었다.

"프레디, 안녕!"

"잘 지냈어?"

"지난번 왔을 때는 못 만났잖아."

"다시 만나니까 좋네."

프레디는 아무 대꾸 없이 앞만 쳐다보고 걸었다. 고요한 복도에 수레바퀴 들들 굴러가는 소리만 메아리쳤다.

이윽고 일행은 식품 저장실에 도착했다. 프레디는 오랫동안 같은 일을 반복해 온 사람 특유의 노련하고도 무심한 태도로 문을 열었다. 미러벨은 수레 옆을 비집고 저장실 안으로 들어가서 프레디가 상자를 내릴 수 있게 도와주었다. 도티와 데이지는 키득거리며 저장실 밖에 머물렀다.

미러벨은 일하는 동안 프레디를 지켜보았다. 프레디는 나이가 들면 들수록 생김새가 형 제임스와 영락없는 판박이였다. 미러벨은 전에 한번 그 말을 꺼냈다가 크게 후회한 적이 있었다. 프레디의 얼굴이 너무 슬퍼 보였기 때문이었다.

미러벨은 제임스를, 늘 상대를 위해 즐겁게 이야기 나누려 했던 그의 여유를 떠올렸다. 제임스는 키도 크고, 미러벨이 본 사람 중 가장 반짝이는 파란 눈동자를 지닌 미남이었다. 룩헤이븐 저택에 배달하러 올 때 제임스와 플레처 씨는 늘 사람 좋은 웃음을 띠고 있었다. 프레디도 종종 형과 아버지를 따라왔다. 프레디는 그때도 조용하고 수줍음이 많았지만, 지금보다는 훨씬 잘 웃었고, 상대와 눈도 잘 마주치는 편이었다. 제임스를 바라보는 프레디의 눈에는 형을 향한 존경심이 가득했다.

그러던 어느 날인가부터 제임스가 보이지 않고 프레디만 아버지를 따라오기 시작했다. 플레처 씨는 미러벨에게 큰아들이 전쟁에 참전하러 갔다고 자랑스럽게 전했다.

이전의 많은 사건처럼 룩헤이븐 가족은 이 전쟁의 손길도 피해 갔다. 플레처 씨를 통해 간간이 소식을 전해 들을 뿐이었다. 플레처 씨는 전쟁에서 이길 거라고 미련스러우리만치 굳게 믿었고, "놈들에게 본때를 보여 줘야지."란 말을 입에 달고 살았다. 심지어 프레디의 눈동자 속에도 불길이 이글거리는 듯했다. 프레디는 형 이야기가 나올 때마다 자부심을 한없이 드러냈다.

때때로 미러벨은 늦은 밤 커다란 창문 앞에 서서 저 멀리 사우샘프턴 위에 번쩍이는 하얀 섬광을 지켜보았다. 소리 없는 폭격과 귀를 찢을 듯 구슬피 울려 퍼지는 공습경보를 상상하며 미러벨은 의문에 빠졌다. 왜 인간은 서로 싸우지 못해 안달인 걸까? 미러벨로서는 도저히 이해할 수 없는 일이었다.

이넉 삼촌은 그건 인간들의 전쟁이며 룩헤이븐 가족과 아무 상관 없다고 잘라 말했다. 그렇다 해도 미러벨은 전쟁을 벌이는 인간들이 안타까웠고, 무엇이 그들로 하여금 그토록 서로를 증오하게 만드는지 의문을 버릴 수 없었다.

미러벨이 생각에 한참 빠져 있는 사이, 젬이 종이 상자 하나를 바닥에 떨어뜨리고 말았다. 퍽 소리와 함께 상자 모서리가 뜯어졌다. 젬이 당황해서 상자를 들어 올리려 하자, 안에 들어있던, 포장지에 쌓인 덩어리가 빠져나와 바닥에 철퍼덕하고 떨어졌다.

순간 모두가 얼어붙었다.

데이지가 가장 먼저 움직였다. 공격에 나선 뱀처럼 재빨리 투명 인간으로 변하더니 경악하는 젬의 몸을 그대로 통과해 버렸다. 포장지에 쌓인 꾸러미에 다다르자, 데이지의 두 눈이 툭 튀어나왔다. 데이지가 다급히 손을 뻗었지만, 미러벨이 한발 먼저 꾸러미를 낚아챘다.

"안 돼!"

미러벨이 소리쳤다.

젬은 쓰러지지 않으려고 비틀비틀 선반을 짚었다. 그러고는 다른 손으로 가슴을 움켜쥔 채 거칠게 숨을 헐떡였다.

"바……, 방금 봤어? 저 애가……, 저 애가 날 통과……."

미러벨은 얼른 프레디를 확인했다. 프레디는 그 자리에 얼어붙은 채 주먹을 꽉 움켜쥐고서 데이지를 노려보고 있었다. 데이지의 동공이 커지더니 눈동자 전체가 시커멓게 변했다. 이어 데이지가 입술을 말며 이를 드러냈다. 이가 점점 뾰족하고 날카로워졌다.

"데이지, 안 돼."

미러벨이 낮은 목소리로 경고했다. 데이지의 눈길이 꾸러미로 향한 순간, 미러벨은 그제야 포장지 끝에서 핏방울이 뚝뚝 떨어지고 있는 걸 발견했다. 미러벨은 데이지를 향해 고개를 저었다.

"안 돼."

이번에는 도티가 입맛을 다시고 으르렁대며 저장실 안으로 조심스레 걸어 들어왔다. 젬은 여전히 충격에 휩싸여 숨을 헐떡이느라 눈앞에서 펼쳐지는 일을 전혀 의식하지 못했다.

"나가."

미러벨이 을러대도 데이지는 아랑곳하지 않았다. 흐르는 침을 손등으로 문질러 닦으며 미러벨 쪽으로 걸음을 뗄 뿐이었다.

"나가라고! 당장!"

미러벨이 고함을 지르자 그제야 쌍둥이가 멈칫했다. 데이지가 얼굴을 일그러뜨렸지만 결국 누그러들더니 도티를 데리고 저장실을 나갔다. 그러면서도 눈길은 내내 미러벨의 손에 들린 꾸러미를 떠날 줄 몰랐다.

미러벨은 고깃덩이를 상자에 후다닥 밀어 넣고서 얼른 젬을 부축해 주었다.

"괜찮니?"

젬이 고개를 끄덕였다. 얼굴이 죽은 사람처럼 창백했다.

"저런 행동 하면 안 되는데. 미안하게 됐어."

미러벨이 대신 사과하자, 젬은 마른침을 삼키더니 카디건 매무새를 다듬으며 자세를 추슬렀다. 프레디는 그 자리에 잠자코 서서 젬과 미러벨이 마음을 가라앉히고 문으로 향할 때까지 기다려 주었다.

셋이 텅 빈 복도를 걸어가는데, 갑자기 데이지가 벽에서 튀어나오더니 옆에서 나란히 걷기 시작했다. 미러벨은 데이지가 능글맞게 씩 웃는 순간을 놓치지 않고 보았다. 뒤에서 휙 하고 공기 흔들리는 기척이 느껴지는 걸 보니 도티도 나타난 모양이었다. 미러벨은 화를 누르려고 심호흡을 했다. 데이지가 싸움을 걸고자 호시탐탐 기회를 엿보는 중이란 걸 너무도 잘 알고 있기 때문이었다.

그렇다고 호락호락 물러날 데이지가 아니었다. 데이지는 누구와도 한판 붙을 작정이라 곧장 젬을 다음 목표물로 삼았다.

"마을 사람들이 인사차 보낸 거야."

"무슨 얘기 하는 거니?"

젬이 되물었다.

"고기 말이야. 상자에 들어 있던 고기. 네가 무슨 생각 하는지 알아. 아직 배급제가 시행되는데 왜 이곳에는 고기가 잔뜩 들어오나 궁금하지? 사실 오드의 도움을 받으면 그 정도는 얼마든지 구할 수 있을 텐데, 우리 가족 원로들은 소위 '신성한' 협정을 지키고 싶어 하거든. 아주 오래전에 맺어진 약속이니까. 룩헤이븐 마을 사람들은 우리한테 아주, 아주 오랫동안 고기를 바쳐 왔어. 대신 우리는 그 사람들을 건드리지 않기로 했고."

"데이지!"

미러벨이 으름장을 놓았지만, 데이지는 못 들은 척했다.

"말했다시피 예의로 보내는 인사야. 뭐, 사람에 따라 필수품이라고 말하는 사람도 있겠지. 우리가 음식을 찾아 '딴생각'할 수도 있는 일이니까. 우리는 날고기만 먹거든."

데이지의 얼굴에 다시 음흉한 미소가 걸렸다. 데이지는 교활한 눈빛을 번득이며 프레디를 힐끗 쳐다보았다.

"여기 우리 프레디는 아버지를 도와서 가족 대대로 이어 온 배달 일을 하고 있는 거고. 안 그래, 프레디?"

프레디는 아무 대답 없이 계속 고개를 떨군 채 수레를 밀기만 했다. 잠시 후 아이들은 현관에 다다랐다. 현관문이 보이자 프레디가 속도를 내기 시작했다.

데이지가 후다닥 앞으로 달려가더니 프레디가 빠져나가지 못하게 문을 막아섰다.

미러벨은 머리가 어질했다. 분노가 온몸의 신경을 타고 뇌로 차오르는 것 같았다.

"프레디는 배달 일을 능숙하게 잘해."

데이지가 계속 지껄였다.

젬은 이게 무슨 상황인가 싶어서 데이지와 프레디를 번갈아 보았다. 프레디는 이를 꽉 악물고서, 마디가 하얘질 정도로 주먹을 꽉 움켜쥔 채 바닥만 내려다보고 있었다.

"네 형 제임스만큼이나 잘하지."

데이지의 말에 프레디는 한 대 얻어맞기라도 한 듯 흠칫했다. 뻣뻣이 긴장해 있던 프레디의 어깨가 축 처졌다. 금방이라도 쓰러질 듯 보였다. 미러벨은 차갑다 못해 찌를 듯이 아리는 분노를 맛보았다.

"제임스도 일을 참 잘했어."

도티가 감탄 가득한 목소리로 속삭였다.

"우린 제임스가 그리워. 프레디, 너도 형이 그립니? 다시 만나고 싶지? 하긴, 당연히 그렇겠지. 제임스는 정말 멋지고, 항상 예의 발랐지. 얼굴에 늘 웃음이 걸려 있었어. 그런 제임스가 전쟁에 끌려 나가서 싸워야 했다니 너무 안타……."

"저 앨 가만 내버려 둬!"

난데없는 외침 소리에 미러벨조차 놀라지 않을 수 없었다. 소리가 난 쪽으로 고개를 돌렸더니 젬이 분노로 얼굴이 허옇게 질린 채 서릿발 치는 기세로 서 있었다.

데이지가 고개를 갸웃하며 되물었다.

"지금 너 '뭐라고' 했어?"

"똑똑히 들어. 저 앨 내버려 두란 말이야."

젬은 몸까지 부들부들 떨었다. 극도로 달라진 젬의 모습에 미러벨조차 부글부글 끓어오르던 분노를 순간적으로 잊어버렸다.

데이지가 문에서 떨어지더니 젬에게 한 걸음 다가섰다.

"감히 나한테 이래라저래라하겠다는 거야?"

"이미 했어."

미러벨은 젬의 대답에 씩 웃음이 났다. 프레디도 감탄한 눈치였다.

한동안 아무도 감히 입을 열지 않았다. 멀리 지평선에서 시커먼 비구름이 폭풍을 안고 몰려오는 듯한 긴장감이 흘렀다.

데이지는 실눈을 뜨며 입맛을 살짝 다시더니 사냥을 앞둔 포식 동물처럼 젬을 가만히 쳐다보았다.

"왜? 너랑 비슷한 신세라서 쟤가 불쌍하게 느껴져? 그래서 그런 거야? 너도 불쌍하고 애처로운 꼴이 뭔가를 잃은 눈치네. 아

113

니면…… '누군가를' 잃었나?"

젬이 눈길을 떨어뜨리더니 한 걸음 뒤로 물러났다. 미러벨은 그런 젬을 보며 가슴이 아팠다.

데이지가 젬에게 가까이 다가섰다.

"어디 보자, 아버지? 아버지를 잃었어?"

데이지는 입술을 삐죽대며 젬을 놀렸다.

"에구, 우리 불쌍한 애기. 전쟁 때메 아빠를 잃어쩌요?"

젬은 데이지와 눈을 마주치려 하지 않았다. 카디건 소매로 눈가를 북북 문질러 닦을 뿐이었다. 그래도 데이지는 물러서지 않았다.

"너무나도 보잘것없고 연약해서 결국 죽어야 할 존재 같으니라고. 꼬맹아, 난 네가 불쌍해. 네 꼴을 좀 봐. 그렇게 훌쩍거리……."

철썩 소리가 복도에 울려 퍼졌다. 미러벨이 데이지의 뺨을 갈긴 것이었다. 미러벨은 자신과 데이지 중 어느 쪽이 더 놀랐는지 구분할 수가 없었다. 데이지는 맞은 뺨을 손으로 감싼 채 눈만 끔벅였다. 미러벨은 너무 화가 나서 눈앞에 검은 점들이 번쩍번쩍하며 앞이 제대로 보이지 않았다. 데이지를 한 대 더 갈겨 주고 싶은 마음에 손을 들면서도 자신이 무슨 행동을 하는지 알지 못했다. 데이지는 몸을 반투명하게 바꾸더니 미러벨의 눈을 똑바로 마주 보며 웃었다. 분노에 찬 날카로운 웃음소리가 울려 퍼졌다. 미러벨은 도저히 참지 못하고 데이지를 향해 주먹을 휘둘렀지만 허공을 헛손질할 뿐이었다. 데이지는 미러벨 주위를 빙글빙글 돌며 깔깔 웃어 댔다. 미러벨의 험담을 하고, 프레디를 울보라고 놀리고, 인간은 한심한 존재라고 떠들었다. 미러벨은 데이지가 무슨 소리를 하는지 귀에 제대로 들리지 않았다. 분통이 터졌다. 주변 세상이 활활 불타는 것만 같았다.

"어디 잡을 테면 잡아 봐."

데이지가 콧노래를 흥얼거렸다. 미러벨은 데이지를 향해 몸을 날렸지만, 이번에도 허탕을 쳤다.

"절대 못 잡지, 절대 못 잡지."

미러벨은 데이지의 목에 마법 펜던트가 달랑이는 걸 보았다. 이닉 삼촌은 쌍둥이가 형체를 지녔든 투명해졌든 상관없이 목걸이가 항상 제자리에 걸려 있도록 펜던트에 특수한 마법을 걸어 두었다. 미러벨은 얼른 펜던트를 향해 손을 뻗었다. 데이지는 짐승처럼 으르렁거리며 몸을 획 뺐다. 미러벨이 연거푸 팔을 휘두르며 허탕을 치는 동안, 데이지는 "절대 못 잡지"라며 노래를 흥얼거렸다.

잠시 후 미러벨은 두 손으로 마법 펜던트를 잡아채는 데 성공했다. 곧장 미러벨은 가죽 목걸이 끈으로 데이지를 빙글빙글 돌리기 시작했다. 데이지는 오히려 재미있다는 듯 소리를 지르며 노래를 계속했다.

현관 안쪽에 일라이자 이모가 밤 산책하러 나갈 때 곧잘 자신의 모습을 비춰 보며 단장하는 전신 거울이 놓여 있었다. 미러벨은 거울의 정확한 위치를 잘 기억해 두고서 데이지를 계속 빙글빙글 돌리며 조금씩 거울에 다가갔다.

이윽고 미러벨의 분노는 한계점까지 차올랐다. 데이지의 얼굴에 떠오른 공포를 본 순간, 달콤한 즐거움마저 더해졌다. 데이지가 '아차' 하는 표정을 짓더니 그제야 정신을 바짝 차리고서 미러벨의 손에서 빠져나오려 했다. 그러나 이미 동작이 너무 빨라 뜻대로 움직일 수가 없었다. 게다가 미러벨은 이미 마음을 단단히 먹고 있었다. 상황을 눈치챈 도티가 다급히 외쳤다.

"미러벨, 안 돼!"

미러벨은 모든 힘을 그러모아 거울 쪽으로 데이지를 휙 날려 보냈다. 데이지는 어떻게든 속도를 줄여 보려고 팔다리를 버둥거리며 버텼지만, 다시 형체를 갖추기에는 시간이 부족했다. 데이지는 반투명 상태로 피웅 날려 가더니 거울 안으로 쑥 빨려 들어갔다. 펜던트가 거울 유리에 탕 부딪치더니 마룻바닥에 툭 떨어졌다.

미러벨은 거울 너머 세계에 떨어진 데이지를 잠자코 지켜보았다. 데이지는 그곳을 떠다니며 두 주먹으로 유리를 내리치고 고함을 바락바락 질렀다. 그러나 어떤 소리도 거울 밖으로 새어 나오지 않았다.

우글부글 끓어올랐던 미러벨
의 분노가 이내 사그라졌다.
거울 표면 아래서 소리
없이 울부짖어 대던 데
이지가 갑자기 보이지
않는 힘에 밀려 이리
저리 휘청였다. 데이지
는 거센 파도와 싸우며
헤엄치는 사람처럼 낯선
세계 속을 허우적거렸다.
다음 순간, 보이지 않는 힘이
뒤에서 데이지를 획 잡아챘다. 데
이지가 거울 깊숙한 곳으로 질질 끌려가더니 작은 점이 되어 사
라졌다.

충격이 몰고 온 침묵이 현관에 무겁게 내려앉았다.

이내 그 정적을 찢고서 도티의 날카로운 비명이 울려 퍼졌다.

젬

젬은 데이지가 거울 속에 갇히는 장면을 본 순간부터 공포에
질려 꼼짝도 하지 못했다. 두 소녀가 아무렇지 않게 벽을 드나드
는 모습도 섬뜩하고, 누군가가 햇볕에 활활 타 죽을 수 있다는
것도 소름 끼치지만, 이번 사건은 그 이상으로 끔찍했다. 젬은
도티의 찢어지는 비명에 퍼뜩 정신을 차렸다. 동시에 현관문이
쾅 열리더니 이닉과 플레처 씨가 연달아 들어왔다.

"무슨 일이냐?"

이닉이 다그쳐 물었다. 도티는 미러벨을 가리키며 "쟤가…….
쟤가…….'라는 말만 겨우 뱉고서 폭포수처럼 눈물을 터뜨렸다.

이닉은 곧장 미러벨 앞에 다가섰다. 젬은 미러벨이 반항하듯
입을 꾹 다물고서 삼촌을 올려다보는 모습을 지켜보았다. 젬의
마음속 어디선가 환호성이 울려 퍼졌다.

"무슨 일이 있었던 거냐?"

이닉의 물음에 미러벨은 거울을 가리켰다.

"데이지가 저 안에 있어요."

이넉은 순간 할 말을 잊은 표정이었다. 그러더니 거울 앞으로 걸어가 바닥에 떨어진 데이지의 펜던트를 주워 들었다. 이넉은 거울 표면을 바라보며 인상을 찌푸렸다.

"어떻게 데이지가 저기 들어간 거지?"

이넉이 묻자, 도티가 엉엉 울며 소리쳤다.

"데……데……, 데이지가 반투명 상태일 때…… 미러벨이……, 저기 던져 버렸어요."

이넉이 돌아서더니 미러벨을 매섭게 노려보았다. 그러나 미러벨은 꿈쩍하지 않았다.

"사실이냐?"

미러벨은 고개를 끄덕여 보였다.

이넉은 난감한 얼굴로 상황을 가늠해 보더니 플레처 씨를 향해 돌아섰다. 플레처 씨는 아들 프레디와 마찬가지로 이 사태가 전혀 대수롭지 않다는 듯한 반응을 보이고 있었다. 젬은 전혀 놀라는 기색이 없는 두 사람의 모습에 도리어 놀랐다. 자신은 공포와 혼란의 도가니 속에서 기절할 것 같은데, 이 사람들은 마치 아이들끼리 장난감을 두고 다투다 사고를 친 것처럼 대하고 있었다.

"플레처 씨, 미안합니다. 이야기는 다음으로 미뤄야 할 것 같군요."

플레처 씨는 말없이 고개를 끄덕였다. 젬은 이번에도 플레처 씨 부자의 흔들림 없는 태도에 감탄하지 않을 수 없었다. 플레처 씨는 아들과 두런두런 이야기를 나누더니 함께 문을 나섰다. 프레디는 현관을 빠져나가기 직전에 젬을 흘깃 쳐다보았다. 플레처 부자가 어깨를 실그러뜨린 채 터벅터벅 걷는 모습이 젬의 눈에는 무거운 짐을 둘러멘 사람처럼 보였다.

그때 일라이자가 화려한 은거울을 손에 쥔 채 복도로 후다닥 달려 나왔다.

"어쩌다가 데이지가 내 거울에 들어간 거지?"

이넉은 한숨을 쉬더니 이리 줘 보라는 듯 손을 내밀었다. 거울 안을 확인한 이넉의 입가가 분노와 짜증으로 일그러졌다. 이넉은 손거울을 휙 돌려 미러벨에게 보여 주었다.

데이지가 소리 없는 비명을 지르며 두 주먹으로 자신이 갇힌 감옥 벽을 내리치고 있었다.

"저렇게 온 집의 거울을 돌아다닐 거다."

이넉은 미러벨을 나무라는 눈으로 바라보며 말을 이었다.

"거울 표면을 통과하는 게 데이지한테 얼마나 위험한지 너도 잘 알잖아. 저기 언제까지 갇혀 있을지 아무도 모르는 일이야."

상황을 견디지 못한 도티가 엉엉 울며 저택 안으로 달려 들어갔다.

"불쌍한 데이지가 힘들겠네."

일라이자가 건성으로 한마디 했다.

"일라이자, 이건 심각한 사건이에요. 애가 터무니없는 행동을 했잖소."

미러벨은 고개를 떨구며 사과했다.

"삼촌, 죄송해요."

이넉은 거울 안을 들여다보며 중얼거렸다.

"데이지를 저기서 꺼내 줘야 하는데."

"무슨 수로요?"

일라이자가 물었다.

"오드가 도와줄 거요."

이넉의 대답에 일라이자는 고개를 갸웃했다.

"오드가 지금 많이 바쁠 텐데. 굳이 훼방 놓고 싶지는 않군요."

미러벨도 냉큼 한마디 거들었다.

"맞아요. 오드가 할 일이 많다고 했어요."

이넉은 일라이자의 습관을 흉내 내어 자신의 모습을 비춰 보기라도 하듯 거울을 멀찍이 들었다. 아무래도 방금 오간 이야기를 다시 생각해 보는 눈치였다.

"뭐 그리 서두를 사안은 아닌 것 같군."

이넉은 어쩐지 딴청을 피우는 듯이 보였다. 데이지는 입 모양으로 '도와주세요.'라고 말하고 있었다. 이넉은 자신의 위치를 떠올린 듯 목을 흠흠 가다듬더니 셔츠 목깃을 잡아당겨 느슨하게 만들었다.

"미러벨, 이건 아주 심각한 사안이야."

미러벨은 두 손을 얌전히 모으고서 고개를 끄덕였다. 깊이 뉘우치는 듯 보였지만, 톰과 함께 살아온 젬은 미안해하는 시늉쯤은 쉽게 꿰뚫어 보았다.

"이 일에 따른 처벌이 있을 거다. 오드를 찾아서 이 사태를 수습하게 할 거고."

이닉은 다시 거울을 쳐다보더니 마지못해 덧붙였다.

"조만간."

젬은 미러벨과 일라이자가 고소하다는 눈길을 주고받는 걸 흘깃 보았다. 이어 이닉은 기세등등한 눈길을 젬 쪽으로 돌렸다.

"이건 우리 가족의 문제니, 잠시 밖에 나가서 자리를 비워 주면 좋겠구나."

젬은 그 말이 부탁이 아니라 명령임을 알았다. 하지만 어째서인지 나갈 수가 없었다. 적어도 이대로는, 미러벨을 편들어 줄 누군가가 필요한데 그냥 떠날 수는 없었다. 비록 끔찍한 결과를 불러오기는 했지만, 미러벨이 쌍둥이에게 왜 그랬는지 젬은 충분히 이해하고 공감했다. 무슨 말이든 해야겠다는 절박함이 밀려들었다. 젬은 고개를 들고 이닉을 마주 바라보았다.

"미러벨은 저와 프레디를 감싸려 했을 뿐이에요."

이닉은 순간 충격을 받은 듯했다. 감히 자신에게 맞서려는 젬의 무모한 태도에 기분이 상한 모양이었다. 반면 일라이자는 젬의 배짱에 감탄하는 눈치였다.

"우리를 위해 나선 것뿐이라고요."

젬은 할 수 있는 한 이넉의 눈길을 피하지 않고 똑바로 마주했다. 마침내 현관문 쪽으로 돌아설 때, 미러벨이 고맙다는 듯 빙그레 웃는 모습이 눈에 들어왔다.

이윽고 젬은 저택 바깥의 환한 햇살 아래로 나섰다. 뜻밖에도 프레디가 다시 저택 계단을 올라오고 있었다.

"일부러 돌아왔어."

프레디가 초조한 얼굴로 말을 걸자, 젬은 어떻게 받아들여야 할지 몰라 고개만 끄덕였다.

"음, 이 말을 꼭 하고 싶어서 말이야. 고마워."

젬은 이번에도 고개만 끄덕였다. 아무 대답을 못 하는 자신이 바보처럼 느껴졌다.

"날 위해 나서 줘서 고맙다고."

프레디는 어디에 눈을 둘지 모르는 듯 딴 곳만 쳐다보더니 머쓱하게 고개를 숙여 인사하고서 계단을 다시 내려갔다. 그러더니만 계단 끝에서 멈칫하고는 젬을 올려다보며 물었다.

"넌 누구였어? 누구를⋯⋯."

프레디는 젬과 눈을 마주치지 못했다. 프레디의 말뜻을 이해한 젬은 갑자기 가슴이 갑갑했다. 프레디가 차마 맺지 못한 말은 분명 '누구를 잃었니?'였으리라.

"아빠."

젬은 '엄마도'라고 덧붙이려다가 입을 다물었다. 그 사실까지 입 밖으로 내면 말의 무게에 짓눌려 땅속으로 꺼져 들어가 아래로, 아래로 영원히 떨어져 내릴 것만 같았다.

프레디는 이해한다는 듯 고개를 끄덕였다.

"힘내라."

프레디는 아버지가 기다리고 있는 승합차로 향했다. 눈을 크게 뜨고서, 다른 아무것도 보려 하지 않고 오직 앞만 바라본 채.

젬은 계단 위에 앉아 멀어지는 차량을 지켜보았다. 햇살이 환한데 갑자기 한기가 들었다. 젬은 앞만 바라보며 아무것도 생각하지 않으려 애를 썼다.

"삼촌한테 펜던트를 압수당했어."

뒤에서 갑자기 말소리가 들려서 젬은 화들짝 놀랐다. 미러벨이 현관문 안쪽에 서 있었다.

"미안해."

그러자 미러벨은 어깨를 으쓱이며 대답했다.

"네가 미안할 게 뭐 있니?"

"일단은 내가 데이지의 성미를 돋웠으니까."

그 말에 미러벨은 흥, 콧방귀를 뀌며 대답했다.

"데이지는 주변 모든 사람의 성질을 긁는걸. 한 번쯤 호되게 당해 봐야 해."

"밖으로 나올 거니?"

젬이 묻자, 미러벨은 고개를 가로저었다.

"못 나가. 나가려면 펜던트로 몸을 보호해야 해."

젬은 땅 위의 그을린 자국을 쳐다보았다. 한때 코닐리어스 큰 할아버지란 자가 그 자리에 서 있었다는 흔적이라고 했다. 젬은 미러벨 같은 존재한테 보호 장치 없이 햇볕 아래에 나선다는 게 어떤 의미인지 상상해 보았다. 그림이 잘 그려지지 않았지만, 그래도 몸에 소름이 쫙 돋는 건 막을 길이 없었다.

"이제 데이지는 어떻게 되는 거야?"

젬이 물었다.

"누군가 들어가서 꺼내 올 때까지 거울 너머 세계를 떠다니겠지. 평소에 데이지와 도티는 거울이 가까이에 있으면 행동을 아주 조심하는 편이야."

"거울 너머 세계?"

"응. 모든 거울 뒤에 존재하는 세상이야. 뭐 별다른 게 있지는 않아. 아니, 그렇다고 들었어. 아마 오드는 가 봤을 거야. 엄청 따분한 곳이라더라."

"응, 그렇구나."

대답은 그렇게 했지만, 사실 젬은 무슨 소리인지 종잡을 수가 없었다. 받아들이기 힘든 이상한 정보가 또 하나 늘어났을 뿐이었다.

"이녁 삼촌이 그러더라. 너 혼자 저택을 돌아다니는 일은 없었으면 한다고."

미러벨은 한쪽 눈을 찡긋하며 저택 안을 손짓했다.

"하지만 '혼자' 돌아다니지 말라고만 하셨으니까."

젬이 현관으로 들어서자, 미러벨이 젬의 손을 마주 잡았다.

"가자. 젬 그리핀, 내가 집 구경시켜 줄게."

프레디

프레디 플레처는 침묵에 지독히도 익숙했다.

형이 세상을 떠난 뒤부터 침묵은 가족의 틈을 비집고 들어와 모두를 숨 막히게 했고, 독으로 가득 찬 거대한 곰팡이 덩어리처럼 자꾸 커져만 갔다. 자칫 잘못된 질문을 던졌다간 덩어리가 터지면서 독이 콸콸 쏟아져 내릴 것 같았다. 그 사실을 잘 아는 프레디는 아버지에게 거의 말을 걸지 않았다. 배달 일을 할 때는 특히 더 주의해야 했다.

그런데 오늘은 뭔가 달랐다. 열쇠를 빌리러 갔더니, 엘런비 선생님은 "아마 오늘은 열쇠가 필요하지 않을 텐데. 하지만 이녀이 문제를 손봤을 수도 있으니까."라는 알쏭달쏭한 말을 하며 열쇠를 넘겨주었다. 플레처 부자는 더 묻지 않고 곧바로 저택으로 떠났다.

아버지는 엘런비 선생님 집에서 차를 몰고 나가며 프레디에게 열쇠를 맡겼다. 열쇠라지만, 사람들이 쓰는 일반적인 물건과는 생김새가 사뭇 달랐다. 글래머의 열쇠는 손바닥만 한 크기의 황금 원반이었다. 윗면에는 동심원이 죽 그어져 있었다. 프레디는 아버지가 숲속의 잿빛 바위에 다가가서 특정한 지점에 이 열쇠를 올려놓는 모습을 수십 번도 더 보아 왔다. 그런 특별한 물건을 손에 들고 있다니, 프레디는 한층 어른이 된 기분이 들었다. 혹시 아버지가 오늘 드디어 자신에게 열쇠를 작동시켜 길을 여는 임무를 맡기려는 건 아닐까? 프레디의 희망은 돌 앞에 도착한 순간 산산이 부서졌다.

엘런비 선생님이 말했던 '문제'가 두 사람 앞에 펼쳐져 있었다. 글래머가 찢어진 건 한 번도 경험하지 못한 일이었다. 플레처 부자는 잠시 충격에 빠진 채 우두커니 서 있다가 저택 진입로로 발을 들였다. 여느 때처럼 꽃들이 인사라도 하듯 고개를 까딱였다.

프레디는 찢어진 글래머 가장자리가 빛나던 모습이 계속 떠올랐다. 허공에 춤추던 무지갯빛은 아름다웠지만, 혹시 이 사건이 어떤 불길한 징조는 아닐까 하는 의구심을 떨칠 수가 없었다.

"아빠, 제가 엘런비 선생님 댁에 가서 열쇠를 반납할까요?"

프레디는 말을 꺼내 놓고서 아버지만큼이나 스스로도 놀랐다. 플레처 씨는 아들을 쓱 쳐다보더니 고개를 끄덕였다.

"너무 늦지 마라."

플레처 씨는 푸줏간 앞에 차를 대고서 아들에게 황금 원반을 넘겼다.

"조심해라. 잃어버리면 안 돼."

"네."

플레처 씨가 끙 소리를 내며 차에서 내리더니 가게로 들어갔다. 프레디도 차에서 내려 중심가를 따라 걷기 시작했다.

프레디는 산책을 좋아했다. 생각할 시간이 주어지고, 기분이 한결 가벼워지니까.

거리에 햇살이 가득했다. 길 건너편에서 그리그스 경관이 야채 가게 주인 스미스 부인과 이야기를 나누고 있었다. 두 사람은 프레디를 보더니 반갑게 손을 흔들었고, 프레디도 마주 손을 흔들어 인사했다.

저만치 앞 니콜슨 빵집 밖에 마을 청년 앨피 파킨이 서 있었다. 앨피 형은 제임스 형보다 나이가 한 살 많았다. 물론 제임스 형은 이제 더 나이를 먹지 않지만…….

프레디는 움찔하며 얼른 그 생각을 밀어냈다.

전쟁터에서 돌아온 뒤 앨피 파킨은 지팡이를 짚어야 걸을 수 있는 신세가 되었다. 프레디는 그런 앨피 형의 모습이 도무지 익숙해지지 않았다. 프레디가 기억하는 앨피 형은 지금보다 덩치가 두 배는 더 크고 탄탄했으며, 제임스 형과 어울려 다니며 장난을 치던 활발한 사람이었다. 이렇게 파리하고 병약한 모습이 결코 아니었다.

앨피 형과 눈이 마주쳐서 인사를 해야 할 때면, 프레디는 부디 앨피 형이 자신의 눈 속에서 동정심을 읽지 않기를 바라고 또 간절히 기도했다.

프레디가 다가가는 동안, 앨피는 안에 들어갈지 말지 망설이는 듯 빵집 문 앞만 지키고 있었다. 프레디는 뭐라도 해야 할 것 같은 생각이 들어서 마음을 다잡았다. 그러고는 짐짓 밝고 상냥한 목소리로 말을 걸었다.

"앨피 형, 잘 지내? 빵 사려고?"

앨피가 고개를 돌렸다. 프레디를 보더니 앨피의 얼굴에 당황한 빛이 스쳐 지나갔다.

"어, 프레디, 너도 잘 지내냐? 그래, 뭘 살까 생각하던 참이야."

어색한 침묵이 이어진 뒤, 앨피가 멋쩍게 웃었다. 프레디는 유리문 너머로 진열대 뒤에 서서 손님 주문을 받는 에이미 니콜슨을 보았다. 하얗게 센 머리칼과 빛바랜 분홍 외투를 보니 손님은 분명 프레디네 이웃인 아크라이트 부인이었다. 아크라이트 부인은 끊임없이 손을 흔들고 고개를 끄덕이며 수다를 떨고 있었다. 아버지는 늘 "누가 보면 아크라이트 부인이 영국 대변인인 줄 알거야."라고 툴툴거렸다.

"달콤한 롤빵 어때?"

프레디가 물었다.

"뭐, 그것도 괜찮고."

앨피는 에이미가 노부인을 응대하는 모습을 보며 입술을 지그시 깨물었다. 프레디는 싱긋 웃으며 말했다.

"롤빵은 언제 먹어도 맛있잖아."

앨피가 절룩거리며 문으로 향하자, 프레디는 문을 열어 주고 싶은 충동을 억눌렀다. 이어 가게 안에서 앨피를 반기는 에이미의 목소리와 부끄러운 듯 머뭇대며 인사하는 앨피의 목소리가 들렸다.

프레디는 다시 걸음을 옮겼다.

잠시 후 프레디는 엘런비 선생님 집에 도착했다. 문을 똑똑 두드렸더니 엘런비 선생님이 소매를 걷어붙인 편한 옷차림에 파이프 담배를 물고 나왔다. 예상치 않은 선생님의 모습에 프레디는 조금 당황했다.

"선생님, 열쇠 여기 있어요."

엘런비 선생님은 고개를 끄덕이며 고맙다는 인사를 했다. 선생님의 눈에 장난스러운 빛이 반짝였다. 엘런비 선생님은 열쇠를 받아 호주머니에 넣으며 말했다.

"거참 착하기도 하지. 고맙다."

프레디는 얼굴이 발그스름해졌다. 엘런비 선생님은 그 순간을 놓치지 않고서 프레디를 가만히 들여다보며 물었다.

"프레디, 너 괜찮니?"

프레디는 마른침을 꼴깍 삼키고서 고개를 끄덕였다. 엘런비 선생님을 만나면 이런 일이 벌어졌다. 프레디도 익숙한 바였다.

상냥한 엘런비 선생님은 상대의 마음을 무장 해제시키는 힘을 지녀서 자꾸 뭐든 털어놓고 싶어졌다. 하지만 프레디는 아무 말도 하고 싶지 않았다. 아무래도 빠져나가려면 선생님 주의를 흐트러뜨리는 수밖에 없을 듯했다.

"글래머에 문제가 생겼던데요?"

엘런비 선생님의 얼굴이 어두워졌다.

"그럼 너도 봤구나. 지금쯤이면 이녁이 고쳐 두었을 줄 알았는데, 아직 수리가 안 됐나 보군."

프레디가 고개를 끄덕이자, 엘런비 선생님은 한숨을 쉬며 말을 이었다.

"아무래도 위원회를 소집해야 할 모양이다."

엘런비 선생님은 고개를 절레절레 흔들며 낮은 소리로 뭐라고 투덜거렸다. 프레디는 엘런비 선생님이 위원회 사람들을 좋아하지 않는다는 걸 알고 있었다. 심지어 엘런비 선생님 자신이 위원회 원로인데도 말이다. 위원회는 미러벨네 가족과 연락을 주고받으며 언약이 지켜지도록 살피는 일을 담당했고, 그 임무에 가장 적합하다고 여겨지는 극소수의 마을 사람들로 이루어져 있었다. 언젠가 엘런비 선생님은 프레디 앞에서 위원회에 대해 '잘난 척하는 인간들의 이기적이고 터무니없는 짓거리'라고 말했다가 곧바로 사과한 적이 있었다. 플레처 씨도 위원회에 소속되어 있기 때문이었다.

"엘런비 선생님, 저 이제 가 봐야 할 것 같아요."

"그래, 프레디. 수고했다. 어서 가 보렴."

엘런비 선생님이 집으로 들어갔지만, 프레디는 잠시 그 자리에 그대로 서 있었다. 갑자기 문을 다시 두드리고 싶은 충동이 몰려왔다. 선생님께 모든 걸 말하고 싶었다.

'아빠에 대해……. 엄마에 대해서 이야기하고 싶어요. 온 세상에 꽉 들어찬 슬픔에 관해 말하고 싶어요. 그 일……, 그 일이 벌어진 뒤 내 마음이 얼마나 슬픈지 누군가에게 털어놓고 싶다고요.'

프레디는 고개를 흔들어 생각을 떨쳐 내고서 잔디 깔린 마을 광장 쪽으로 걸음을 옮겼다. 길모퉁이에 잠깐 멈춰 섰을 때, 프레디는 풀이 드문드문 자란 진창 속에서 울긋불긋한 무언가를 발견했다. 구두코로 흙을 헤쳐 보니 진흙투성이가 된 조그만 영국 국기가 나왔다. 전쟁 승리 소식이 전해지자, 온 마을이 모여 축하 행사를 했을 때 남은 흔적이 분명했다.

'온 마을', 정확히 따지자면 이 말은 사실이 아니었다. 프레디네 세 식구는 집에 머물렀다. 축하 소리가 바람을 타고 유령처럼 흐릿하게, 마치 꿈결에서 흘러나온 어떤 것처럼 전해져 왔을 때, 프레디는 자기네 가족만 세상으로부터 떨려. 나는 기분이었다. 어른들은 노래하고 아이들은 웃으며 광장을 뛰어다녔다. 프레디는 자기 방 창문에 서서 사람들이 미소와 너털웃음을 지으며 집으로 돌아가는 모습을 지켜보았다. 무리 중에 케빈 베넷과 그의 부모님도 보였다. 그때 케빈은 겨우 다섯 살짜리 꼬맹이였다. 케빈이 프레디를 향해 손을 흔들자, 프레디도 마주 손을 흔들어 주었다. 신나게 달리느라 붉게 상기된 케빈의 뺨과 숨찬 모습에 프레디는 빙그레 웃음이 났다.

이어 프레디의 눈에 스미스 씨 부부가 들어왔다. 두 사람은 넋 나간 듯한 얼굴로 두 손에는 국기를 축 늘어뜨린 채 비틀비틀 집으로, 다시는 아들들이 현관문을 열고 들어오는 모습을 보지 못할 곳으로 돌아가고 있었다. 프레디는 어떤 묵직한 것이 온몸을 내리누르는 듯한 익숙한 느낌에 숨이 턱 막혔다.

그날 저녁, 마을에 땅거미가 지자 프레디는 산책에 나섰다. 거리가 으스스할 정도로 텅 비어 있었다. 스미스 씨네 집 옆을 지날 때 안에서 흐느낌 소리가 어둠을 타고 흘러나왔다.

프레디는 닫힌 방문 너머에서 들려오는 어른들의 울음소리를 평생 떨칠 수 없을 만큼 듣고 또 들었다.

이제 프레디는 마을 광장을 바라보며 승전일에 모였던 군중을 떠올려 보았다. 그들의 기쁨을 마음속으로 그려 보았다. 무엇보다 그 기쁨을 느껴 보려 했지만, 프레디로서는 상상하기가 어려웠다.

프레디는 텅 빈 광장을 마지막으로 한 번 더 눈에 담고서 걸음을 돌려 집으로 향했다.

젬

저택 중앙 복도를 걷던 중 미러벨이 손가락을 허공으로 들며 말했다.

"쉿, 들어 봐."

어디선가 챙그랑 챙그랑, 금속끼리 부딪치는 소리가 잔잔히 울렸다. 젬은 미러벨을 따라 눈길을 위로 들었다. 천장에 커다란 철제 샹들리에가 달려 있었다. 확실하지 않지만, 순간 어떤 움직임이 보인 듯했다.

정체가 무엇인지 몰라도 갑자기 샹들리에에서 뭔가가 두 아이를 향해 확 달려들었다. 깜짝 놀란 젬은 비명을 지르며 뒤로 물러섰다. 미러벨이 풋 웃음을 터뜨리자, 젬은 창피함과 두려움이 한 번에 몰려와서 얼굴이 빨개졌다.

샹들리에에서 뛰어내린 형체가 미러벨의 목을 착 감쌌다. 다리 사이에 달린 꼬리가 보였다. 그것이 미러벨의 턱에 코를 비비자, 미러벨은 까르르 웃었다.

"기디언, 하지 마."

마침내 호기심이 두려움을 이겼다. 젬은 수수께끼 같은 존재를 좀 더 자세히 보려고 가까이 다가섰다. 덩치는 갓난아기만 한데, 근육이 탄탄한 몸 전체에 회색 비늘이 덮여 있었다. 낯선 존재는 검은 반바지에 검은 재킷, 빳빳한 깃 달린 흰 셔츠를 입었고, 신발을 신지 않아서 날카로운 발톱 달린 발가락 셋이 그대로 드러나 보였다. 그리고 이마 한가운데에 외눈이 달려 있었다. 미러벨이 검지로 턱을 살살 긁어 주자, 낯선 존재가 다정하게 가르릉 소리를 냈다.

"이 녀석은 기디언이라고, 우리 가족 막내야."

젬은 기디언을 가만히 내려다보았다. 심장이 쿵쾅쿵쾅 뛰었다. 두려울 거라는 예상과 달리 경이로움에 가까운 감정이 들었고, 젬은 그런 자신에게 새삼 놀랐다.

"몇 살이야?"

"아직 어려. 에테르에서 얼마 전에 이곳으로 왔거든. 아직 작지만, 쑥쑥 크는 중이야. 걸음은 벌써 뗐고, 기어오르기도 잘해. 앞으로 나만큼만 클 수도 있고, 버트럼 삼촌만큼 덩치가 거대해질 수도 있어. 아니면 지금 이 모습 그대로일 수도 있고."

미러벨은 고개를 살랑살랑 흔들며 덧붙였다.

"최종적으로 어떤 모습을 지닐지는 아무도 예측할 수 없어. 오드는 300년 전에 왔을 때부터 쭉 그 모습이래."

젬은 알겠다는 듯이 고개를 주억거렸지만, 실은 미러벨이 무슨 말을 하는지 아리송하기만 했다. 미러벨이 젬의 생각을 눈치 챘는지 재미있다는 표정을 지었다.

"나중에 다 설명해 줄게."

이어 미러벨이 따라오라고 손짓을 하며 먼저 걸음을 뗐다. 젬은 미러벨과 나란히 복도를 걸으며 기디언이 만족스러운 듯 그르렁대는 소리에 귀를 기울였다. 미러벨의 목덜미에 착 달라붙은 모습이 어찌 보면 살아 있는 목도리 같았다. 기디언의 외모는 여전히 쉽게 받아들여지지 않았지만, 기디언을 대하는 미러벨의 태도는 어린 동생을 돌보는 여느 누나와 다르지 않았다. 낯선 광경이지만, 오빠가 있는 젬은 둘 사이의 유대감을 이해할 수 있었다.

"여기가 식당이야."

미러벨이 반짝반짝 광을 낸 이중문을 밀어 열었다. 아주 기다란 식탁이 식당 공간을 거의 꽉 채우고 있었다. 식탁 맞은편 끝에 음식을 가득 채운 그릇이며 접시며 은식기가 잔뜩 놓여 있고, 그 앞에 버트럼이 앉아 있었다. 그토록 많은 음식이 한자리에 쌓여 있는 광경이 젬에게는 또다시 충격으로 다가왔다.

젬 일행이 다가가는 사이, 버트럼은 바로 앞에 놓인 고깃덩이를 부욱 뜯어 헤쳤다.

"통닭구이."

버트럼이 흩어진 닭고기를 가리키며 말했다.

"삶은 콩, 그레이비소스, 당근, 그리고 뭐라더라? 아, '으깬' 감자."

"삼촌, 주무셔야 하지 않아요?"

버트럼은 고개를 가로저었다.

"흥분돼서 말이야. 너무 많은 일이 벌어지고 있잖니. 오드가 가져온 이 경이로운 음식물을 보렴."

버트럼은 그릇 하나를 집어 들더니 미러벨 쪽으로 기울여 내용물을 보여 주며 기쁨에 겨운 목소리로 외쳤다.

"자, 자! 이건 '아이스크림'이라는 거란다."

잔뜩 신이 난 버트럼이 아이들에게 가까이 오라는 듯 고갯짓을 하다가 문득 그릇 안을 확인하고서 인상을 찌푸렸다.

"이런, 형체가 무너지고 있네."

"아마 녹고 있는 걸 거예요."

미러벨의 대답에, 버트럼은 얼른 그릇을 내려놓더니 윗옷에 손을 쓱쓱 닦았다. 그러고는 불안한 눈빛으로 그릇을 내려다보았다.

"녹는다고? 왜 그러는 거지?"

젬은 어른인 버트럼이 그런 기본적인 지식을 모른다는 데 당황했다. 그러자 미러벨이 눈을 찡긋하면서 '그냥 적당히 맞춰 줘.'라는 신호를 보냈다.

버트럼은 옆에 놓아둔 수첩을 조심스레 펼치더니 연필을 집어

들고서 글씨가 잘 써지도록 연필심에 침을 묻혔다. 그러는 동안
에도 버트럼은 아이스크림이 갑자기 다리가 쑥 자라나서 쌩하고
도망갈까 걱정스러운지 잠시도 그릇에서 눈을 떼지 않았다.

"자, 일단 사전 기록부터 해야지. 먼저 시각적 후각적 관찰 내
용을 적은 다음, 맛을 봐야겠어."

그러자 미러벨이 물었다.

"삼촌, 좀 더 과감한 시도를 해 보면 어때요? 지금 바로 아이
스크림을 '먹어' 보는 거죠."

이어 미러벨은 두 눈을 반짝이며 젬을 쳐다보았다. 사소한 행
동이지만 젬은 자신이 신뢰받고 있으며, 어떤 일을 함께하고 있
다는 느낌에 기분이 좋았다.

버트럼이 볼을 씰룩거리며 대답했다.

"흠, 흠……. 그럴까?"

버트럼은 아이스크림 그릇을 입으로 가져가더니 미러벨과 젬
을 바라보며 불안한 미소를 지었다. 이윽고 버트럼이 눈을 질끈
감고서 녹은 아이스크림을 한 입 꿀떡 마셨다. 잠시 잠잠하던
버트럼은 자신감이 붙었는지 그릇을 싹 비우고서 "아!" 하며 만
족스러운 한숨을 쉬었다.

"흥미롭군."

버트럼은 수첩에 뭔가를 열심히 쓰기 시작하자, 미러벨이 젬에
게 살며시 속삭였다.

"요즘 버트럼 삼촌이 빠져 있는 취미 생활이야. 삼촌은 맛을 기록하는 걸 좋아해. 사실 삼촌은 인간이 먹는 음식의 맛을 느끼지 못해. 날고기는 다르지만. 어쨌든 가족들은 삼촌 장단에 적당히 맞춰 주고 있어."

기디언이 이 주제에 대해 자기 생각을 밝히려는 듯 혀를 비쭉 내밀더니 '으웩' 비슷한 소리를 냈다.

그때 식당 문이 휙 열리더니 일라이자가 들어왔다. 그사이에 또 새 옷으로 갈아입었는지 일라이자는 돌돌 말아 올린 까만 머리칼을 다이아몬드 핀으로 장식하고, 발목 길이의 반짝이는 새빨간 드레스 차림에, 하얀 비단으로 만든 긴 장갑을 끼고, 목에는 보라색 깃털 장식을 두르고 있었다. 젬은 일라이자의 우아한 몸짓에 속으로 감탄을 터뜨렸다.

일라이자는 버트럼 앞에 놓여 있는 음식을 보더니 불쾌한 듯 인상을 찌푸렸다.

"그게 대체 뭐예요?"

일라이자의 목소리에 짜증이 듬뿍 묻어났다.

"통닭구이예요."

버트럼은 자랑스럽게 대답했다.

"아, 이건 아이스크림이라오."

일라이자는 역겹다는 듯이 한껏 인상을 찌푸리며 되물었다.

"맛이 어때요?"

"훌륭해요."

일라이자는 전혀 설득되지 않은 표정으로 식탁 의자를 당기더니 의자에 비스듬히 기대어 앉아 우아하게 다리를 꼬았다.

"이모, 주무셔야죠."

미러벨의 말에 일라이자는 뿌루퉁한 얼굴로 한숨을 뱉었다.

"그렇지 않아도 이제 자 볼까 하고 취침 전 피부 관리를 하려는데, 데이지가 내 거울 안으로 놀란 물고기처럼 퍼덕대며 들어오지 뭐니. 관리고 뭐고 생각이 싹 사라졌어."

일라이자의 왼쪽 볼이 물결치듯 굼실거렸다. 젬은 제대로 본 게 맞나 싶어 눈을 깜박였다. 그런데 다시 봐도 분명히 움직임이 있었다. 마치 피부가 살아나서 따로 움직이는 것 같았다.

"이모."

미러벨이 자기 볼을 톡톡 치며 주의 신호를 보냈다.

"아."

일라이자가 볼을 토닥토닥 쳤다.

"쉿, 조용."

일라이자의 한숨과 함께 볼이 잠잠해졌다. 젬은 자신이 지금 무엇을 본 건지 묻고 확인하고 싶었지만, 기이한 장면 앞에 입이 얼어붙었다. 어렵사리 마음을 다잡고서 자신이 새롭게 속하게 된 이 기묘한 세상을 겨우 받아들이기로 하면 그때마다 또 이상한 일이 벌어졌다.

버트럼이 일라이자의 손을 톡톡 두드리며 말했다.

"일라이자, 오늘도 변함없이 아름답기 그지없소."

"어머나, 버트럼. 따뜻한 칭찬 고마워요. 친절하시기도 해라."

버트럼은 아기처럼 벙실벙실 웃으며 말을 이었다.

"룰라만큼은 아니지만 말이요."

버트럼은 당근을 덥석 베어 물더니 애처로운 눈빛을 허공에 던지며 맛도 느끼지 못하는 당근을 우적우적 씹어 먹었다.

"아, 룰라."

버트럼이 땅이 꺼져라 한숨을 쉬자, 일라이자는 고개를 절레절레 흔들며 미러벨에게 눈을 빙글 굴려 보였고, 미러벨은 싱긋 미소로 대답했다.

"젬, 가자."

미러벨이 자리에서 일어나자, 일라이자가 실눈을 뜨며 물었다.

"어디를 간다는 거니?"

일라이자의 목소리에 날이 바짝 서 있었다. 미러벨은 아무것도 모르는 척 환하게 웃으며 대답했다.

"그냥 여기저기요."

일라이자는 버트럼과 무언의 눈빛을 주고받았다. 버트럼이 잔뜩 걱정 어린 얼굴로 물었다.

"허락되지 않은 곳은 가지 않을 거지?"

일라이자가 엄한 눈으로 미러벨을 쳐다보았다.

"아래쪽은 안 되는 거 알지?"

질문의 형식을 띠고 있지만, 그 말은 분명코 명령이었다.

버트럼이 고개를 절레절레 흔들더니 미러벨의 눈을 들여다보며 나직이 말했다.

"거긴 가면 안 된다. 저 애랑은 더더욱."

미러벨은 버트럼의 목소리에서 공포를 읽었다.

"갈 수도 없고, 가서도 안 되고, 가지도 않을 거예요."

버트럼과 일라이자는 미러벨과 젬을 번갈아 쳐다보았다. 기디 언마저 귀를 쫑긋 세우고서 둘의 반응을 살폈다. 식당 안에 불안한 기류가 스며들었다. 젬은 갑자기 자신에게 쏟아지는 관심이 영 불편했다.

결국 일라이자가 고개를 절레절레 흔들며 한숨을 푹 쉬었다.

"미러벨, 가끔 보면 넌 네 삼촌을 골탕 먹이려고 정말 별별 일을 다 저질러."

미러벨은 끝까지 방실방실 웃으며 대답했다.

"젬한테 구경 좀 시켜 주려는 것뿐이에요."

미러벨이 다시 젬의 팔을 잡았다. 젬은 미러벨에게 이끌려 숨 돌릴 겨를도 없이 복도로 나섰다. 왜 미러벨의 이모와 삼촌이 '저택 아래쪽에 간다'는 생각만으로도 그렇게 불편해했는지 묻고 싶은 마음이 굴뚝같았다. 하지만 미러벨은 벌써 저만치 앞에서 달려가고 있었다. 젬은 서둘러 미러벨을 뒤따라갔다. 모퉁이를 돌자, 미러벨이 또 다른 방으로 들어가고 있었다. 잼은 방 안에 무엇이 있더라도 놀라지 않으려고 마음의 준비를 단단히 했다. 그러나 잠시 후 잼이 맞닥뜨린 것은 도무지 노력으로 준비될 수 있는 문제가 아니었다.

일단 방 안에 빛나는 구슬 수십 개가 둥둥 떠 있는 장면부터 받아들이기 쉽지 않았다. 하지만 실로 놀라운 것은 벽에 걸린 초상화들이었다. 벽 자체가 한없이 높은데, 그 위에 헤아릴 수 없이 많은 초상화가 걸려 있었다. 아무래 고개를 들어도 천장이 보이지 않는다는 사실을 깨달은 순간, 잼은 숨이 턱 막히는 것 같았다.

갑자기 땅이 기우뚱하기라도 하듯 잼은 똑바로 서 있기가 힘들었다. 미러벨이 살며시 잼의 팔꿈치를 잡으며 부축해 주었다.

"여긴 빛의 방이라고 해."

잼은 힘겹게 숨을 고르고서 대답했다.

"그럴 만하네."

잼은 이토록 다양한 색을 본 적이 없었다. 눈이 아플 만큼 선명한 분홍색, 부드러운 금색, 반짝 빛나는 빨간색 등, 빛으로 이루어진 벽걸이가 이글이글 불타고 있는 것처럼 보였다.

"저건 뭐야?"

잼이 물었다.

"이넉 삼촌은 저걸 스피어라고 불러. 이 세계로

오는 길이야."

미러벨은 빛의 구체를
난생처음 보기라도 하는
양 감탄하며 미소를 지었다.

'이 세계로 오는 길.'

간단한 한마디에 젬은 또 머릿속이
복잡해졌다.

'여기로 오는 길이라 치고, 그럼 어디서 오는 거지? 누가? 아니
면 무엇이?'

젬은 미러벨이 들려주었던 거울 너머 세계에 대한 이야기를
떠올렸다. 이 새로운 문제 역시 그러려니 하고 받아들여야 할 모
양이었다.

"세계 곳곳에 특별한 장소가 있어. 모두 이 저택처럼 잘 숨겨
져 있지. 그곳에는 너희가 사는 세상과 에테르 사이의 통로가
존재해. 이녁 삼촌 말로는 그중에서도 여기 룩헤이븐 저택에 통
로가 가장 많대."

빛나는 구슬을 홀린 듯 바라보던 젬은 겨우 눈길을 떼고서
초상화를 구경하기 시작했다. 먼저 젬의 흥미를 끈 초상화에는
코뿔소처럼 생긴 괴물이 그려져 있었다. 코가 있어야 할 자리에
커다란 뿔이 자라 있고, 얼굴은 거친 갈색 가죽으로 덮였으며,
두 눈은 황금 구슬처럼 샛노랬다. 어깨가 떡 벌어진 그림 속 주

공은 아마도 모피로 만든 듯한 윤기 흐르는 갈색 실내복을 입고 있었다.

"저분은 앨프리드 삼촌이야. 과거 세대, 다시 말해 타지에서 살던 세대에 속하신 분이시지."

"타지?"

"너희가 사는 세상 말이야."

젬은 미간을 찌푸리며 생각에 잠겼다. 털 코트를 입은 코뿔소가 어떻게 바깥세상에서 사람들 눈에 띄지 않고 살 수 있었을지, 그리고 어떻게 그런 존재를 '삼촌'이라 부르는지 알쏭달쏭했다.

다음으로 젬의 눈길을 끈 초상화에는 20세기 초 유행했던 트위드 재킷을 입고서 방석 위에 앉은 두 소년의 모습이 담겨 있었다. 두 소년은 생김새가 똑같았다. 옆통수에서 뻗어 나온 두 팔까지도.

"아, 퀜틴 핵슬리와 리처드 핵슬리. 가족 안에서 크게 존경받으셨던 분들이야. 나이도 많으시고 그만큼 지혜도 깊으셨대. 두 분은 저글링을 즐기셔서 파티가 열리면 초대 손님으로 인기가 많으셨다더라."

이어 젬의 눈길은 벤치에 앉은, 아주 뚱뚱한 여자의 초상화로 옮겨 갔다. 양옆에는 극도로 키가 크고 비쩍 마른 남자 둘이 각각 여자의 어깨에 한 손을 올리고 서 있었다. 셋 다 입과 콧구멍은 있는데 눈이 없었다. 웃고 있는 듯 반달 모양으로 벌어진 입

안에는 날카로운 이가 가득 들어차 있었다.

"메이비스 디블과 쌍둥이 아들. 말 많고 뒷담화 좋아하기로 악명 높아."

이어 미러벨은 머리가 셋 달린 젊은 여인의 초상화를 가리켰다. 저마다 눈동자 색깔이 초록색, 파란색, 갈색이라는 점을 빼고는 세 머리의 생김새가 똑같았다. 게다가 셋 다 어찌나 눈초리가 매서운지 이글거리는 눈빛이 그림을 뚫고 밖으로 날아올 것만 같았다.

"룰라 이모야. 백 년쯤 전에 여행을 떠났대. 버트럼 삼촌은 이모를 좋아했나 봐."

미러벨은 고개를 갸웃하더니 덧붙였다.

"세 머리 중 한 분을 좋아했다고 해야겠지. 아마 가운데 머리였을 거야. 그래서 나머지 두 머리가 질투했던 것 같아. 버트럼 삼촌은 아직도 룰라 이모를 그리워해서 언젠가 이모가 집으로 돌아오길 바라고 있어."

미러벨은 어깨를 들썩이며 덧붙였다.

"뭐, 이모도 때가 되면 돌아오겠지."

젬은 또 다른 초상화로 눈길을 돌렸다. 이번에는 초상화인데 인물은 없고, 유리병이 그려져 있었다. 자세히 보니 유리병 안에 소용돌이치는 검푸른 액체가 담겼고, 소용돌이 가운데에 놀랍도록 아름답고 슬픔이 가득 담긴 눈동자가 들어 있었다.

"으허그 삼촌이야."

미러벨의 설명에 젬은 두 눈을 깜박였다.

"뭐? '으헉'이라고?"

"아니, 으허그."

젬은 풋 하고 웃음을 터뜨렸다. 이내 미러벨도 따라 웃고, 기디언까지 찌르륵 소리를 냈다. 젬은 갑자기 현기증이 나면서 숨이 잘 쉬어지지 않았다. 갑자기 방이 빙글빙글 돌면서 점점 커지는 것 같았다. 젬은 미러벨 쪽으로 손을 파닥였다. 기디온이 고개를 갸웃한 채 외눈을 깜박이며 젬을 빤히 쳐다보았다.

미러벨은 젬을 복도로 데리고 나가서 벽에 기대게 도와주었다. 젬은 그대로 털썩 주저앉아 심호흡을 몇 번 했다.

"한 번에 다 받아들이기 쉽지 않지?"

미러벨이 안타까워하자, 젬은 고개를 끄덕이며 말했다.

"완전 으헉이야."

"완전 으헉이지."

세 아이는 다시 한바탕 웃음을 터뜨렸다.

　미러벨은 젬을 데리고 저택 6층의 가장 구석진 방으로 향했다. 목적지에 도착할 즈음이 되자 젬은 다리가 뻐근했다. 미러벨이 문을 열자, 젬은 환한 빛줄기에 흠칫했다. 지붕에 듬성듬성 구멍이 나 있어서 방 안으로 햇살이 그대로 들이쳤다. 커다란 창문은 판자로 막혀 있고, 천장은 뜯겨 나가서 이쪽 지붕을 받치는 서까래가 훤히 드러나 보였다. 지붕 구멍으로 비가 새어 들어와서인지 몇몇 들보는 습기에 젖어 물러진 듯했다. 그리고 서까래에 까마귀 열두어 마리가 줄지어 앉아 있었다. 아이들을 관찰하기라도 하듯 으스스할 정도로 조용한 까마귀 떼의 반응에 젬은 소름이 돋았다. 다락방 바닥은 새똥이 가득했고 군데군데 빗물 웅덩이가 고여 있었다.

　"여긴 칼날의 방이야."

　미러벨의 설명을 듣고서 젬이 되물었다.

　"왜 그런 이름이 붙었어?"

　미러벨은 대답 대신 방 안에 늘어선 햇살 기둥 중 하나를 향해 걸음을 뗐다. 그러더니 햇볕에 손을 덥히려는 듯 손바닥을 빛기둥 쪽으로 향한 채 기둥을 따라 한 바퀴 빙글 돌았다. 이어 미러벨은 한 발로 서서 우아하게 회전하며 그 옆 기둥을 끼고 돌더니 또 다른 두 빛기둥 사이를 발끝으로 살금살금 걸어 통과했다. 햇살 기둥 사이를 춤추며 돌아다니는 미러벨의 모습을 지켜보는 동안, 젬은 심장이 너무 심하게 쿵쾅거려서 이대로 입 밖으로 튕겨 나오지 않을까 하는 생각마저 들었다. 당장 방 안을 가로질러 달려가서 그만하라며 미러벨을 붙들고 싶었다. 저택 앞뜰 바닥에 남아 있던 그을린 흔적만 떠올랐다. 기디언이 불안한지 가냘픈 울음소리를 내며 미러벨의 목에 찰싹 달라붙자, 미러벨이 기디언을 살살 달랬다.

"오늘 같은 날에는 방 안에 햇살 칼날이 가득 들어차니까. 자칫 실수해서 빛기둥 안으로 들어서면, '펑'."

미러벨은 사라지는 묘기를 펼치는 마술사처럼 손가락을 쫙 펼치며 말을 이었다.

"그대로 안녕인 거지."

젬은 애가 닳았다.

"조심해."

그때 들보에 앉아 있던 까마귀 떼 중 한 마리가 날개를 푸드덕거리며 아래로 날아 내려왔다. 미러벨은 본능적으로 팔을 내밀어 까마귀가 앉을 수 있게 해 주었다. 까마귀는 미러벨의 얼굴에 대고 "까악까악." 울더니 몸을 휙 돌려 성한 눈으로 젬을 빤히 쳐다보았다.

"까아아악."

까마귀가 다시 소리치자, 미러벨은 싱글싱글 웃으며 말했다.

"괜찮아. 젬은 내 친구야."

기디언이 무슨 소리냐는 듯 고개를 바짝 들더니 "까악." 하고 말했다. 미러벨은 그 모습이 귀여운지 빙그레 웃었다

까마귀는 잠시 머리를 세차게 끄덕이더니 다시 서까래 쪽으로 날아갔다. 외눈 까마귀가 동료들에게 "까악." 하고 소리치자, 나머지 까마귀들이 낮은 소리로 일제히 "까악까악." 대답했다. 마치 다 함께 침입자에 대해 의논하는 듯했다.

미러벨을 따라 방을 나서면서 젬은 고개를 돌리고서 이상하리만치 조용한 까마귀 떼를 다시 쳐다보았다. 가끔 날개를 푸드덕거리거나 부리로 날개를 다듬을 뿐, 어떤 까마귀도 소리를 내지 않았다.

"엄마가 새를 방 안에 들이면 불운이 찾아온다고 했는데."

그러자 미러벨이 대꾸했다.

"이 까마귀 떼는 늘 여기 있어. 하지만 우리 가족은 불운을 겪은 적이 없는걸."

그래도 젬은 못 미더운 눈으로 까마귀 떼를 올려다보았다. 분명히 뭔가를 기다리는 눈치였다. 하지만 아무래도 비웃음당할 것 같아서 차마 미러벨에게 그 말을 할 수는 없었다.

이어 미러벨은 젬을 서재로 데리고 갔다. 표지를 가죽으로 싼

책들이 먼지를 뒤집어쓴 채 네 칸 높이 책장에 빼곡히 꽂혀 있었다. 젬은 그중 몇 권을 꺼내어 보았는데, 한 번도 본 적 없는 신기한 문자와 상징이 가득했다.

그렇게 몇 군데를 더 돌아다니자, 젬은 모든 게 뒤죽박죽되어 기억이 흐릿했다. 세 아이는 식당에 아무도 없는 김에 간식 시간을 갖기로 했다. 앞에 음식이 잔뜩 쌓여 있었지만, 미러벨은 손도 대지 않았다. 기디언은 미러벨의 어깨 너머로 빼꼼 고개를 내밀더니 식탁에 쌓인 음식을 메스껍다는 듯한 눈으로 쳐다보았다. 반면 젬은 미러벨이 가족의 역사를 들려주는 사이 닭고기 샌드위치를 먹기로 했다. 하지만 이야기 하나하나가 어찌나 기이하고 놀라운지 샌드위치를 제대로 먹을 수가 없었다. 그중에서도 에테르에 대한 이야기는 특히나 흥미로웠다.

"에테르가 뭐야? 그러고 너희 가족은 거기서……."
젬은 잠시 적당한 말을 골랐다.
"어떻게 이쪽 세상으로 와?"
"빛의 방에 있던 스피어를 통해서 와. 그 빛 구슬은 일종의 통로 같은 거거든. 나도 그렇게 여기로 왔어. 우리 가족 모두 에테르에서 왔지. 한번은 일라이자 이모가 그곳에 대해 이야기해 준 적이 있는데, 에테르가 정확히 무엇인지는 아무도 모른대. 일라이자 이모는 그곳이 영혼들의 장소로 여겨진다고 하더라. 영혼들이 떠다니며 자신의 차례를 기다리고 있다고 말이야. 그러다가 준비가 된 영혼은 이쪽 세계로 건너와서 우리 가족이 되는 거지."

"태어나는 거랑 비슷하네."

미러벨이 심각한 표정을 지으며 생각해 보더니 고개를 끄덕였다.

"응. 그런 것 같아."

"이런 곳이 더 있어? 다른 곳도 다 마법으로 숨겨져 있고?"

미러벨이 고개를 끄덕였다.

커튼 틈 사이로 불그스름한 노을빛이 새어 들어왔다. 세 아이는 마침내 식당을 나섰다. 젬은 걸음을 뗄 때마다 이 꿈에서 저 꿈속으로 휘청휘청 헤매 다니는 기분이었다.

기디언이 미러벨의 어깨에서 폴짝 뛰어내리더니 앙큼한 눈으로 미러벨을 올려다보았다. 그러자 미러벨은 손가락을 까딱이며 말했다.

"기디언, 명심해. 혼자 마음대로 돌아다니면 안 돼."

기이언이 깩 하고 소리를 지르더니 순식간에 휙 사라져 버렸다. 젬은 놀라서 눈만 끔벅였다. 미러벨이 하는 수 없다는 표정으로 말했다.

"기디언은 오자마자 자기 재능을 발견했거든. 그래서 열심히 실력을 갈고닦는 중이야."

다다닥 하고 뭔가 빠르게 달려가는 소리가 들리자, 미러벨이 걸음을 멈추었다.

"저기 가네."

미러벨과 젬은 식품 저장실로 이어지는 복도 입구에 서 있었다. 미러벨의 눈이 장난스레 빛났다.

"일라이자 이모와 버트럼 삼촌이 말리긴 했는데, 그래도 살짝 보기만 하는 건 문제없을 거야."

"그럼 이쪽이 '아래'로 가는 길이야?"

미러벨이 고개를 끄덕이는 찰나, 젬은 그 소리를 들었다.

어둠 속에서 울려 퍼지는 길고 낮은 신음.

젬은 본능적으로 주춤 뒤로 물러섰다.

"가 보자."

미러벨은 전혀 신경 쓰지 않는 표정이었다.

젬은 썩 내키지 않았지만, 미러벨을 따라 식품 저장고 앞을 지나 짙은 어둠 속으로 발을 디뎠다. 바닥은 비스듬히 경사져 있고, 공기에선 축축한 흙냄새가 났다. 아래로 내려가면 갈수록 주변 온도도 점점 내려갔다. 젬은 긴장되어 목덜미가 움츠러들었다. 이윽고 두 아이는 긴 복도에 다다랐다. 흐릿한 벽등 두 개만이 어둠을 맥없이 밝히고 있었다.

미러벨은 벽에 설치된 어떤 문 앞에서 걸음을 멈추었다. 왜 이런 곳에 난데없이 거대한 철문이 설치되어 있는지 젬은 도무지 이해할 수가 없었다. 희미한 불빛에 의지해서 살펴보니 문 표면에 기묘한 형체들이 돋을새김되어 있었다. 동굴 같은 입을 쩍 벌린 거인과 머리 둘 달린 용이 싸움을 벌이고, 머리는 독수리인데 몸통은 사자인 괴물이 거대한 뱀의 사체를 찢어발겼다. 그렇게 무시무시한 형상이 하나 또 하나 이어지면서 문짝 전체를 빼곡히 채우고 있었다.

젬은 그중 한 형상에 유난히 눈길이 갔다. 비썩 마른 팔다리, 긴 발톱, 줄줄 흘러내리는 살갗. 그 괴물은 울부짖으며 주변 모든 것을 먹어 치우려 하고 있었다. 젬은 이상하게 불안해졌다.

미러벨은 문에 한 손을 얹더니 눈을 감고서 살포시 고개를 숙였다. 입 모양이 움직이는 걸 보니 소리 죽여 무슨 말을 하는 듯했다. 갑자기 한기가 확 끼쳐서 젬은 몸을 부르르 떨었다.

미러벨이 눈을 뜨더니 젬을 향해 방긋 웃었다.

"다 됐어. 안부를 전하고 싶었거든"

젬은 어리둥절하기만 했다.

'안부를 전했다고? 누구한테?'

마침내 다시 경사로를 오르자 젬은 그제야 마음이 놓였다. 미러벨은 젬을 데리고 부엌으로 갔다.

부엌은 오랫동안 사용하지 않았는지 낡고 케케묵은 먼지가 가득했다. 그렇게 큰 식당이 있는데, 정작 부엌은 사용한 흔적이 없다는 게 젬은 영 의아했다.

"정원을 보여 줄게."

미러벨은 뒷문 쪽으로 가서 문을 열려다가 멈칫했다. 해가 높다란 정원수 너머로 뉘엿뉘엿 지고 있었다. 노을을 바라보는 미러벨의 얼굴에 아득한 표정이 드리웠다.

"왜 그래?"

젬이 묻자, 미러벨은 여전히 꿈꾸는 듯한 얼굴로 지는 해를 바라보며 대답했다.

"좀 기다려야 해. 아직 안전하지 않거든."

젬은 창 너머로 노을을 바라보았다. 온 하늘을 휘감은 붉은 혓바닥이 짙은 남보라로 멍들어 가고 있었다. 이윽고 해가 지평선 너머로 완전히 사라져 버리자, 모든 색이 사라지고 어둠이 내려앉았다.

미러벨이 어깨를 축 늘어뜨리며 한숨을 폭 쉬었다. 안심하는 듯도, 실망한 듯도 했다. 이내 미러벨은 뒷문을 열고서 젬에게 나가자는 손짓을 했다.

아직 저녁 햇살의 온기가 남아 바깥 공기가 따뜻했다. 밤바람이 나뭇잎 사이를 스치며 와스락 소리를 냈다. 정원에는 풀이 웃자라 있지만, 무질서한 와중에도 나름대로 적당한 질서가 있어 보였다.

미러벨은 서둘러 뒷문 옆에 걸려 있던 양동이 하나를 내리더니 휘파람을 불며 앞으로 걸어갔다. 양동이가 기분 좋게 따라 흔들거렸다. 앞에 무엇이 있는지 알아차린 순간, 젬은 그 자리에 얼어붙었다. 잔디밭 위에 꽃들이 떼를 지어서 모여 있었다. 젬과 톰을 공격했던 괴물 꽃과 같은 종이었다. 진입로에 있던 꽃보다는 크기가 작지만 두툼한 줄기며 축 늘어뜨린 꽃봉오리가 똑같았다. 그런데 이 꽃들은 어쩐지 잠든 듯 보였다.

미러벨이 고개를 돌리고서 젬을 불렀다.

"이리 와. 물지 않아. 내가 그렇게 두지도 않을 거고."

미러벨은 양동이를 들어 젬에게 내용물을 보여 주었다. 안에 뼈다귀가 가득했다. 개중에는 고기와 연골이 어느 정도 붙어 있는 것도 있었다.

"꽃들에게 줄 사료야."

미러벨은 뼈다귀 하나를 꺼내더니 높이 들고서 흔들었다. 표정도 태도도 차분하기만 했다. 꽃 무리 중 하나가 줄기를 쭉 펴고 서더니 꽃잎을 활짝 펼쳤다. 이내 꽃이 젬을 발견하고서 사납게 쉿쉿 소리를 내기 시작했다.

젬은 머릿속이 하얘지면서 도망가고 싶은 마음뿐이었다. 문득 팔에 다정한 손길이 느껴졌다. 고개를 돌리니 미러벨이 염려 말라는 듯한 눈으로 바라보고 있었다.

"두려워하지 마. 널 해치지 않을 거야. 적어도 내가 여기 있는 한 괜찮아."

미러벨은 뼈다귀를 높이 던져 올렸다. 뼈다귀가 포물선을 그

리며 날아가자, 꽃들이 너도나도 고개를 들었다. 꽃잎이 착 펼쳐지는 부드러운 소리가 정원에 가득 찼다. 뼈다귀가 아래로 떨어지자 세 송이 넘는 꽃들이 서로 뼈다귀를 잡아채려고 허공을 향해 이빨을 딱딱 부딪쳤다. 젬은 뼈다귀가 그중 한 송이의 입안에 떨어지는 광경을 생생히 지켜보았다. 공포와 감탄이 동시에 몰려왔다. 성공한 꽃이 뼈다귀를 꿀꺽 삼키자, 다른 꽃들이 화가 나서 새된 소리를 질렀다.

"조용!"

미러벨이 꽃밭에 한 걸음 다가서며 소리쳤다. 꽃들이 흥분을 가라앉히려는지 봉오리를 휙휙 털었다. 그러더니 다시 잠잠히 고개를 까딱이며 미러벨을 쳐다보았다.

미러벨이 다시 뼈다귀 하나를 집어 들더니 강아지에게 간식을 주려는 사람처럼 꽃 한 송이를 살살 꾀었다. 꽃이 고개를 쭈욱 빼고서 살며시 뼈다귀를 받아 가더니 이내 고개를 꼿꼿이 세우고서 입안으로 꿀꺽 삼켰다.

"여기 있는 꽃들은 어린 모종이야. 신성한 랩시디의 꽃은 수백 년 동안 저택을 지켜 왔어. 사실 여기저기 돌아다니는 걸 좋아하는데, 절대 바깥세상에 나가지 않기로 굳게 맹세했지."

미러벨은 쨈에게 닭 뼈 한 조각을 건넸다.

"네가 줘 봐."

쨈이 뼈를 받아들자, 꽃 몇 송이가 좋은 자리를 잡고서 쨈의 관심을 받으려고 서로를 거칠게 밀쳐 댔다. 쨈은 바짝 긴장한 채 가장 가까이에 있는 꽃을 향해 먹이를 내밀었다. 꽃이 고개를 납작 내린 채 천천히 다가와 뼈를 받아 물더니 고개를 뒤로 젖히고서 꿀꺽 삼켰다. 다음 순간, 쨈은 깜짝 놀랐다. 꽃이 부드 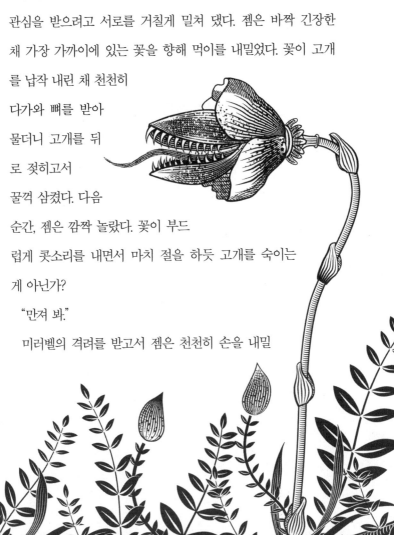 럽게 콧소리를 내면서 마치 절을 하듯 고개를 숙이는 게 아닌가?

"만져 봐."

미러벨의 격려를 받고서 쨈은 천천히 손을 내밀

어 꽃잎을 어루만졌다. 촉감이 비단처럼 부드러웠다. 꽃이 젬의
볼에 코를 비비며 콧소리를 내자, 다른 꽃들이 공감하듯 부드럽
게 짹짹 소리를 냈다.

미러벨이 피식 웃으며 말했다.

"거봐, 겁낼 거 하나도 없지?"

미러벨이 뼈다귀를 꽃밭 주변에 뿌려 주자, 꽃들은 처음보다
는 한결 차분하게 뼈를 주워 먹었다. 그사이 젬과 미러벨은 가
까운 벤치에 앉아 꽃들의 식사를 구경했다. 꽃잎이 철썩 마주치
는 소리, 와그작 뼈 씹는 소리, 부드럽게 쉿쉿 하는 소리가 정원
에 한 편의 교향곡처럼 울려 퍼졌다. 젬은 신기한 광경에 매료되
어 넋을 놓고 바라보았다.

잠시 후 젬이 고개를 휘휘 저으며 정신을 가다듬고서 물었다.

"여긴 대체 어떤 곳이야?"

미러벨은 어깨를 들썩이며 대답했다.

"집."

"하지만 이곳은…… 모든 것으로부터 동떨어져 있잖아. 그리
고 너희 가족은……."

미러벨은 고개를 갸우뚱하며 젬의 말을 기다렸다.

"너무 달라."

혀끝에서 말이 떨어지자마자, 젬은 그 말이 잘못되었다는 걸
스스로도 알 수 있었다. 다행히 미러벨이 고개를 젖혀 가며 너

털웃음을 터뜨린 덕에 젬은 속으로 안도의 한숨을 쉬었다.

"우리도 너처럼 사람이야. 물론 너하고 똑같진 않아. 우리는……."

젬은 미러벨의 말뜻을 깨닫고서 고개를 끄덕이며 대신 말을 맺었다.

"그냥 다 같은 사람이지."

미러벨이 한마디 덧붙였다.

"우리는 가족이야."

"왜 숨어 지내?"

미러벨은 다리를 간닥이며 구두만 쳐다본 채 대답했다.

"옛날 아주 옛날에 인간과 우리 종족은 사이가 나빴어. 우리 종족이 에테르에서 나왔을 때 일부는 세상 밖으로 나갔거든. 그러다 인간에게 사냥을 당했지."

미러벨은 잠시 말이 없었다. 뭔가를 생각하는 눈치였다.

"몇 세대 전에, 모두가 평화롭게 살 수 있도록 인간과 우리 사이에 협정이 맺어졌어. 그 협정을 언약이라고 불러."

"그럼 마을 사람들은? 그 사람들은 너희 존재를 쭉 알고 있었던 거야?"

미러벨은 고개를 끄덕였다.

"응. 마을 사람들의 선조와 협정을 맺었지만, 효력은 마을 너머 인간 세상 전체에 적용돼. 그때부터 지금까지 우리는 여기에, 마을 사람들은 마을에 머물고, 이 저택에 대해서는 비밀에 붙이고 있어. 가족의 일원은 원하면 바깥세상으로 나갈 수 있지만, 자신의 정체를 드러내거나 인간에게 해를 끼쳐선 안 돼. 마찬가지로 가족에 속한 자는 원하면 언제든지 이곳으로 돌아올 수 있지. 오드가 들락날락하듯이 말이야. 이닉 삼촌은 이곳을 '시간의 고립 지대'라고 불러. 오래전 선조들이 마법을 걸어 준 덕분에 이곳은 너희가 사는 세상에 속하기도 하고 속하지 않기도 해. 열쇠가 있으면 들어올 수 있고."

미러벨은 인상을 찌푸리며 덧붙였다.

"세월이 흐르면서 마법이 약해져도 들어올 수 있어. 너희 남매도 그렇게 들어온 거야."

젬은 미러벨이 들려준 이야기를 곰곰이 되새겨 보았다. 다 이해하기는 어렵지만, 이곳에서 목격한 모든 것 중에서도 한 생명이 스피어라는 빛의 구슬을 통해 세상으로 온다는 사실이 가장 놀랍고 매혹적으로 여겨졌다.

한참 후, 젬이 드디어 입을 열었다.

"그럼 부모님은 없는 거야?"

미러벨은 고개를 가로젓더니 대답했다.

"우리한텐 서로가 있지."

"하지만……."

젬은 말끝을 흐렸다. 부모님 없이, 미지의 세상에서 이곳으로 그냥 나타난다니 아무리 생각해도 이상했다.

"넌? 넌 부모님이 있어?"

젬은 차라리 등에 차가운 단검이 내리꽂히는 게 낫겠다는 생각이 들었다. 하지만 자신의 아픔을 드러내고 싶지는 않았다. 젬은 고개만 가로저었다. 잠시 마음을 정리하고서야 제대로 대답할 수 있었다.

"아빠는 전쟁에서 돌아가셨고, 엄마는……. 엄마도 그 뒤에 돌아가셨어."

젬은 눈시울이 뜨거워져서 얼른 고개를 돌렸다.

"저런……. 미안해."

미러벨의 말에 젬은 걱정하지 말라는 듯 손을 흔들며 서글프게 웃었다.

잠시 후, 미러벨이 머뭇머뭇 물었다.

"어떤 거야? 누군가를 잃는다는 일 말이야. 우리는 인간과 달리 나이 들지도, 죽지도 않거든. 그래서……."

긴 침묵이 이어졌다. 정원에 갑자기 거대한 정적이 들어찼다. 심지어 꽃 무리조차 숨죽인 채 귀를 기울이는 듯했다.

젬은 동정 어린 눈빛을 보내는 듯한 꽃들에게 눈길을 고정한 채 겨우 입을 열었다.

"아파."

"어디가?"

젬은 눈길을 돌리고서 미러벨을 쳐다보았다. 낯선 언어를 이해하려는 듯 인상까지 쓰고 있는 걸 보니 미러벨은 정말로 무슨 말인지 이해하지 못하는 눈치였다.

젬은 가슴에 손을 얹으며 대답했다.

"여기."

잠시 생각해 보고서 젬은 두 주먹을 꽉 움켜쥐며 덧붙였다.

"아니, 모든 곳이 다."

부드러운 침묵이 다시 내려앉았다. 시간이 얼마나 흘렀을까? 침묵을 깬 것은 미러벨의 한마디였다.

"미안해."

젬은 미러벨을 쳐다보며 괜찮다는 듯 고개를 끄덕였다.

"속상하게 하려는 뜻은 아니었어."

"알아. 괜찮아."

미러벨은 젬의 너그러운 마음 씀씀이를 고맙게 여기는 눈치였다.

두 아이는 다시 꽃밭으로 눈길을 돌렸다. 꽃들은 식사를 마친 뒤 봉오리를 안쪽으로 말고서 잠들어 있었다.

정원은 고요했다. 헛헛한 푸른 밤이 두 아이를 감쌌다. 젬과 미러벨은 갑자기 마음이 편해져서 말없이 한참을 그렇게 앉아 있었다.

방으로 돌아간 젬은 예상치 못한 광경과 마주쳤다. 톰이 침대 밑을 뒤지고 있었다. 잠시 후 밖으로 기어 나온 톰의 얼굴에 짜증이 가득했다.

"없어. 진짜 아무것도 없어!"

"오빠, 왜 이러고 있는 거야? 누워서 쉬어야지."

톰이 일어서서 몸에 묻은 먼지를 떨어내더니 이불 밑에서 촛대 하나를 꺼냈다.

"이거 하나 겨우 건졌네. 값이 얼마 정도 나갈까?"

톰이 촛대를 건네려 하자, 젬은 인상을 찌푸리며 오빠의 손을 밀어냈다.

"빨리 침대에 눕기나 해."

톰은 어이없다는 듯 눈을 빙글 굴리더니 싱글싱글 웃었다. 하지만 이내 거친 기침이 몰려나와서 웃음기는 고통스러운 표정으로 바뀌었다. 젬이 다가서자, 톰은 오지 말라는 듯 손을 들더니, 반대편 팔로 입을 막고서 쿨럭쿨럭 기침을 했다.

"괜찮아. 몸이 한결 좋아졌어."

"뭐 좀 먹었어?"

"그 덩치 큰 아저씨가 저녁 식사를 가져다줬어. 그 아저씨 진짜 말 많지 않아? 주로 먹는 얘기더라. 분명 부자일 거야. 옷은 좀 낡았지만 그래도 예전에는 꽤 비싼 물건이었던 것 같아. 딱 봐도 침대 밑에 돈이 두둑한 가방을 숨겨 놨을 부류야."

톰은 탁자 쪽으로 걸음을 옮겼다. 음식이 여전히 꽤 남아 있었다. 톰은 입에 빵을 욱여넣고서 우물우물하며 말했다.

"온종일 어디 갔었어?"

"미러벨이 집 구경을 시켜 줬어."

"그 괴물 꽃이랑 곰은? 봤어? 여긴 도대체 뭐 하는 곳인지 모르겠어. 아주 정교한 마술 공연장 같은 건가?"

젬은 고개를 가로저었다.

"눈속임이 아니야. 그리고 다른 것도 있어. 특이한 것들 말이야."

"식인 꽃보다 더 특이한 것도 있어?"

젬은 마땅한 대답을 찾지 못했다. 자신이 본 것을 말로 설명하기 어려웠고, 말해 봐야 비웃음만 살 것 같았다. 젬은 겨우 이렇게만 말했다.

"집이 굉장히 커. 설명할 게 많아. 생각이 정리되면 말해 줄게."

톰이 빵을 삼키다 말고 눈을 번득였다.

"혹시 값나가는 물건 봐 둔 거 있어?"

젬은 짜증스레 고개를 흔들었다.

"안 돼, 오빠, 적어도 이번만큼은 안돼. 우린 이 집 손님이야."

톰이 젬을 향해 성큼 다가서며 다그쳤다.

"그래서? 무슨 말을 하려는 거야?"

젬은 물러서지 않았다.

166

"훔칠 생각 하지 말라고."

젬은 오빠의 눈빛이 마음에 들지 않았다. 너무나 익숙한 눈빛이었다. 거칠게 번득이는, 마치 굶주린 듯한 눈빛. 그 속에는 항상 절박함과 상처가 고여 있었다. 그리고 이제 그 상처가 수면으로 부글부글 끓어오르며 모습을 드러냈다.

"여기를 보라고."

톰은 주위를 손짓하며 말했다.

"어마어마하잖아. 이런 집을 가진 사람이 빈털터리일 리 없어. 그자들은 분명 뭔가 감추고 있는 거야. 그게 뭐든 간에 말이지. 내가 장담하는데, 그 역겨운 앨리슨네보다 이 사람들이 훨씬 부자일 거야!"

앨리슨이란 이름을 말할 때 톰의 얼굴이 추하게 일그러졌다. 앨리슨 씨 가족은 마을에서 손꼽히는 부자였다. 남매의 어머니는 그 가족의 비서로 오래 일했지만, 병이 들자 바로 해고되었다. 앨리슨 가족은 아무런 위문품도 보내지 않았다. 안부조차 묻지 않았다. 어머니가 세상을 떠나고 장례를 치를 때 남매 곁에는 아무도 없었다. 그 뒤 남매는 하얗게 센 머리를 깔끔하게 손질한 앨리슨 씨가, 기사가 모는 차를 타고서 한껏 오만한 태도로 시내를 유유히 돌아다니는 모습을 보았다. 앨리슨 씨의 얼굴에는 하찮은 일 따위 신경 쓸 필요가 없는 사람 특유의 표정이 걸려 있었다.

몇 달 뒤 앨리슨 씨의 차가 불타는 사건이 벌어졌다. 범인이 누구인지 아무도 몰랐다. 젬만 빼고. 그러나 젬은 톰에게 그 일에 대해 아무 말도 하지 않았다.

"젬, 생각해 봐."

톰은 열성을 보이면 젬이 넘어오리라고 믿는지 열심히 주위를 고갯짓하며 말을 이었다.

"이 사람들이 가진 걸 생각해 보라고."

"이 사람들은 가진 게 없어. 있다 하더라도 우린 이 집 손님이야."

톰은 넌더리를 내며 돌아서더니 탁자에 기대어 서서 입에 포도를 꾸역꾸역 밀어 넣었다.

"가져도 아주 넉넉히 가졌어."

톰이 부루퉁하게 말했다.

"이걸 봐. 이 사람들은 배급 같은 건 걱정할 필요가 없어. 음식이 이렇게 많은걸. 필요 이상으로 가지고 있잖아."

"이 사람들이 뭘 가졌든 우리한텐 손댈 수 있는 권리가 없어."

그러자 톰이 젬을 흘겨보며 말했다.

"몇 달 전 폴럼에서 푸줏간을 털 때는 아무 말도 안 했잖아?"

젬은 얼굴이 화끈 달아올랐다.

"덴마크 거리에 있는 가게에서 파이를 슬쩍할 때도 별말 없었지."

"이건 달라."

"뭐가 다른데?"

'내게 친구가 생겼으니까. 진짜 친구. 좀 특이하지만 다정한 아이야. 그 애는 날 믿어 주고, 나도 그 애를 믿어.'

젬은 속으로 소리칠 뿐 그 말을 입 밖으로 내지는 않았다. 말해 봐야 톰에게 조롱만 당할 것 같았다. 사실 그 생각을 하는 것만으로도 젬은 아무 방어막 없이 세상에 노출된 듯한 느낌이 들었다. 동시에 오랫동안 경험하지 못했던 강인함도 느껴졌다. 젬은 온갖 감정이 뒤엉켜 도무지 생각을 정리할 수가 없었다. 이럴 땐 아무것도 설명하지 않는 쪽이 차라리 나을 것 같았다.

"그냥 달라."

그렇게 말하니 스스로가 바보처럼 느껴졌다. 젬은 어쩐지 톰이 옳고 자신이 틀린 듯한 이 느낌이 싫었다.

톰이 다시 기침을 했다.

"오빠, 어서 누워."

톰은 인상을 찌푸렸지만, 젬이 팔을 잡고서 침대 쪽으로 끌고 가자 버티지 않고 순순히 따랐다. 젬은 침대맡 서랍장 위에 놓여 있는 약병을 보았다.

"약은 챙겨 먹고 있어?"

"그래."

톰은 잔뜩 짜증을 부리며 대답하더니 침대에 누웠다.

"좀 더 마셔."

젬은 병뚜껑을 열고서 숟가락에 약을 부었다.

"그거 먹으면 졸리단 말이야."

톰이 툴툴거렸다. 젬은 못 들은 척 오빠에게 숟가락을 내밀었다. 톰은 눈을 빙글 굴리더니 약을 받아 마셨다.

"베개를 두드려서 좀 더 폭신하게 해 줄까?"

톰은 이번에도 인상을 썼다. 하지만 젬은 오빠가 입가에 피어오르는 미소를 꾹 눌러 참는 걸 놓치지 않고 보았다. 톰이 베개에 깊숙이 기대어 눕더니 이내 눈을 스르르 감았다.

오빠가 잠들자, 젬은 허기가 져서 탁자에 앉아 식사를 했다. 복숭아, 포도, 베이컨 샌드위치, 생강즙을 넣은 음료수까지, 이런 음식은 처음이었다. 오랫동안 배급 식량에 의존해서 살았고, 삼촌이 남긴 음식이나 겨우 얻어먹던 터라 젬은 이렇게 맛있는 음식을 먹어 본 적이 없었다. 천상의 음식 같았다. 식사를 마칠 즈음, 문득 무슨 소리가 난 것 같아서 젬은 방문 쪽을 쳐다보았다. 누군가 바깥에서 속삭이는 듯한 느낌이 들었다.

젬은 한동안 꼼짝하지 않고 앉아 있었다. 심장이 쿵쾅쿵쾅 뛰었다. 젬은 심호흡으로 마음을 가라앉히고는 문으로 가서 손잡이를 천천히 돌렸다.

끼이익 문이 열렸다.

복도에는 어둠과 적막만이 가득했다. 젬은 안도의 한숨을 쉬었다.

'여기 있으면 안 돼.'

난데없이 허공에서 목소리가 들리자 젬은 기겁했다.

'여긴 안전하지 않아. 네 방에만 머물렴.'

젬은 공포심에 온몸이 얼어붙었다. 심장이 다시 미친 듯이 뛰었다.

젬은 어찌어찌 뒷걸음질 쳐서 방 안으로 들어가 문을 쾅 닫았다. 그렇게 문에 기댄 채 가쁜 숨을 몰아쉬며 부들부들 떨고 있는데, 또 누군가의 목소리가 들렸다. 젬은 놀라서 심장이 멎을 것만 같았다.

"근사하고 군침 도는 거. 난 그거면 돼."

젬은 침대 쪽으로 눈길을 돌렸다. 톰이 빙그레 웃으며 잠들어 있었다. 손에 쥔 촛대를 가슴팍에 살포시 끌어안은 채.

"그냥 근사한 거……."

톰이 웅얼웅얼 잠꼬대를 하더니 몸을 축 늘어뜨리며 더 깊은 잠에 빠져들었다.

젬은 안도의 한숨을 길게 내쉬었다.

잠시 후 이불을 덮고 자리에 누울 때까지 몸이 계속 부들부들 떨렸다. 바깥에서 들었던 목소리가 계속 생각났다. 정확히 말하면 '들은' 것도 아니었다. 정체불명의 목소리가 젬의 머릿속으로 침입해 들어왔다는 쪽에 더 가까웠다. 그러나 복도에는 분명 아무도 없었다. 젬의 머리 바로 위에 거미 한 마리가 대롱대롱 매달려 있을 뿐이었다.

인정하고 싶지 않지만, 그 거미는 분명 젬을 똑바로 바라보고 있었다.

미러벨

"집 구경을 시켜 줬어요."

미러벨은 서재로 이넉 삼촌을 찾아가서 팔짱을 턱 끼며 말했다. 삼촌이 앉은 책상에 신비로운 문자와 상징이 가득한 문서가 잔뜩 펼쳐져 있었다. 이넉 삼촌이 의자에 등을 기대고서 눈을 감더니 골치가 아픈 듯 미간을 문질렀다.

"그렇게까지 친절을 베풀었단 말이냐?"

미러벨은 대들듯 고개를 빳빳이 들며 말했다.

"구석구석 다 보여 줬어요. 빛의 방도 보여 주고, 정원으로 데리고 가서 꽃들에게 먹이도 주게 하고, 심지어 칼날의 방도 보여 줬죠. 우리 가족에 대해서도 다 말해 줬어요."

이넉 삼촌이 한숨을 푹 내쉬고서 대답했다.

"미러벨, 난 글래머 문제로 할 일이 많단다. 이건……."

"마을 사람이 아니라는 이유로 그 애들한테 등을 돌려선 안돼요. 상대가 누구든 도움이 필요한 사람을 돌려보낼 순 없는 일이에요. 마찬가지로 데이지의 응석을 받아 줄 이유도 없고요."

미러벨은 삼촌의 눈길을 느끼고 하던 말을 멈추었다. 이넉 삼촌의 얼굴에 묘한 표정이 걸려 있었다.

이넉 삼촌이 자리에서 천천히 일어나더니 창문가로 가서 뒷짐을 진 채 밖을 내다보았다. 시간이 째깍째깍 흘렀다. 서재에 긴장과 침묵이 차곡차곡 쌓이던 중, 마침내 삼촌이 입을 열었다.

"네 말이 옳다. 누구도 내쫓아선 안 되는 법이지."

미러벨은 뭐라고 대답해야 할지 몰랐다. 삼촌이 펄펄 뛸 거라 예상했는데, 나아가 화내기를 바랐는데, 삼촌의 잠잠한 반응에 얼떨떨했다. 이넉 삼촌은 계속 바깥 풍경에 눈길을 고정한 채 말을 이었다.

"곧 저녁 식사 시간이야. 그 전에 문서를 검토해 봐야 한단다."

"네, 삼촌."

그만 나가 보라는 말임을 미러벨은 잘 알았다. 분노가 사그라들고 나니 어쩐지 패배한 듯한 묘한 기분이 들었다.

미러벨이 돌아서서 나가려 하자 이넉 삼촌이 다시 말문을 열었다.

"그 애에게 '모든 것'을 보여 줬니?"

"네."

"한때 인간이 우리를 사냥했다는 사실도 말했어?"

"네."

"우리도 예전에는 그들을 사냥했다는 사실도?"

174

미러벨은 아랫입술을 지그시 깨물었다. 그러고는 고개를 떨군 채 들릴 듯 말 듯 하게 대답했다.

"아니요."

"미러벨."

툭, 하고 마법 펜던트가 책상에 떨어지는 소리에 미러벨은 고개를 들었다. 이넉 삼촌은 벌써 창문을 향해 돌아서 있었다. 미러벨은 펜던트를 집어 들었다.

"삼촌, 고마워요."

이넉 삼촌은 고개를 끄덕일 뿐 말이 없었다.

미러벨은 복도로 나가서 서재 문을 닫았다. 삼촌의 반응이 여전히 어리둥절할 따름이었다. 미러벨의 자백을 들으면 화를 펄펄 낼 거라 예상했지, 마법 펜던트를 돌려받을 줄은 전혀 짐작하지 못한 일이었다. 젬에게 가족의 역사를 온전히 밝히지 않은 데 대해서 찌릿한 양심의 가책도 느꼈다.

그때 미러벨 왼편의 거울이 빛나기 시작했다. 흐릿한 회색 안개 같은 것이 점점 밝아지더니 환한 흰색 빛으로 변하자 오드가 거울 밖으로 머리를 쑥 내밀었다.

"안녕."

오드가 싱글거리며 미러벨에게 말을 걸더니 갑자기 뭔가 생각난 듯 인상을 팍 찌푸렸다.

"잠깐만 기다려 줘."

오드는 다시 거울 속으로 사라졌다가 잠시 후 두 손으로 거울
테두리를 잡더니 밖으로 기어 나왔다. 그러고는 바닥에 서서 거
울 속으로 다시 손을 밀어 넣고서 더듬더듬하더니 뭔가를 확 잡
아당겼다.

데이지가 팔다리가 어색하게 꼬인 채 거울 밖으로 휙 튕겨 나
와 바닥에 쿵 떨어졌다. 데이지는 화가 나서 얼굴이 벌게진 채
자리에서 벌떡 일어나 옷과 머리매무새를 가다듬었다. 그러고는
이글거리는 눈으로 미러벨을 흘겨보며 쿵쾅쿵쾅 복도를 걸어가
버렸다.

"고맙다니 천만의 말씀."

오드가 소리치자, 데이지가 휙 돌아서더니 다시 미러벨을 노
려보며 소리쳤다.

"후회하게 될 거야."

"후회하고 있어."

미러벨의 대답에, 데이지는 비웃으며 대꾸했다.

"그 정도로는 어림없지!"

미러벨은 모퉁이를 돌아 사라지는 데이지의 뒷모습에 대고 소
리쳤다.

"후회한다니까."

오드가 재미있다는 표정으로 물었다.

"지금 사과한 거야?"

미러벨이 발끈해서 대답했다.

"아니! 음, 아마도? 아, 나도 모르겠어."

미러벨은 거울 앞에 떨어진 물건을 보았다. 오드가 거울 밖으로 나올 때 호주머니에서 미끄러진 모양이었다. 유리구슬 하나, 지난번에 오드가 보여 주었던 화살촉, 그리고 그때 별말 없이 다시 넣어 버린 금사슬이 또 떨어져 있었다. 오드는 얼른 물건을 주워 호주머니에 쑤셔 넣더니 멋쩍은 눈으로 미러벨을 흘깃 쳐다보았다. 그러더니 고갯짓으로 미러벨의 손을 가리켰다.

"돌려받았네?"

"이닉 삼촌이 다시 줬어."

오드가 인상을 찌푸리며 되물었다.

"정말?"

"응."

"이닉 삼촌이 그렇게 너그럽다니 의외네?"

미러벨은 솔직히 털어놓고 싶었다. 내심 놀랐다고, 이닉 삼촌의 행동에 뭔가 이상한 점이 있었다고, 전혀 예상하지 못한 반응을 보였다고 말이다. 아마도 화를 내리라고, 격노하리라고 짐작했는데, 미러벨은 이닉 삼촌에게서 다른 어떤 것을 보았다. 오늘 인간 아이 젬한테서 보았던 것, 하지만 가족한테서는 거의 보지 못했던 그것. 분명 이닉 삼촌은 슬퍼 보였다.

"이닉 삼촌한테 무슨 문제가 있는 걸까?"

미러벨의 물음에 오드는 냉왕하는 듯했다.

"왜?"

"어쩐지 삼촌이…… 글쎄, 뭐랄까……. 슬퍼 보였달까?"

오드는 입술을 앙다물며 미러벨을 질문을 곱씹었다.

"슬퍼 보였다고?"

"응."

"뭐, 슬플 만한 일이 있나 보지. 삼촌이 지나치게 자존심이 센 편이라는 사실을 드디어 받아들였나? 아니면 전통이니 뭐니 하는 걸 지키는 게 지긋지긋해지……."

"오드, 제발. 이번만은 좀 진지해 봐."

오드는 씩 웃으며 미러벨의 눈길을 피했다.

"오드?"

오드는 머리를 절레절레 흔들며 대답했다.

"글래머가 찢어져서 그래. 근심거리가 생겨서 그런 것뿐이야."

이제 오드는 미러벨을 바라보며 싱긋 웃었다. 미러벨은 그 미소가 잠깐의 가면일 뿐, 조금 더 지켜보면 금이 쫙 가고 말 듯한 느낌을 받았다.

"미러벨, 나 이만 가 봐야겠어."

미러벨은 고개를 끄덕였다.

"너무 멀리 다니지는 마."

"안 그럴게. 몽골에 휙 다녀올까 싶어."

"오늘 저녁 만찬에 참석 안 할 거야?"

오드는 배를 툭툭 두드리며 대답했다.

"이미 먹었어."

오드는 미러벨에게 찡긋 윙크를 하고서 등 뒤에 나타난 포털
에 발을 들였다. 오드가 안으로 들어서자마자 포털은 휙 하고
사라져 버렸다.

미러벨은 복도에 홀로 남았다. 오드의 창백한 얼굴이 아직 눈
앞에 어른거렸다. 이넉 삼촌의 기분에 대해 이야기를 꺼내기 전
만 해도 오드는 밝고 행복해 보였다. 말을 피하려는 오드의 태
도가 미러벨은 못내 의심스러웠다.

포털 속으로 사라지기 전 아주 잠깐이지만, 오드의 얼굴에는
분명히 안심하는 빛이 스치고 지나갔다.

피글릿

이제 온 집에 정적이 내려앉았다. 피글릿은 느낄 수 있다. 이 정적은 너무 많이 당긴 활시위처럼 터질 듯이 팽팽하다. 이제 곧 툭 하고 끊어지고 말리라.

피글릿은 알고 있다. 정적이 끊어지는 순간 모든 것이 바뀌리라는 것을.

영원히.

젬

젬은 퍼뜩 잠이 깼다. 어둠 속에서 무슨 소리가 들린 것 같았다. 쿵, 쿵, 하고 뭔가 낮게 울리는 소리였던 듯했다. 젬은 이불을 꽉 움켜쥔 채 꼼짝하지 않고서 귀를 기울였다.

아무런 소리가 들리지 않자, 젬은 긴장을 살며시 풀었다. 심장 박동이 차츰 가라앉았다. 옆으로 돌아누워 다시 잠을 청하려는 순간, 젬은 뭔가 사라졌음을 깨달았다.

다시 귀를 쫑긋 세우자, 무엇이 사라졌는지 알 수 있었다.

어둠 속에서 나직이 들려오는 숨소리. 다른 사람의 숨소리가 들리지 않았다.

젬은 이불을 박차고 나와서 침대로 달려갔다. 어둠이 눈에 익지 않아서 젬은 손으로 이불을 꾹꾹 누르며 오빠를 찾았다.

그러나 톰은 그곳에 없었다.

젬은 오빠가 무엇을 하려는지 정확히 알았다. 서둘러 바닥을 더듬더듬하며 벗어 둔 양말과 신발을 찾았다. 주의를 끌까 봐 불을 켤 엄두가 나지 않았다. 이어 젬은 카디건을 대충 둘렀다.

귀에 자신의 심장 소리가 쿵쿵 울리는 것 같았다. 젬은 마음을 가다듬고서 방을 나섰다.

저택은 어둡고 고요하기만 했다. 젬은 발소리를 죽이며 층계참으로 향했다. 맞은편 벽에 걸린 시계가 새벽 2시를 가리키고 있었다. 젬은 숨이 턱 막히는 것 같았다. 아까 방문 앞에서 들었던 목소리의 경고가 귀에 생생했다.

젬은 아래층으로 살금살금 내려갔다. 복도 끝에 널찍한 현관 로비가 있다는 걸 젬은 잘 알고 있었다. 혹시 누군가에게 또는 '무언가'에게 들키지 않을지 걱정스러웠다.

식당이 가까워지자 무슨 소리가 들리는 듯했다. 금속이 부딪치는 소리 같았다. 젬은 숨을 죽이고서 문에 귀를 댔다.

문 가장자리에서 주황색 빛줄기가 어른어른했다.

젬은 천천히 숨을 뱉은 다음, 잠시 기다렸다가 다시 귀를 기울였다.

저택 밖에서 바람이 낮은 신음을 뱉으며 지나갔다.

챙가당 하는 금속성 소리를 들은 순간, 젬은 톰이란 걸 바로 알아차렸다. 톰은 반짝이는 물건을 좋아해서 촛대나 시계나 장식품을 긁어모았고, 그걸 팔아서 좋은 집에서 사는 꿈을 이루려 했다. 젬은 식당 안에서 열심히 물건을 훔치고 있는 톰의 모습이 생생하게 그려졌다. 떠돌아다니는 동안 다른 집에서 했던 그대로. 젬이 제발 그러지 말라고 애걸해도 소용없었다.

젬은 오빠의 위치를 파악하자 잠깐 마음이 놓였다. 하지만 이내 분노가 찌르르 가슴을 파고들었다.

어떻게든 오빠를 막아야 했다. 젬과 톰은 이 집의 어엿한 손님이었다. 미러벨을 떠올리자 부끄러움이 몰려왔다.

젬은 손잡이를 잡고서 식당 문을 힘껏 밀어 열었다. 오빠를 현장에서 잡을 작정이었다.

젬은 그 어떤 것도 예상하지 못했다. 온몸의 피를 얼어붙게 하는 괴성도, 흐릿한 촛불 아래 펼쳐진 끔찍한 광경도.

식당 안에 괴물이 가득했다. 식탁 이 끝에서 저 끝까지 닿는 기다란 금속 구유에 괴물들이 머리를 박고서 정신없이 뭔가를 먹고 있었다. 지난번 톰과 함께 마주쳤던 거대한 곰이 인기척을 느끼고서 머리를 들었다. 괴물 곰은 젬을 발견하더니 루비처럼 새빨간 두 눈을 분노로 이글거리며 누런 이빨을 드러내고서 포효했다. 입에서 튄 핏방울이 마룻바닥에 후드득 떨어졌다. 곰의 옆에는 꿈틀대는 검은 형체가 구유에 머리를 박은 채 끊임없이 모양을 바꾸며 출렁이고 있었다. 검은 형체가 몸을 일으키자, 머리 한가운데 부분이 소용돌이에 빨려 들어가기라도 하듯 쉬익 소리를 내며 움직였다. 다음 순간, 젬은 욕지기가 솟으려 했다. 소용돌이 안에서 얼굴 형상이 나타나는 게 아닌가?

젬이 식당에 들어선 뒤 귀가 찢어질 듯한 괴성이 계속 울려 퍼지고 있었다. 소리의 근원지 쪽으로 눈길을 돌리자, 젬의 눈에 데이지와 도티의 옷을 입은 작은 괴물 둘이 보였다. 울퉁불퉁 비틀린 얼굴에 새카만 눈동자가 번들번들 빛나고, 누런 송곳니가 솟아 있었다. 둘이서 커다란 뼈다귀 한 대를 잡고 싸우는 모습을 보니 젬이 식당에 들어서기 전부터 실랑이를 벌인 모양이었다.

'여기 오면 안 돼!'

젬의 머릿속에서 누군가가 소리쳤다. 잠들기 전 방문 앞에서 들었던 것과 같은 목소리였다. 어딘가 익숙한데 어떤 점이 그런지

생각할 겨를이 없었다. 젬은 그저 도망치고만 싶었다. 하지만 두려움에 사로잡혀서 꼼짝달싹할 수가 없었다.

식당 안쪽에서 시커먼 그림자가 솟아오르면서 차가운 바람을 일으켰다. 젬은 퍼뜩 정신을 차렸다. 그리고 달렸다.

복도로 튀어 나간 젬은 현관을 향해 무작정 달렸다. 생각이 미친 듯이 날뛰고, 폭풍우에 휘날리는 나뭇잎처럼 사방으로 흩

어졌다. 젬은 현관 문고리를 잡고서
거칠게 비틀었다.

문이 잠겨 있었다.

젬은 쾅, 쾅 문을 힘껏 두드렸다.

뒤에서 기척이 느껴졌다.

젬은 휙 고개를 돌렸다.

괴물들이 젬을 향해 다가오고 있었다. 곰이 턱을 탁탁 맞부딪
치며 으르렁거렸다. 쌍둥이는 쉿쉿 소리를 내며 손톱으로 허공
을 마구 할퀴어 댔다. 시커먼 형체는 경련을 일으키며 인간 모습
으로 변하려 하고 있었다. 걸음을 옮길 때마다 기다란 드레스가
질질 끌려 왔다.

젬은 괴물들이 당장 자신에게 달려들 거라고 믿었다. 그런데
괴물들이 갑자기 옆으로 비켜서는 게 아닌가? 다음 순간, 시커
먼 그림자가 날개를 쫙 펼치고서 날카로운 이를 드러낸 채 찢어
지는 비명을 지르며 젬을 향해 날아 내려왔다.

젬은 괴물의 얼굴을, 시커
먼 두 눈을, 기다란 송곳니
를 보았다. 괴물이 달려든
순간, 젬은 다리에 힘이 탁 풀
려 버렸다.

"이넉 삼촌! 안 돼요!"

186

미러벨이 나타나자, 젬은 공포와
안도감을 동시에 느꼈다. 미러벨은 재빨리
박쥐같이 생긴 괴물의 앞을 가로막았다.

'삼촌? 지금 분명히 이녁 삼촌이라고 했어!'

젬은 미러벨과 괴물을 번갈아 보았다.
너무 혼란스러웠다.

괴물이 으르렁댔지만, 미러벨은
고개를 빳빳이 들고서 오히려 괴물
쪽으로 한 걸음 다가섰다.

"저 애를 내버려 둬요!"

박쥐 괴물이 커다란 날개를 펄럭이자,
젬은 거센 바람에 밀려 하마터면 넘어질 뻔했다.
그러나 미러벨은 주먹을 꽉 쥔 채 꼿꼿이 버텼다.

"저 애를 내버려 두세요."

괴물이 젬과 미러벨을 번갈아 보다가 놀랍게도
날개를 접었다. 이내 괴물의 형체가 창백한 흰색
덩어리가 되어 흘러내리더니 새카맣고 매서운 눈동자만 빼고 모
든 게 변하기 시작했다. 이윽고 괴물이 고고한 태도로 고개를
들었다. 눈에 익은 몸짓, 젬을 노려보는 엄숙한 얼굴, 상대는 이
녁이 분명했다.

"저 아이는 신성한 만찬을 방해했어."

이녁이 매섭게 쏘아붙이자, 뒤에 늘어선 괴물들이 맞장단을
치듯 으르렁거렸다.

"모르고 한 일이잖아요."

미러벨이 괴물들을 향해 소리치자, 이녁도 언성을 높였다.

"도무지 집주인을 존중하는 태도가 없잖아!"

복도 안쪽에서 검은 그림자가 파도치듯
출렁이며 다가왔다. 그림자의 몸을 이루는
거미 떼가 거대한 모래시계에서 모래가
흘러내리는 듯한 소리를 내며 움직이더니 익숙한
형태로 변했다.

"그럼 일라이자 이모는······."

젬은 기겁했다. 머릿속에 들리던 목소리가
왜 익숙했는지 이제 깨달음이 왔다.

그사이 일라이자의 얼굴이 절반 정도 완성되어
있었다. 거미 수백 마리가 바닥을 달려오더니 동료들과 합세해
위로 기어오르며 인간의 몸 형태를 만들었다. 바닥에 늘어져 있
던 드레스가 점차 빵빵하게 차올랐다.

일라이자는 그만하라는 듯이 한 손으로 이녁의 팔을 잡았다.
거미 떼가 줄지어 빙글빙글 돌면서 바삐 팔을 이루었다.

"이녁, 그만해요. 모르고 한 일이잖아요."

이녁은 분노로 파르르 떨며 미러벨과 젬을 내려다보았다. 이녁

의 뒤에서는 거대한 곰이 불안한 듯 서성거리고, 쌍둥이가 입맛을 다시며 굶주린 눈으로 젬을 노려보고 있었다.

이닉이 뭔가 말하려는 듯 입을 연 순간, 저택 깊은 곳에서 무시무시한 비명이 울려 퍼졌다. 누군가 끔찍한 고통 속에서 울부짖고 있었다.

젬은 곧장 목소리의 주인공을 알아차렸다.

"오빠!"

피글릿

문이 열린 순간, 피글릿은 깜짝 놀란다. 문이 열린 건 아주, 아주 오랜만이다.

이어 피글릿은 더 한층 놀란다. 문가에 한 소년이 입을 떡 벌리고 서 있다.

처음 보는 아이다. 피글릿은 자신을 올려다보는 소년의 눈에서 공포를 본다.

"맙소사. 안 돼, 안 돼."

소년은 목이 메어 말을 잇지 못한다.

피글릿은 고개를 갸웃하며 생각한다. 무엇이 저 아이를 그토록 두렵게 하는 걸까?

소년이 뒤로 물러난다. 다리 쓰는 법을 잊은 듯 주춤주춤 비틀비틀. 그러다 바닥에 털썩 주저앉는다.

"오, 제발."

소년이 신음한다.

피글릿은 무언가를 느낀다. 이 느낌은······.

피글릿은 이 느낌이 무엇인지 생각해 봐야 한다.

피글릿은 소년이 가엾다.

피글릿은 소년이 '지금만' 두려워하는 게 아니란 걸 안다. 이 아이는 늘 두려워한다. 피글릿은 소년의 초록색 눈동자 속에서, 나이에 비해 얼굴 깊이 새겨진 주름에서 두려움을 본다. 피글릿은 동정심에 깊은 한숨을 쉰다.

그러나 피글릿은 또한 배가 고프다.

항상, 너무나.

그런데 이제 문이 열렸다.

할 일은 오직 한 가지뿐.

피글릿이 그 일을 하자, 소년은 외마디 비명을 지른다.

미러벨

미러벨은 본능적으로 젬의 손을 잡고서 함께 저택 가장 깊은 곳으로 달리기 시작했다. 나머지 가족들도 곧장 뒤를 따랐다. 미러벨은 피글릿의 거처가 열린 걸 단 한 번도 본 적이 없었다. 그런데 이제 그 육중한 철문이 커다란 청동 경첩에 매달린 채 덜렁이고 있었다. 선득한 방 안에서 쏴 하고 찬바람이 불어 나왔다. 수백 년 묵은 어둠 속에서 축축한 흙냄새가 올라왔다. 자물쇠에 꽂힌 커다란 열쇠는 기이한 각도로 휘어 있었다.

아득한 침묵이 미러벨의 영혼을 할퀴고 지나갔다. 인간 모습으로 변신한 버트럼 삼촌은 비탄에 빠진 채 벽에 기대어 서서 눈물만 주룩주룩 흘렸다. 도티와 데이지는 서로를 끌어안고서 훌쩍였다. 소란을 듣고 나타난 기디언은 복도의 어둠 속에서 불안한 듯 몸을 흔들어 댔다. 이넉 삼촌은 삼촌대로 멍하니 눈만 깜박이고 있고, 충격을 받은 일라이자 이모는 한 손으로 입을 틀어막은 채 이넉 삼촌의 어깨에 손을 짚고 기대어 섰다.

침묵을 깨고 나선 이는 젬이었다.

"어디 있어? 우리 오빠는 어디 있는 거야?"

젬은 얼굴이 하얗게 질린 채 갈팡질팡했다. 미러벨은 뭐라고 대답하면 좋을지 알 수가 없었다. 그때, 이넉 삼촌이 나직이 말을 꺼냈다.

"어서 문을 닫도록 하자."

그러자 버트럼 삼촌이 눈물을 흘리며 씁쓸하게 웃었다.

"그러기엔 이미 늦지 않았나?"

젬이 이넉 삼촌의 앞을 가로막았다.

"어디 있어요? 오빠한테 무슨 일이 생긴 거예요?"

미러벨은 이넉 삼촌에게 거침없이 맞서는 친구가 한편으로 대단해 보였다.

이넉은 고개를 갸웃하며 젬을 가만히 바라보았다. 신기한 꽃 표본을 발견했는데, 어떻게 받아들여야 할지 모르는 학자 같았다. 젬을 불쌍해하는 듯한 삼촌의 표정을 보며 미러벨은 삼촌을 한 대 치고 싶은 충동을 느꼈다.

이넉 삼촌이 고개를 절레절레 흔들며 입을 열었다.

"피글릿이 풀려났다. 이게 무슨 뜻인지 네가 알 턱이 없지."

"어디 있어요? 톰 오빠 어디 있냐고요?"

젬이 바락바락 소리를 질렀다.

이넉 삼촌이 돌아서더니 열린 문을 손짓했다. 도티와 데이지가 앞으로 나서더니 문을 밀었다. 쿵 소리를 내며 커다란 철문이 닫혔다.

"우리 오빠 어디 있어?"

젬이 미러벨의 팔을 잡고 애원하듯 물었다. 일라이자 이모가 복도 반대편 끝을 가리켰다.

"저쪽으로 가면 밖으로 나가는 문이 있어."

"걱정 마. 같이 톰을 찾자. 네 오빠는 무사할 거야."

미러벨은 최대한 확신에 넘친 목소리를 내려 애썼다. 부디 자신의 눈동자가 마음속 두려움을 고스란히 드러내지 않기를 바랄 뿐이었다.

미러벨은 이녁 삼촌에게 눈길을 돌렸다.

"피글릿을 찾아야 해요."

버트럼 삼촌은 끙 하고 앓는 소리를 내고, 이녁 삼촌은 고개를 가로저었다.

"허락 못 한다. 피글릿에게 맞서는 건 너무 위험한 일이야. 우리 중 누구라도 마찬가지다. 다들 저택 안에 머물도록."

미러벨은 이녁 삼촌의 대답에 너무 당황한 나머지 말까지 더듬었다.

"하, 하지만 이대로 달아나게 둘 순 없어요. 피글릿을 찾아서 다시 데려와야 해요!"

"피글릿은 위험하잖니."

버트럼 삼촌이 투덜대더니 군소리가 나오지 않게 막으려는 듯 주먹을 입에 쑤셔 넣었다. 일라이자 이모도 거들고 나섰다.

"버트럼 삼촌 말이 옳아."

미러벨은 자기 귀를 의심하며 가족 한 사람 한 사람을 쳐다보았다. 하나같이, 심지어 일라이자 이모까지 겁에 질려 있었다. 미러벨은 화가 머리끝까지 치밀었다. 귀에서 윙윙 바람이 이는 것 같았다.

"마음대로 돌아다니게 둘 순 없어요. 안 된다고요!"

이넉 삼촌은 눈을 질끈 감으며 한숨을 쉬었다.

"미러벨, 너도 이해⋯⋯."

미러벨이 이넉 삼촌에게 성큼 다가서며 쏘아붙였다.

"피글릿이 두려워서 그러는 거잖아요."

이넉 삼촌은 한 대 맞은 표정이었다. 미러벨은 젬의 손을 마주 잡았다.

"톰과 피글릿을 찾아서 둘 다 데리고 올 거예요."

이넉 삼촌이 버럭 고함을 질렀다.

"허락 못 한다!"

미러벨은 분노에 차서 의기양양한 미소를 지었다.

"제 맘이에요."

"미러벨, 안돼. 제발."

일라이자 이모가 애원했다. 그러자 미러벨의 뒤쪽에서 누군가 불쑥 말했다.

"안 될 일도 아니고, 저 애라면 하고 말 거예요."

오드가 어둠 속에서 걸어 나왔다. 미러벨은 달려가서 오드를 덥석 안아 주고 싶었다.

오드는 결의에 찬 눈빛으로 이닉 삼촌을 바라보며 말했다.

"미러벨은 그 둘을 반드시 찾아서 데려올 거예요."

이닉 삼촌은 물러서려 하지 않았다.

"말해 보렴. 미러벨은 저택 영지 밖으로 나가지 못하는데 무슨 수로 그 일을 해낸다는 거지?"

오드는 뒷짐을 진 채 어쩔 수 없다는 듯 어깨를 으쓱했다.

"나갈 거예요. 단지 현관문을 통하지 않을 뿐이죠."

미러벨은 오드가 오른쪽 새끼손가락으로 허공에 동그라미를 그리고 있는 걸 알아차렸다. 등 뒤에 차가운 공기를 느낀 순간, 미러벨은 얼른 젬의 팔을 붙잡았다. 미러벨의 어깨 너머를 본 이닉 삼촌의 눈이 휘둥그레졌다. 이어 오드가 휙 돌아서더니 단호한 얼굴로 미러벨과 젬을 포털 안으로 밀어 넣었다.

뽁, 하는 소리와 함께 좁은 틈 사이에 몸이 낀 듯한 느낌이 들더니 미러벨은 무시무시한 속도로 어디론가 빨려 들어갔다.

갑자기 차가운 밤공기가 느껴지는 바람에 미러벨은 화들짝 놀랐다. 주위에 나무가 빽빽하고 머리 위 밤하늘에는 별이 반짝이고 있었다. 미러벨은 발길질이라도 당한 듯 비틀비틀 뒤로 물러섰다. 오드가 얼른 미러벨의 팔을 잡고 부축해 주었다.

"잠깐 기다려 봐."

오드는 미러벨이 기대어 쉴 수 있게 나무 옆으로 데리고 갔다. 젬은 이미 나무에 기댄 채 숨을 헐떡이며 하늘을 올려다보고 있었다.

"방금 무슨 일이 일어난 거야?"

젬이 묻자, 오드는 별일 아니라는 듯 어깨를 으쓱여 보이며 대답했다.

"집 밖으로 나왔지."

"집은 어디 있는데?"

미러벨이 주위를 휘휘 둘러보며 물었다. 오드는 손끝에 침을 묻히더니 허공에 들고서 바람을 확인했다. 그러더니 인상을 찌푸리며 등 뒤를 가리켰다.

"저쪽으로 약 800미터 떨어진 곳에."

미러벨은 깜짝 놀라서 오드를 쳐다보았다.

"오드, 우리를 데리고 와 준 거야?"

오드는 짐짓 땅을 쳐다보며 대답했다.

"음, 도움이 필요해 보여서 말이야."

미러벨은 오드의 팔을 살포시 잡았다.

"지금까지 여행에 누구와 함께 간 적 없잖아. 늘 '오드는 혼자 다니는 체질'이라고만 했지."

오드가 고개를 들더니 멋쩍게 씩 웃었다.

197

"우리 오빠는? 오빠한테 무슨 일이 생긴 거야?"

젬이 흐느끼며 묻자, 미러벨이 대답했다.

"피글릿이 데려간 것 같아. 하지만 우리가 찾아낼 거야. 약속해."

미러벨은 기운 내라는 듯 방긋 웃어 보였다. 그러나 두려움에 질린 젬의 얼굴을 보고 있으니 미러벨의 두려움도 점점 커졌다. 미러벨은 친구를 위해 마음을 꼭 다잡았다.

"애들아, 어서 움직이자."

오드가 말했다.

"내 생각엔 피글릿이 저 방향으로 간 것 같아."

미러벨과 젬은 오드를 따라 어둠 속으로 걸음을 뗐다.

아이들은 처음 한동안은 저택 방향으로 도로 거슬러 올라갔다. 오드는 피글릿이 그렇게 멀리 가지 못했을 거라고 보았다. 그래서 부디 자신의 예측이 맞기를 바라며, 피글릿을 앞지르려고 일부러 글래머 훨씬 너머로 이동한 것이었다. 오드는 젬과 미러벨을 좁은 시골길로 이끌었다. 길 한쪽에는 들판이, 반대편에는 숲이 펼쳐져 있었다. 땅이 굳어서 오래 걸으니 발이 아팠다. 밤 공기가 찼다. 젬은 카디건을 걸치긴 했지만, 몸이 오슬오슬해서 계속 팔을 문질렀다. 그런 젬을 보더니 오드가 친절하게도 재킷을 벗어 주었고, 젬은 고개를 까딱여 고맙다는 인사를 했다. 미러벨 일행은 그렇게 계속 어둠을 헤치며 전진했다.

미러벨은 걷는 내내 귀를 쫑긋 세웠지만 아무 소리도 들리지 않았다. 그런데 오드가 갑자기 걸음을 멈추고서 무릎을 꿇고 앉더니 땅 위를 살폈다.

미러벨과 젬은 서둘러 오드 옆으로 갔다. 젬이 검은 액체 흔적을 발견하자, 미러벨은 친구를 위해서 있는 힘을 다해 두려움을 감추었다.

"별거 아냐."

아무렇지 않은 척 말한 보람도 없이 오드가 바로 대꾸했다.

"이건 피야."

미러벨은 오드를 한 대 쥐어박고 싶었다. 젬이 휘청하며 미러벨의 팔을 잡았다.

"설마…… 오빠가……."

미러벨은 고개를 세차게 가로저으며 젬을 달랬다.

"톰의 피가 아니야."

오드가 손가락 끝에 피를 묻혀 맛을 보더니 말했다.

"톰의 피는 절대로 아니야."

오드는 실눈을 뜨고서 들판을 바라보았다. 그때 아이들은 들판 저 멀리 나무 옆에 몰려서서 불안에 떨고 있는 그림자 무리를 보았다. 오드가 그쪽으로 다가가는 사이, 그림자들이 사방으로 흩어졌다. 발굽 소리가 어두운 밤공기를 흔들고, 겁에 질린 울음소리가 점점 커졌다. 오드가 그림자의 정체를 알아차리고서 말했다.

"소 떼야."

이윽고 오드가 산산조각으로 부서진 농장 출입문을 발견했다. 그 순간 길 위쪽에서 사람 비명 같은 소리가 울려 퍼졌다.

미러벨이 무슨 일인지 파악할 틈도 없이 젬이 앞으로 달려 나갔다. 미러벨은 젬을 따라 거친 길을 달리며 젬을 소리쳐 불렀다. 그러나 젬은 아무것도 귀에 들리지 않는 모양이었다. 미러벨은 고개를 돌리고서 오드를 찾았지만, 오드는 어디론가 사라지고 없었다.

다시 목을 졸리는 듯한 울부짖음이 밤하늘을 흔들었다. 젬이 톰을 애타게 부르더니 숲으로 뛰어들었다. 미러벨도 곧장 젬을 따라 숲 안으로 달려 들어갔다. 키 작은 나무와 가시덤불을 헤치고 나아가자 빈터가 나타났다.

미러벨은 나무 옆에 선 오드와 젬을 먼저 발견했다. 이어 나무 아래쪽 기둥에 등을 기댄 채 널브러져 있는 톰이 보였다. 톰의 셔츠가 검고 끈적한 것으로 범벅이 되어 있었다.

"피야!"

젬이 새된 소리를 질렀다. 미러벨은 이대로 두려움에 삼켜져 버릴 것 같았다. 그때 오드가 말했다.

"진정해. 이건 톰의 피가 아니야."

톰의 눈이 파르르 떨리더니 톰이 눈을 뜨고서 희미하게 웃어 보였다. 젬이 오빠를 와락 끌어안자, 톰은 동생의 등을 힘없이 두드려 주었다.

"젬."

톰이 숨을 헐떡이며 말을 꺼냈다. 톰의 얼굴은 바르르 경련을 일으키고 휘둥그레 뜬 눈은 초점이 맞지 않았다. 톰은 동생이 정말 그곳에 있는지 확인하려는 듯 젬의 팔을 만져 보더니 자기 관자놀이를 톡톡 두드렸다.

"그자가 여기 들어왔어. 모든 걸 봤어."

톰이 젬의 팔을 거칠게 움켜쥐자, 젬은 놀라서 낮게 비명을 질렀다. 톰은 숨을 헐떡이며 계속 중얼중얼 이야기를 이었다. 얼굴에 식은땀이 줄줄 흘러내렸다.

"엄마랑 아빠랑 너랑 내가 있었어. 그자가 우리를 지켜봤지. 모든 걸 봤어. 그자는, 그자는……."

톰은 젬의 팔을 붙잡은 채 몸을 발작적으로 흔들고, 뭔가를 잃어버린 사람처럼 정신없이 두리번거렸다. 그러더니 갑자기 두 눈을 부릅뜨고서 젬을 쳐다보았다.

"그자는 모든 걸 봐!"

톰은 얼굴을 일그러뜨리며 눈물을 터뜨렸다. 젬은 기쁨과 공포를 동시에 느끼며 흐느꼈다.

"오빠, 그자가 누구야? 누가 모든 걸 본다는 거야?"

톰이 젬의 어깨 너머로 눈길을 던졌다. 그제야 젬, 미러벨, 오드는 뒤에서 코를 킁킁대는 소리가 난다는 걸 깨달았다. 이어 살이 북 찢기고 뼈가 부서지는 소리가 들리자, 모두가 그쪽으로 눈길을 돌렸다.

다음 순간, 미러벨은 난생처음 피글릿을 보았다.

참으로 놀라운 광경이었다.

피글릿은 구부정하게 몸을 숙인 채 죽은 소의 갈비뼈를 뜯어 허공으로 날리고 있었다. 밖으로 쏟아져 나온 내장에서 김이 모락모락 피어올랐다. 이어 피글릿은 소의 배에 주둥이를 박고서 게걸스레 살을 뜯어 먹기 시작했다.

피글릿은 덩치가 코끼리만큼 컸다. 그러나 다음 순간 강아지만큼 작아졌다가, 이내 밤하늘 별빛을 가릴 만큼 커졌다. 피글릿의 모습을 지켜보는 건 팔랑팔랑 날아다니는 나비의 날개 색깔을 알아맞히는 것과 비슷한 경험이었다. 미러벨은 피글릿의 진짜 모습을 확인하려 한시도 눈을 떼지 않았다. 그러나 피글릿은 물에 뿌려진 페인트처럼 끊임없이 모습을 바꾸었다. 어느 순간에는 열 개도 넘는, 아니, 수백 개가 넘는 샛노란 눈동자가 눈을 깜박이더니 다음 순간에는 불가능하리만치 날카롭고 큰 송곳니가 가득한 입이었다가, 모든 것을 찢어발기는 발톱으로 변했다가, 뾰족한 뿔이 솟은 머리였다가, 목 주변에 솟은 화려한 깃털로 바뀌었다. 피글릿은 활짝 펼친 공작새의 꼬리처럼 몸에서 은은한 빛이 났다. 황금색인가 싶으면 어느새 새빨간 색으로 변해

202

있었다. 피글릿은 죽은 소를 뜯어 먹으며 코를 킁킁거리고 기분 좋은 듯 끙끙 소리를 냈다. 먹이 외에는 어떤 것에도 관심이 없는 듯했다.

그러던 피글릿이 젬의 고함 소리에 고개를 휙 들었다.

"오빠한테 무슨 짓을 한 거야?"

미러벨은 끊임없이 변하는 피글릿의 모습을 넋 놓고 보느라 젬이 피글릿을 향해 성큼성큼 다가서는 걸 알아차리지 못했다. 미러벨은 서둘러 젬을 붙잡으려 했지만, 젬은 미러벨의 손길을 뿌리쳤다.

"오빠한테 무슨 짓을 했냐고!"

젬은 분노로 온몸을 부들부들 떨며 소리쳤다.

피글릿이 고개를 쳐든 채 냄새를 킁킁 맡더니 실눈을 떴다. 이제 피글릿의 눈동자는 초록색, 아니 황금색 얼룩이 가득한 빨간색인가?

피글릿이 고개를 젖히더니 무시무시한 소리로 포효했다. 그 소리에 답하듯 미러벨이 비명을 질렀다. 피글릿이 젬을 향해 돌진했기 때문이었다.

젬은 한 발짝도 물러서지 않았다. 직감적 판단이 빠른 오드조차 어쩔 바를 모르는 듯했다.

멈칫거릴 틈이 없었다. 미러벨은 젬을 옆으로 밀며 피글릿의 앞을 가로막았다.

피글릿의 몸집이 한 지점으로 줄어들더니 새하얀 빛의 창으로 변했다. 다음 순간, 그 창이 미러벨의 가슴으로 날아들었다.

미러벨은 순간 세상이 멈추는 듯했다. 그러더니 세상이 와르르 무너져 내리고, 자신이 거친 파도에 집어삼켜지는 듯한 느낌이 들었다.

눈을 떴을 때 미러벨은 연보라색 안개에 휩싸여 있었다. 이따금 안개 속에 황금색 빛이 팍, 팍 퍼졌다. 미러벨은 작은 빛의 폭발을 홀린 듯 바라보았다. 그 안에 어떤 형체나, 장소가 언뜻언뜻 나타났다. 미러벨은 윤곽과 모양을 알아볼 수 있었다. 어떤 이미지는 유난히 선명하게 보였다.

처음에는 깊은 물속에 빠진 사람처럼 당황해서 팔다리를 허우적거렸지만, 이미지를 바라보는 동안 미러벨은 마음이 차분해졌다. 황금색, 연보라색, 색깔과 빛의 폭발.

'이건 피글릿의 시선이로구나.'

다음 순간, 미러벨은 갑자기 강한 감정이 북받쳐 올랐다. 누군가의 마음이 미러벨의 마음을 건드렸기 때문이었다. 크고, 오래되었으면서도 어처구니없을 만큼 새로운, 마치 어린아이와 같은 마음이었다.

미러벨은 그 마음의 주인이 누구인지 알아차렸다.

"피글릿."

안개 속에 미러벨의 목소리가 메아리쳤다. 미러벨의 눈에 행복의 눈물이 차올랐다.

이제 미러벨은 피글릿을 알게 되었다. 이전과는 비교할 수 없을 정도로 속속들이. 그리고 피글릿도 미러벨을 알게 되었다. 미러벨은 피글릿이 본 것을 보았고, 그리고……

피글릿이 가장 최근에 본 것을 보았다.

톰과 젬이 무덤가에 서 있었다. 둘은 손을 꼭 잡은 채 고개를 떨구고 있었다. 미러벨은 톰의 고통을 느낄 수 있었다. 날것 그대로의 고통을 접하자, 미러벨은 마음에 이글이글 불타는 고통의 고랑이 죽죽 파이는 듯했다. 미러벨은 톰의 절망과 슬픔과 공포를 느꼈다. 너무 강렬해서 미러벨은 숨이 턱 막혔다.

폭풍우 속에 퍼져 나가는 물감처럼 이미지들이 나타났다가 흩어지길 반복했다. 톰과 젬은 이제 식탁에 앉아 보잘것없는 음식으로 저녁 식사를 하고 있었다. 이어 덩치 큰 사람이 들어오더니 남매를 향해 버럭 고함을 질렀다. 톰이 자리에서 벌떡 일어나 상대와 젬 사이를 가로막고 섰다. 남자가 뭐라고 더 고래고래 소리를 지르더니 회초리를 쳐들었다.

이미지가 시커멓게 변하더니 이번에는 빈민가의 초라한 집이 나타났다. 톰과 젬이 각각 품에 작은 가방을 든 채 현관문을 몰

래 빠져나오고 있었다. 둘이 거리를 달리기 시작하자, 미러벨은 절망적인 기쁨과 공포가 뒤섞인, 둘의 기묘한 감정을 함께 나누었다.

다시 이미지가 변했다. 이제 톰과 젬은 폭격을 당해 버려진 어느 집 잔해 속에 앉아 있었다. 톰이 배급 수첩들을 찾아내 배낭에 쑤셔 넣자, 젬은 제발 그만하라며 애걸했다. 미러벨은 느낄 수 있었다. 톰의 분노와 두려움과……

이미지가 또 변했다. 톰이 방구석에 쪼그리고 앉아 구질구질한 매트리스 위에서 잠든 젬을 지켜보고 있었다. 톰은 무릎을 가슴팍으로 꼭 끌어안고서 고개를 숙인 채 최대한 울음소리를 죽이려 애썼다. 미러벨은 톰의 생각을 읽었다. 지독한 죄책감이 톰을 집어삼키려 하고 있었다. 그러나 톰은 부모님을 생각해서라도 동생을 살리기 위해 무엇이든 다 할 작정이었다. 이제 모든 것이 톰에게 달려 있었다. 모든 책임을 톰이 져야 했다.

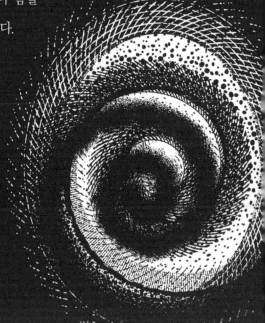

미러벨은 순식간에 이 모든 것을 느끼고, 이 모든 사실을 알게 되었다. 톰의 영혼이 미러벨 앞에 세밀한 지도처럼 펼쳐진 듯했다.

이윽고 다른 감각이 미러벨을 사로잡더니 거센 조류처럼 어디론가 쓸고 갔다.

미러벨은 이제 룩헤이븐 저택 밖에 서 있었다. 그러나 이건 톰이 아니라 피글릿의 기억이었다.

날은 흐렸고, 산들바람이 불었다. 진입로에 자동차 한 대가 나타났다. 미러벨은 엘런비 선생님의 차라는 걸 알아차렸다. 이윽고 저택 앞에서 차가 멈춰 섰다. 엘런비 선생님이 운전석에서 내리더니 조수석으로 가서 문을 열어주었다. 엘런비 선생님의 부축을 받으며 한 여인이 차에서 내렸다. 여인은 둥근 배에 한 손을 얹은 채 눈앞을 가린 검은 머리카락을 쓸어넘겼다.

곧바로 이넉 삼촌이 현관문 앞에 나타났다. 피글릿은 이넉의 얼굴에 걸린 표정을 이해해 보려 했지만 실패했다. 미러벨은 피글릿의 혼란을 똑같이 느낄 수 있었다. 미러벨은 자신은 이해할 수 있을까 싶어 이넉 삼촌의 얼굴에 정신을 집중했다. 하지만

삼촌의 표정이 정확히 보이지 않았고, 그 장면은 이내 다른 장면으로 바뀌어 버렸다.

커다란 침실이 나타났다. 미러벨도 본 적이 있는 곳이었다. 미러벨은 자신이 지금 저택 안 어딘가에 있음을 깨달았다. 조금 전에 본 여인이 침대에 누워 있었다. 여인이 고개를 이리저리 비틀자, 소매를 걷어붙인 엘런비 선생님이 여인의 이마에 맺힌 땀을 닦아 주었다. 미러벨은 그제야 엘런비 선생님이 자신이 아는 모습보다 한결 젊어 보인다는 사실을 깨달았다. 지금보다 수염이 훨씬 진한 엘런비 선생님이 빙그레 웃으며 여인에게 뭐라고 속삭였다. 모습은 젊어도 따뜻함과 강인함을 지닌 그 미소는 변함없이 똑같았다. 이녁 삼촌은 방 귀퉁이에 서서 바닥을 내려다보고 있었다. 팔짱을 바짝 낀 모습이 마음을 진정시키려 애쓰는 것 같았다. 다음 순간, 미러벨은 환상을 본 뒤 처음으로 소리를 들었다.

여인이 비명을 질렀다.

피글릿이 비명을 질렀다.

미러벨이 비명을 질렀다.

어둠과 침묵이 내려앉고, 영원과 순간이 동시에 존재하는 듯, 모든 것이 무(無)로 돌아간 듯한 순간, 한 심장 박동이 울리기 시작했다. 낮지만 일정한 쿵쿵 소리. 미러벨은 새로운 심장이 뛰는 소리라는 걸 아득히 느낄 수 있었다.

어둠이 스러지기 시작했다. 때는 밤, 이넉 삼촌이 창문 앞에
서서 정원을 내다보고 있었다. 삼촌의 팔에는 담요에 꼭꼭 둘
러싼 아기가 안겨 있었다. 그리고 이넉 삼촌은……. 이넉 삼촌
은…….

미러벨은 눈을 번쩍 떴다. 자신이 얼굴을 땅으로 향한 채 쓰
러져 있다는 걸 희미하게 알 수 있었다. 흙냄새와 젖은 풀냄새가
났다. 미러벨은 수면 위로 튀어나온 사람처럼 가쁜 숨을 쉬며
자리에서 일어나 앉았다.

주위를 휘휘 둘러보는 사이, 점차 눈의 초점이 돌아왔다.

젬과 오드가 옆에 서 있었다. 젬은 미러벨의 어깨에 손을 얹으
며 말을 걸었다. 젬의 입술이 덜덜 떨렸다.

"미러벨?"

미러벨은 대답하려 했지만, 말이 입 밖으로 나오지 않았다.

미러벨은 멍한 눈으로 톰을 쳐다보았다. 톰은 여전히 나무에
기대어 앉아 있었다. 톰이 미러벨을 향해 희미하게 미소 지었다.
톰의 두 눈에 눈물이 반짝였다.

"내가 말했잖아. 내 말이 맞지?"

미러벨은 고개만 끄덕이다가 문득 자신이 팔에 뭔가를 안고
있다는 걸 깨달았다. 작고, 검은 털북숭이가 가냘프게 우는 소
리를 냈다.

209

젬이 물었다.

"그게 뭐야?"

충격에 빠져 있던 미러벨은 드디어 대답할 말을 찾았다.

"피글릿이야."

미러벨은 자신이 내어놓은 대답에 대해 생각해 보다가 한 가지 사실을 깨달았다. 피글릿은 언제든 모습을 또 바꿀 수 있었다. 미러벨은 떨리는 목소리로 덧붙였다.

"당분간은."

젬

젬은 혼란스러웠다. 모두가 이상하리만치 차분하게 반응하고 있었다. 나중에는 태도가 완전히 바뀌지만, 적어도 털북숭이 형체를 품에 안고 있던 그 순간 미러벨은 이상하리만치 차분했다.

자리에서 일어서려던 미러벨이 비틀거리자, 젬과 오드는 얼른 미러벨의 양팔을 붙잡았다. 미러벨은 둘을 고맙다는 눈으로 바라보았지만, 표정은 당장 눈물을 터뜨릴 것 같았다. 젬은 처음 만났을 때부터 미러벨의 차분함과 자신감이 좋았다. 그런데 이제 톰처럼 미러벨도 완전히 변해 버린 듯했고, 젬은 그 사실이 못내 두려웠다. 피범벅이 된 톰을 보는 것보다, 피글릿이라는 괴물이 매 순간 모습을 바꾸는 광경을 지켜보는 것보다 미러벨의 반응이 더 두려웠다. 게다가 조금 전 미러벨을 공격하던 그 괴물은 의외로 이제 미러벨의 품을 파고들면서 기분 좋게 가르릉거리고 있었다.

"피글릿."

미러벨은 피글릿의 이름을 속삭이며 부드럽게 웃었다. 그러나 오드에게 눈길을 돌린 순간, 미러벨의 미소는 싸늘하게 식어 있었다.

"알고 있었어?"

미러벨의 얼굴이 분노로 일그러졌다. 오드는 미러벨의 매서운 눈길을 차마 마주하지 못하고서 발만 내려다보았다.

"미러벨. 제발……."

"오드, 대답해. 알고 있었냐니까?"

미러벨이 버럭 소리를 질렀다. 오드는 진심으로 괴로운 듯했다. 오드가 한 걸음 다가서자, 미러벨은 피글릿을 꼭 끌어안으며 뒤로 물러섰다. 오드를 바라보는 눈길에 비난과 원망의 감정이 활활 타오르고 있었다. 젬은 도대체 무슨 일이 벌어지고 있는지 감을 잡을 수가 없었다.

오드가 고갯짓으로 피글릿을 가리키며 말했다.

"일단 피글릿부터 방에 데려다 놓아야 해. 내가 도와줄게."

오드가 손가락으로 허공에 동그라미를 그리자, 미러벨이 오드의 손목을 덥석 잡더니 끌어내렸다. 젬은 미러벨이 거친 행동을 보이자 깜짝 놀랐다.

"싫어!"

오드는 미러벨을 바라보며 눈만 끔벅이다가 뭔가 말하려는 듯 입을 벌렸다. 그러더니 도로 지시를 기다리기라도 하듯 젬과 미러벨을 번갈아 보았다. 정말로 어찌할 바를 모르는 듯했다. 젬은 갑자기 오드가 불쌍하게 여겨졌다.

"그만 가 봐."

소리를 지르지 않았지만, 미러벨의 목소리는 여전히 분노가
가득했다.

오드는 뒤돌아서더니 고개를 떨군 채 포털 속으로 사라졌다.

젬은 톰을 일으켜 세우고서 톰의 팔을 자신의 어깨에 둘러
부축해 주었다. 톰의 셔츠에 묻은 피가 자신에게도 묻지 않도록
조심했다.

"젬, 미안해."

톰의 눈에 눈물이 그렁그렁했다.

"괜찮아."

"그자가 내 머릿속에 들어왔어. 그자가 날 저택 밖으로 달려
나가게 했는데, 난 막을 수가 없었어."

오빠가 팔을 너무 꽉 잡는 바람에 젬은 이를 악물고 참아야
했다.

"젬, 그자는 모든 걸 봐. 모든 걸 들어. 그리고 아주 나이가 많
아. 그 어떤 것보다 오래 살았어."

젬은 오빠를 진정시키려고 무슨 말인지 다 이해한다는 듯 미
소 지으며 고개를 끄덕였다. 그러고는 한쪽 팔로 오빠를 꽉 끌어
안고서 미러벨의 곁으로 갔다.

"피글릿을 방에 데려다줘야 해."

미러벨이 말했다. 미러벨은 울분을 터뜨리지 않으려고 가까스로 참고 있는 듯이 보였다. 젬은 미러벨의 눈동자에서 생생한 분노를, 그리고 그 속에 억눌러진 슬픔을 보았다. 너무 크고 강렬한 슬픔이라 미러벨의 하얀 석고 같은 피부가 쫙 갈라져 버릴까 봐 두려움이 들었다.

젬은 미러벨의 팔을 살포시 다독였다. 그러고는 피글릿을 깨우지 않으려고 소리 죽여 물었다.

"무슨 일 있었어?"

미러벨은 고개를 절레절레 흔들더니 먼 곳을 바라보며 마음을 추슬렀다.

"피글릿이 어떤 일을 보여 줬어. 지금까지 아무도 내게 알려 주지 않았던 일들을."

미러벨의 목소리가 고통 속에 갈라져 나왔다.

아이들은 저택으로 돌아가는 내내 말이 없었다. 젬은 미러벨이 이야기 나눌 기분이 아니란 걸 알아차렸다. 한 번씩 미러벨 쪽을 슬쩍 쳐다보았지만, 미러벨은 입을 앙다문 채 앞만 바라보며 걸었다. 길에서 한 시도 눈을 떼려 하지 않는 모습이 거부할 수 없는 지독한 운명을 향해 걸어가는 사람 같았다. 이따금 미러벨이 피글릿에게 뭐라고 속삭이는 소리가 들렸다. 젬은 피글릿을 제대로 쳐다보지도 못했다. 피글릿이 또 거대한 눈동자나 이빨 덩어리나, 날카로운 뿔과 발톱을 지닌 불 뿜는 괴물로 변할까 봐 두려웠다.

하지만 두려움도 호기심을 이길 순 없었다. 젬은 톰을 꼭 붙든 채, 피글릿을 처음 본 순간부터 머릿속을 떠나지 않는 질문을 미러벨에게 던졌다.

"피글릿은 도대체 뭐야?"

대답 대신 산들바람이 쏴 하고 나뭇잎을 흔들어 대는 소리만들렸다. 한참 뒤 미러벨이 입을 열었다.

"가족이야."

톰이 쿨럭쿨럭 기침을 하자, 작은 털북숭이가 몸을 뒤척였다. 미러벨의 대답에도 불구하고 젬은 눈을 꼭 감고서 피글릿이 깨지 않기를 간절히 기도했다.

그 뒤 저택에 도착할 때까지 아이들은 침묵 속에 걸었다. 숲이 끝없이 이어지는 것 같았다. 문득 미러벨이 젬에게 손을 내밀었다. 젬은 미러벨의 손을 잡고서 앞으로 걸음을 내디뎠다. 두 걸음을 걷자, 뭔가를 통과하는 듯한 느낌이 들었다. 젬은 희미한 빛을 보고서 글래머를 지나고 있음을 깨달았다. 다음 순간, 젬 일행은 저택 담 안에 들어서 있었다. 아이들은 정문을 지나서 진입로를 터덜터덜 걸어 올라갔다. 숨 막히는 침묵이 모든 것을 에워쌌다. 젬은 현관 계단 위에서 자신들을 기다리고 있는 그림자를 발견하고서 등골이 서늘했다.

이넉은 늘 보던 그 자세 그대로, 턱을 빳빳이 쳐든 채 뒷짐을

지고 서 있었다. 오드, 일라이자, 버트럼, 도티와 데이지도 함께
였다.

"끔찍한 범죄가 발생했다."

밤하늘에 이녁의 목소리가 울려 퍼졌다.

젬은 이녁의 말투가 마음에 들지 않았다. 톰을 향한 경멸 가
득한 눈빛은 더더욱 마음에 들지 않았다.

미러벨은 덤덤하게 입을 열었다.

"그래요. 범죄가 발생했죠."

"좋아. 그럼 그에 맞는 조치를 취해야겠지."

이녁은 젬을 이글거리는 눈으로 노려보며 말을 이었다.

"죄를 지었으면 마땅히 벌을 받아야 하는 법이야."

미러벨은 나직이 대답했다.

"네, 죄를 지었으면 마땅히 벌을 받아야죠."

젬은 심장이 철렁했다. 갑자기 발밑의 땅이 꺼지는 듯한 불안
과 공포가 밀려들었다.

이녁이 고개를 끄덕이며 말을 이었다.

"좋아. 너도 동의하는구나. 그렇다면……."

"그렇다면 삼촌은 어떤 벌을 받아야 마땅할까요?"

미러벨의 목소리가 조금 커졌다. 불안의 물결이 어둠 속을 출
렁거렸다. 젬의 눈에 룩헤이븐 저택 사람들이 갑자기 작아진 듯
보였다. 아까 들판에서 보았던 겁먹은 소 떼가 떠올랐다.

이닉이 어처구니없다는 듯이 웃음을 터뜨렸다. 그러나 미러벨은 물러서지 않았다. 뭔가를 기다리듯 눈도 깜박하지 않은 채 삼촌을 지켜볼 뿐이었다.

"피글릿을 다시 깨우면 어떨까요? 적당한 벌이 될까요?"

미러벨이 품에 안아 든 작은 털북숭이를 고갯짓해 보이자, 버트럼 삼촌이 우는 소리를 냈다. 나머지 가족도 얼굴이 한층 더 하얗게 질리는 듯했다.

"삼촌이 늘 말하던 대로예요. 피글릿은 아주 위험한 존재죠. 이제 왜 그런지도 알고요."

미러벨이 이를 악문 채 말했다. 눈에 지친 기색이 가득했다.

이닉은 고개를 절레절레 흔들며 한숨을 쉬었다. 어깨를 축 늘어뜨린 모습이 자신이 졌음을 깨달은 듯했다.

"미러벨, 부탁인데……."

"난 어디서 왔어요?"

이닉은 땅만 쳐다보고 있었다.

"누구예요? 내가 본 그 여자는 누구냐고요?"

이닉은 연거푸 이마를 문지르며 미러벨의 눈길을 피했다.

"삼촌이 아기를 안고 창가에 서 있는 모습을 봤어요. 삼촌, 그때 왜 울고 있었어요?"

충격을 받은 듯 이닉의 눈이 휘둥그레졌다.

젬은 이닉의 무기력한 모습을 보며 안타까운 마음이 들었고,

그런 자신에게 새삼 놀랐다. 이늭은 갑자기 낯선 세상에 뚝 떨어진 사람처럼 갈피를 잡지 못하는 듯 보였다. 그리고 젬은 그게 어떤 느낌인지 잘 알고 있었다.

"미러벨……."

"삼촌, 대답해요. 그 사람은 누구냐니까요?"

이늭은 한숨을 푹 쉬더니 눈을 질끈 감았다. 보다 못한 일라이자가 앞으로 나섰다.

"그 사람은 네 어머니야."

이늭은 일라이자의 폭로에 화가 난 듯했다. 그러나 일라이자는 이늭의 반응을 무시하고 계속 이야기를 이었다.

"그래, 그분이 네 어머니시란다. 미러벨, 네게 그 사실을 숨겨서 미안해. 네가 이런 식으로 그 사실을 알게 되어서 더욱더 유감이야. 우린 이게 최선이라 생각했어. 우리는……."

일라이자는 서글프게 고개만 가로저을 뿐 차마 말을 맺지 못했다.

기나긴 밤이 이대로 증발해 버린 듯했다. 모든 눈길이 미러벨을 향했다. 미러벨은 거기 아무도 서 있지 않은 것처럼 멍하니 앞을 바라보다가 천천히 고개를 주억거렸다.

"그렇군요. 알았어요."

미러벨은 계단을 오르며 말을 이었다.

"피글릿을 방에 데려다줄게요."

룩헤이븐 가족이 옆으로 길을 비켜 주더니 미러벨이 저택으로 들어가는 모습을 잠잠히 지켜보았다. 젬은 오빠와 함께 계단을 올랐다. 계단 꼭대기에 다다르자 톰이 고개를 절레절레 흔들었다. 힘들어서 그러나 싶어 젬이 손을 내밀자, 톰은 동생의 손을 부드럽게 밀어내며 이넉에게 다가갔다. 톰이 이넉의 팔을 위로하듯 두드리자, 놀란 이넉은 톰을 멀뚱멀뚱 쳐다보기만 했다.

"부디 자책하지 않으셨으면 좋겠어요. 미러벨을 위해 최선을 다하신 게 맞아요."

그 말을 전하고 돌아서던 톰이 휘청였다. 젬은 얼른 오빠를 부축해서 저택 안으로 데리고 들어갔다. 계단을 오르는 동안 톰은 조금 기운을 되찾는 듯했다. 방에 도착하자, 톰은 피범벅이 된 셔츠를 벗고 침대에 누웠다. 젬은 오빠가 천장만 빤히 올려다보는 모습을 걱정스레 지켜보았다. 온갖 일이 벌어졌지만, 톰은 의외로 차분해 보였다.

"가서 미러벨을 찾아봐."

톰이 불쑥 말을 꺼냈다.

"오빠, 몸은 좀 어때?"

톰은 힘없는 미소를 지으며 대답했다.

"난 괜찮아. 괜찮을 거야. 어서 가서 미러벨을 찾아봐."

젬은 피글릿의 방 앞에서 미러벨을 찾아냈다. 미러벨은 거대한 철문을 이제 막 잠그는 참이었다. 어째서인지 젬은 이제 저택 지하를 혼자 돌아다니는 게 더는 두렵지 않았다.

미러벨은 철문에 이마를 대고서 잠시 숨을 골랐다.

"네 말이 맞아."

젬은 어리둥절했다.

"뭐가 맞다는 거야?"

미러벨이 천천히 고개를 돌리더니 젬을 바라보았다. 회색 눈동자에 고통이 가득했다. 이윽고 미러벨이 가슴에 손을 얹으며 대답했다.

"아파. 모든 곳이 다 아파."

프레디

이른 새벽 누군가 다급히 현관문을 두드렸다. 프레디는 잠자리에서 벌떡 일어났다. 심장이 쿵쾅거렸다. 또 제임스 형 꿈을 꾸었다. 꿈속에서 형제는 아버지와 함께 차를 타고서 어느 들판을 지나고 있었다. 여행길 내내 제임스 형은 빙그레 웃거나 너털웃음을 터뜨렸고, 프레디에게 재미난 이야기를 들려주었다. 프레디는 너무 웃느라 눈물이 났다. 운전대를 잡은 아버지를 쳐다보았더니 아버지도 신나게 웃고 있었다. 푸르른 들판이 차 옆을 쌩쌩 스쳐 지나갔다. 세상은 환하고, 약속된 미래에 대한 희망으로 가득 차 있었다. 프레디는 이 순간이 영원하기를 간절히 바랐다.

다음 순간, 쾅쾅 다급히 문을 두드리는 소리가 또 들렸다. 프레디는 얼른 침대 밖으로 뛰쳐나왔다. 온몸이 땀에 젖어 있었다. 프레디는 서둘러 침실 창문을 열었다. 프레디의 방은 푸줏간 바로 위라서 창문이 거리 쪽으로 나 있었다.

"누구세요?"

현관문 쪽에서 키가 작고 통통한 형체가 걸어 나왔다. 마을

농부 카스웰 씨였다.

"프레디! 아버지를 데리고 오너라. 일이 터졌어."

프레디는 얼른 아버지를 깨웠다. 어둠 속에서 대머리 거인이 침대 밖으로 느릿느릿 걸어 나오는 모습을 보는 것 같았다. 프레디의 어머니가 무슨 일이냐며 걱정하자, 아버지는 아무 염려 말라며 부인을 달랬다.

아버지가 옷을 갈아입는 동안 프레디는 카스웰 씨를 거실로 맞아들였다. 카스웰 씨는 턱수염은 사자 갈기처럼 무성한데, 정수리에는 흰머리가 듬성듬성했다. 평소에도 용수철처럼 솟은 곱슬 머리칼이 오늘 밤은 안절부절못하는 태도 때문인지 더 삐죽삐죽해 보였다. 프레디가 지켜보는 내내, 카스웰 씨는 한쪽 주먹으로 자신의 반대편 손바닥을 성마르게 툭툭 치며 창밖을 살폈다.

"이보게, 빌. 이 밤에 어쩐 일인가?"

프레디의 아버지가 문간에 스윽 나타났다. 깊은 밤의 어둠에서 거대한 그림자 한 덩이가 쓱 잘려 나오는 것 같았다. 프레디는 아버지가 다가오는 소리를 전혀 듣지 못했었다. 카스웰 씨는 플레처 씨를 보더니 불안한 듯 입술을 핥으며 말했다.

"프랭크, 끔찍한 일이 벌어졌네."

플레처 씨는 카스웰 씨와 거실 구석에서 나직이 대화를 나누었다. 어른들이 무슨 이야기를 나누는지 들리지 않았지만, 프레

디는 아버지의 행동을 보아 뭔가 심각한 일이 벌어졌음을 직감
했다. 한번은 아버지가 "어떻게 그런 짓을! 엄연히 협약을 맺었는
데!"라고 언성을 높였다. 그 말이 무슨 뜻일지 생각하자 프레디
는 갑자기 머리가 어지러웠다.

카스웰 씨를 뒤쫓아 농장으로 차를 타고 가는 동안 프레디 부
자는 아무 말도 나누지 않았다. 플레처 씨는 위원회 원로 자리
를 언젠가 아들에게 물려줄 작정이었다. 그래서 '이런 종류의' 위
기 상황이 벌어지면 프레디는 무조건 아버지를 따라나서야 했
다. 플레처 씨는 아들에게 '경험을 쌓기 위해'라고 설명했다. '이
런 종류'는 주로 룩헤이븐 저택과 관련된 일을 뜻했다. 위원회가
존재하는 이유가 바로 그 가족과의 협약에 관한 일을 다루는
데 있으니 말이다. 이제부터 어떤 일이 벌어질지 프레디는 조마
조마하기만 했다.

길을 달리는 동안, 프레디는 새삼 꿈 생각이 났다. 비슷한 시
골길을 달리는데 꿈속에서는 햇살이 환했고, 제임스 형은 신나
게 웃고, 아버지는 기분 좋은 미소를 짓고 있었다.

"무슨 생각을 하기에 그렇게 실실거리냐?"

플레처 씨가 신경질적으로 물었다. 질문을 던지면서도 플레처
씨는 도로에서 눈을 떼지 않았다.

프레디는 얼른 고개를 가로저었다.

"아무것도 아니에요."

프레디는 눈길을 돌리고서 자신과 자동차 문 사이의 빈 공간을 내려다보았다. 제임스 형이 늘 앉던 자리였다.

죽은 소라면 프레디도 실컷 보았다. 하지만 지금껏 본 것은 팔기 위해 손질해 놓은 고깃덩이였다. 눈앞에 놓여 있는 것 같은 사체는 한 번도 본 적이 없었다.

밤늦은 가랑비가 주변 나무의 잎사귀를 두드려 댔다. 카스웰 씨는 어쩔 줄 몰라 하며 두 손을 비벼 댔다. 프레디는 불쌍한 카스웰 씨가 울고 있다는 걸 깨닫고서 순간 당황했다.

"프랭크, 이건 비정상이야, 비정상."

플레처 씨는 실눈을 뜨고서 소의 잔해를 살폈다.

"들개 짓일 걸세. 떼로 몰려왔나 보군. 내 생각에는 그러네."

카스웰 씨는 화를 펄펄 내며 고개를 세차게 가로저었다. 어둠 속에서도 분노로 얼굴이 벌겋게 달아오른 게 보였다.

"들개라니! 말도 안 돼. 이건 순리에 어긋나는 일이야. 세상 이치에 맞지 않는단 말일세. 누가 이런 짓을 벌였는지 자네도 나도 알지 않나? 이건 저택에 사는 그자들 짓이야."

플레처 씨는 이마를 문지르며 한숨을 쉬었다. 카스웰 씨는 점점 더 목소리가 커졌다.

"우리가 그들에게 베푼 걸 생각해 보게. 그자들과 그놈의 협정 때문에 전쟁 중에 우리가 얼마나 없이 지내야 했나. 그런데 그 대가로 우리는 뭘 받았지? 아무것도 없어! 아무것도. 그저……."

카스웰 씨는 힘없이 소의 잔해를 가리켜 보였다.

"프랭크, 위원회를 소집해야 하네. 이건 그냥 넘어가선 안 될 일이야. 아무렴, 절대로 그냥 넘어갈 수 없지."

이윽고 프레디는 아버지와 함께 집으로 향했다. 차 안에는 긴 장감이 가득했다. 당장이라도 파지직 하고 불꽃이 튈 것만 같았다. 프레디는 소의 사체를 확인한 순간, 아버지의 눈 속에 공포 와 분노가 어른대는 걸 보았다. 지금도 운전대를 꽉 잡은 품이 아버지가 내심 불안해한다는 걸 말해 주었다.

"들개 짓이야."

아버지가 혼자 고개를 끄덕이며 중얼거리더니 프레디를 쳐다 보았다.

"들개 짓일 거다. 들개가 떼지어 다니며 일을 벌이는 게지."

프레디는 맞장단을 치듯 고개를 끄덕였다. 하지만 아버지가 스스로를 설득하려 하는 말이란 걸 잘 알고 있었다. 이 사건에 는 분명 뭔가 이상한 점이 있었다. 그러나 아버지에게 그 사실에 대해 말을 꺼낼 엄두가 나지 않았다. 카스웰 씨와 같은 생각임 을 밝혀서 괜히 일을 들쑤시고 싶지 않았다. 프레디는 아버지와 정말 오래간만에 짧게나마 대화를 나눴다는 사실에 고마워서 눈물이 날 지경이었다.

프레디는 고개를 돌려 차창 밖을 내다보았다. 전조등 불빛이 길가에 선 무언가를 비추었다.

순간 프레디는 전기에 감전된 듯 온몸이 부르르 떨렸다.

"아빠?"

플레처 씨도 같은 걸 보았는지 차를 후진해서 천천히 길을 되돌아갔다.

프레디는 심장이 쿵쾅쿵쾅 뛰었다. 괜찮을 거라고, 아버지와 함께 있지 않으냐고, 모든 게 괜찮을 거라고 자신을 다독였다. 두 사람이 본 것이 무엇이든 아버지가 처리해 줄 터였다.

상대는 사람이었다.

한 남자가 길가에 서서 프레디네 차를 향해 손을 흔들었다. 남자는 가죽으로 만든 챙 넓은 모자를 쓰고, 천막처럼 너른 가죽 외투를 입고 있었다. 안도감이 프레디를 감쌌다. 프레디는 전혀 다른 형상을 보았다고 여겼는데 착각한 모양이었다.

플레처 씨가 차를 세우자, 남자는 낡은 여행 가방을 집어 들고서 조수석 창가로 다가섰다. 주름진 얼굴로 보아 대충 오십 대인 듯한 남자가 함박웃음을 지었다. 모자챙 아래로 희끗희끗 센 갈색 머리카락이 보였다.

프레디가 아버지의 지시대로 차창을 내리자, 남자가 고개를 가까이 들이댔다. 불가능할 정도로 활짝 벌린 입가의 미소가 더 커졌다.

"불쾌한 일만 가득한 밤에 이 무슨 놀랍고도 반가운 일이란 말입니까?"

남자는 길 반대편을 고갯짓하며 말을 이었다.

"혼자 여행하던 중인데, 제 차가 그만 저쪽에서 명줄이 끊어져 버렸지 뭡니까?"

남자는 못내 서글퍼 보였다.

"혹시 가까운 마을까지 태워다 주십사 부탁드리면 너무 폐가 되려나요?"

플레처 씨가 대답했다.

"타시오."

남자는 프레디의 옆에 올라타고서 가방을 발치에 내려놓았다. 가방 안에 빈 우유병이 잔뜩 들기라도 한 듯 계속 챙가당거리는 소리가 났다.

남자는 프레디 쪽으로 몸을 숙이고서 플레처 씨와 악수를 나누었다. 프레디는 본능적으로 뒤로 물러났다. 어쩐지 남자와 접촉하고 싶지 않았다. 남자의 외투에서 오래된 물건 특유의 퀴퀴한 냄새가 났다. 군데군데 보이는 회색 얼룩은 아무래도 곰팡이인 듯했다.

"아널드 핍스라고 합니다."

남자가 플레처 씨의 손을 힘차게 흔들며 자기소개를 했다.

"프랭크 플레처올시다. 이쪽은 내 아들 프레디요."

핍스 씨가 프레디에게 눈길을 돌리더니 활짝 웃으며 말했다.

"아버지와 아들 이름이 모두 '프'로 시작하다니, 이것 참 근사하군요. 프레디, 만나서 진심으로 반갑다."

핍스 씨의 손은 앙상하고 건조했다. 손아귀 힘도 약했다. 프레디는 자신을 바라보는 그의 크고 검푸른 눈이 달갑지 않았다.

핍스 씨가 의자에 푹 기대앉더니 만족스러운 듯 한숨을 내쉬었다.

"자, 그럼 이제 어디로 가는 건가요?"

프레디는 핍스 씨의 말투가 거슬렸다. 묘하게 사람을 놀리는 듯한 어조가 어쩐지 아버지를 운전기사 다루듯 한다는 느낌이 들었다. 그러나 정작 아버지는 별로 신경 쓰지 않는 듯했다.

"룩헤이븐 마을이요."

핍스 씨가 고개를 주억거리며 대답했다.

"마을이라. 잘됐네요. 마을 이름도 참 사랑스럽기 그지없군요."

핍스 씨는 갑자기 주먹을 불끈 쥐더니 머리를 앞으로 훅 내밀었다. 부릅뜬 두 눈이 흥분으로 번들거렸다.

"세상에 시골 마을보다 더 좋은 곳이 어디 있겠습니까? 작은 마을 공동체의 유대감만큼 준엄하면서도 끈끈한 게 세상에 또 있을까요? 특히 이런 대암흑기에는 더욱 그런 덕목이 필요하지요. 암요. 플레처 씨, 안 그렇습니까?"

플레처 씨는 고개를 끄덕였다.

"맞는 말씀입니다."

핍스 씨는 입꼬리를 올리며 싱긋 웃었다. 어쩐지 기분이 좋아 보였다.

"플레처 씨는 저와 생각이 통하는 분이시군요."

자동차를 덜커덩거리며 어둠 속을 나아갔다. 프레디는 웅웅

거리는 엔진 소리의 리듬에 집중했다. 어렸을 때 온 가족이 소풍 갔다가 돌아오는 밤이면 그 소리의 리듬에 스르르 잠이 들곤 했다. 지금도 그렇게 마음이 진정되길 바랐지만, 뜻대로 되지 않았다. 핍스 씨가 자신을 빤히 바라보고 있기 때문이었다.

"그래, 프레디. 넌 형제나 자매가 있니?"

심장이 옥죄는 것 같았다. 프레디는 자기 손만 내려다보며 대답했다.

"아니요. 형이⋯⋯."

프레디가 말을 잇지 못하자, 플레처 씨가 헛기침을 하며 목을 가다듬었다.

"큰아들이 있었소. 전쟁에 나갔지요."

'있었다.'

프레디는 그 말이 너무 싫었다.

"이런, 삼가 조의를 표합니다."

핍스 씨는 눈을 감으며 연민을 표했다.

"숭고한 이상을 지키기 위해 거대한 악에 맞서 싸웠고, 마침내 승리했다는 사실이 조금이나마 위로가 되었으면 하는 바람입니다."

"예."

플레처 씨의 목소리가 갈라져 나왔다. 비좁은 차 안에 플레처 씨의 대답 소리가 희미하게 들렸다.

플레처 씨는 분위기를 바꾸려는 듯 한결 밝아진 목소리로 말했다.

"차를 고칠 때까지 묵을 곳이 필요하겠군요. 괜찮으면 우리 집에 머무시죠. 방이 하나 남아요."

프레디는 가슴이 철렁했다.

"이런, 플레처 씨. 부담을 드리고 싶지 않습니다. 지금도 신경 쓰실 일이 많으실 텐데요."

"아, 괜찮습니다. 이방인을 반갑게 맞아들이지 않는다면 사람된 도리가 아니지요. 신세 진다고 생각지 마십쇼."

"그렇다면 제안을 감사히 받아들이지요."

핍스 씨는 손가락을 흔들며 덧붙였다.

"잠깐 머물더라도 절대 폐를 끼치지 않겠습니다."

말을 마치고서 핍스 씨가 싱긋 웃었다. 다음 순간, 프레디는 아버지의 얼굴에도 웃음기가 떠오르는 걸 보고 깜짝 놀랐다.

이윽고 프레디 일행은 마을에 도착했다. 핍스 씨는 '참으로 비범하고 매력적'이라며 연신 감탄을 터뜨렸다. 프레디는 핍스 씨가 대화에 끌어들이려는 듯 빤히 쳐다보는 걸 느꼈지만, 모른 척 앞만 쳐다보았다.

드디어 푸줏간 앞에 차가 멈춰 섰다. 핍스 씨는 가방을 내리면서 시끄러운 소리를 내서 미안하다고 사과했다. 프레디가 가방에 눈길을 주자, 핍스 씨가 가방을 툭툭 두드리며 말했다.

"생명을 유지하려면 섭취해야 하는 온갖 약이 들었단다. 몸이 예전 같지 않아서 말이야."

핍스 씨가 또 함박웃음을 지었다. 활짝 웃는 입안에 이빨이 비정상이라 느껴질만큼 많이 보였다. 프레디는 어쩐지 그 미소를 바라보고 있기가 힘들었다.

플레처 씨가 집으로 이어지는 쪽문을 열더니 핍스 씨에게 들어가라는 손짓을 해 보였다. 핍스 씨는 그 자리에 서서 잠깐 밤공기를 가슴 깊이 들이마셨다. 비가 그쳐서 공기가 맑고 깨끗했다.

"아, 근사하구나."

핍스 씨가 중얼거리더니 플레처 씨를 따라 문 안으로 들어섰다.

그 말을 듣는 순간, 프레디는 구역질이 올라오려 했다. 핍스란 자는 이상했다. 프레디는 그자의 미소도 행동거지도 마음에 들지 않았다. 그다지 신뢰할 만한 상대가 아닌 듯했다. 그러나 무엇보다 프레디의 마음을 괴롭히는 건 처음 길에서 마주친 광경이었다.

프레디가 본 건 사람이 아니었다.

분명히 뭔가 다른 것이었다. 살점이 덜렁거리는 해골 덩어리. 기다란 얼굴, 소리 없는 비명을 지르는 듯 아래로, 아래로 늘어진 시커먼 입 구멍, 그 안을 가득 채운 이빨들. 믿기 어려울 만큼 길고 누런 이빨들. 그리고 그 눈. 불안하게 흔들리던, 끈적한 회색 고깃덩어리 같은 그 두 눈.

그 두 눈은 분명 무언가를 찾고 있었다.

피글릿

피글릿은 죄책감을 느끼며 어둠 속에 앉아 있다.

해를 끼칠 작정이 아니었다. 그저 함께 놀고 싶었던 것뿐. 이제 피글릿은 온 집에 가득한 혼란과 부글거리는 생각과 시퍼렇게 날선 목소리를 느낀다. 그 안에 어떤 것이 가득하다. 전에는 피글릿이 전혀 이해하지 못했던 것, 그러나 이제는 이해하는 어떤 것.

피글릿은 그에 대해 생각하고 싶지 않다. 피글릿은 머리를 세차게 흔들고서, 어둠 속 고요한 귀퉁이에 최대한 몸을 작게 옹크린다. 너무 작아서 누구도 다시는 피글릿을 보지 못하도록.

찾지 못하도록.

그 사실이 가장 중요하다. 피글릿은 발견되고 싶지 않다. 모험을 한 뒤부터 새로운 어떤 것이 피글릿의 마음을 흔들고 있다. 전에는 한 번도 느껴 보지 않은 어떤 것.

피글릿은 저택 안의, 그리고 그 너머 먼 곳의 변화를 느낄 수 있다. 무언가가 옮겨지는 느낌. 고대의 바위가 토대에서 뽑혀 나와 아래로, 아래로 거침없이 굴러 내리듯 무언가가 이동했다.

　피글릿은 본다. 달빛에 비취는 칼날의 방, 들보 위에 고요히 앉은 까마귀 떼, 어둠 속에서 번득이는 까마귀 떼의 조심스러운 눈동자. 어느 곳인가 자신의 집 앞에 아버지와 함께 선 소년. 인간이 아닌 자가 바로 그 문간에 서서 밤공기를 맡으며 미소 짓는다.

　피글릿에게 그 미소는 시퍼렇게 날이 선 낫이나 다름없다.

　난생처음으로 피글릿은 공포를 느낀다.

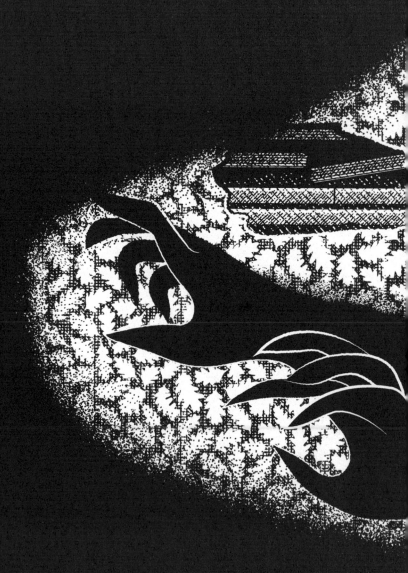

3장
악마의 접근

미러벨

　운명의 밤 이후, 검게 그은 종잇조각이 바람에 팔락팔락 날리듯 여러 이미지가 미러벨에게 찾아들었다. 피글릿은 지하의 깊은 어둠 속에 지내면서도 룩헤이븐 저택과 이곳에 살았던 이들의 역사를 거의 완벽하게 꿰고 있었다. 미러벨은 피글릿과 접촉했을 때 자신의 마음을 파고들어 온 그 이미지들을 통해 가족 대대의 삶과 죽음에 대해 알게 되었다. 피글릿은 모든 일을 낱낱이 보여 주지는 않았지만 필요한 만큼은 충분히 드러내어 주었다.

　새로운 이미지는 전혀 예상하지 않은 순간에 나타났다. 어떤 순서나 연결 고리를 찾기 어려웠다. 미러벨은 이넉 삼촌이 처음으로 저택을 올려다보는 모습을 보았다. 눈부시도록 하얀 달빛이 삼촌의 얼굴을 비추고 있었다.

　또 다른 이미지에는 식당에 앉은 버트럼 삼촌이 보였다. 버트럼 삼촌은 새끼손가락을 쭉 뻗은 채 엄지와 검지로 삼각형 모양 샌드위치를 살포시 집어 들고 있었다. 식탁 반대편에는 일라이자 이모가 앉아서 책을 읽다가 한 번씩 한숨을 쉬며 눈을 빙글 굴렸다.

방수포로 만든 외투를 입고 포털 밖으로 나오는 오드의 모습도 보였다. 포털 가장자리에 물이 출렁출렁 넘쳤다. 닫히는 포털 사이로 거대한 바다 괴물이 촉수를 들이밀자, 오드는 얼른 작살로 촉수를 쳐 냈다.

저택으로 이어지는 길에 그림자가 속속 모여들었다. 마을 사람들이었다. 이닉 삼촌이 저택 현관에 서서 그들을 기다리고 있었다. 오드와 일라이자 이모도 함께였다. 미러벨은 이 일이 아주 오래전에 벌어진 사건이란 걸 알 수 있었다.

신성한 랩시디의 꽃 무리 중 한 송이가 땅에서 뿌리를 뽑고 일어서서 저택 영지 안을 돌아다니고, 이닉 삼촌이 그 꽃을 찾아 밤하늘을 바삐 날아다니는 모습이 보였다.

엘런비 선생님이 꽃길을 지나 마을로 돌아가고 있었다. 폭우가 쏟아지고 하늘에는 번개가 사정없이 번쩍였다. 엘런비 선생님은 외투 주머니에 손을 푹 찔러 넣고서 어깨를 축 늘어뜨린 채 터덜터덜 걸었다. 꽃들은 위원회의 원로를 건드리면 안 된다는 언약 때문에 엘런비 선생님을 빤히 쳐다보기만 했다.

햇살이 환한 정원에 포털이 열리더니 오드가 모습을 드러냈다. 오드는 경찰관 헬멧을 쓰고, 손에 이국적인 꽃을 한 아름 들고 있었다.

이어 비 내리는 밤 풍경이 펼쳐졌다. 비에 흠뻑 젖은 오드는 진입로를 서둘러 달려오는 자동차를 지켜보고 있었다.

다음 이미지에서 오드는 저택 지붕에 앉아, 비구름이 물러가고 별이 반짝이는 밤하늘을 올려다보고 있었다. 오드의 머리칼은 여전히 젖어 있었고, 눈가에는 눈물이 반짝였다.

그리고 그 여인.

검은 머리칼의 여인은 이따금 정원을 홀로 거닐었다. 한번은 저택 밖에서 이녁 삼촌과 이야기를 나누는 모습도 보였다. 이녁 삼촌은 빙그레 웃고 있었고, 어쩐지 더 활기차 보였다.

그 여인, 아니 어머니.

어떻게 그 사람이 자신의 어머니일 수 있단 말인가?

어머니의 이미지를 볼 때마다 미러벨은 가슴이 쓰라렸다. 마음이 통째로 도려내어져 나간 듯 허전하기만 했다. 전에는 한 번도 이런 느낌을 경험한 적이 없었다. 불에 덴 듯 너무나 쓰라렸다. 온몸 마디마디에서 고통이 느껴졌다.

미러벨은 이녁 삼촌과 이야기를 나눠 보려고 몇 번이나 기회를 엿보았다. 이미지 속에서 본 사실들에 대해 묻고 싶은 게 많았다. 그러나 이녁 삼촌은 서재에 틀어박혀 꼼짝하지 않았다. 이번 사건으로 인해 마을 사람들과 마찰이 일어날까 봐 전전긍긍하는 듯했고, 미러벨은 그 때문에 더 부아가 끓었다.

이제 미러벨은 2층 창문가에 서서 차량이 저택 진입로로 들어서는 광경을 지켜보고 있었다. 배달일이 아닌데 플레처 씨의 승합차를 선두로 모두 세 대가 다가왔다. 미러벨은 그중 한 대가 엘런비 선생님의 낡은 포드 승용차라는 걸 알아보았다. 이녁 삼촌과 일라이자 이모가 사람들을 맞으러 현관에서 대기하고 있었다.

플레처 씨가 승합차에서 내리자, 나머지 두 대도 나란히 멈춰 섰다. 미러벨은 위원회 사람들을 빤히 쏘아보았다. 어째서인지 미움만 치밀어 올랐다. 저 사람들 잘못이 아니라고, 화를 내야 할 대상은 자신에게 거짓말을 한 가족들이라고 생각을 다잡으려고 했지만, 위원회 사람들 역시 그 일에 관여했으리라는 의심을 거둘 수 없었다.

플레처 씨는 가는 세로줄 무늬가 든 회색 정장을 입고 있었다. 옷이 좀 작은지 불편한 듯 계속 몸을 굼지럭거리며 나머지 위원회 사람들이 차에서 내리기를 기다렸다. 어처구니없는 옛 관습과 격식에 집착하는 사람들 아니랄까 봐 플레처 씨만 먼저 이녁 삼촌과 인사를 나눌 수 없어 일행을 기다리는 모양이었다. 미러벨은 속으로 플레처 씨를 비웃었다가 곧바로 죄책감을 느꼈다. 미러벨로서는 이해하기 어려운 불타는 듯한 감정이었다.

이윽고 불안한 표정의 키 작은 남자가 차에서 내렸다. 마을 우체국장 티즈데일 씨였다. 티즈데일 씨는 불그스레한 얼굴에 둥근 안경을 끼고, 트위드 정장 차림을 하고 있었다.

반대편 조수석에서는 키가 크고 호리호리한 댕크워스 목사가 내렸다. 느릿느릿하면서도 우아한 몸짓이 다리 긴 거미가 마루 틈에서 기어 나오는 모습을 보는 듯했다. 마지막으로 엘런비 선생님이 사람들 옆에 가서 섰다.

위원회 사람들은 이넉 삼촌과 일라이자 이모에게 뻣뻣한 태도로 다가서더니 근엄한 얼굴로 고개 숙여 인사하고, 악수를 나누었다. 이어 서로 얼굴만 멀뚱멀뚱 바라보는 어색한 시간이 흐른 뒤, 이넉 삼촌이 사람들에게 안으로 들어가자는 손짓을 했다. 엘런비 선생님이 위로 눈길을 들었다가 미러벨을 발견하고서 손을 흔들었다.

미러벨은 아무 반응도 보이지 않고 창가에서 뒤로 물러나 버렸다.

"무슨 일 있어?"

미러벨은 인기척을 전혀 느끼지 못한 터라 놀라서 고개를 돌렸다. 젬이 몇 걸음 떨어진 곳에 서서 카디건 소맷자락을 만지작거리고 있었다.

"위원회가 모두 모였어."

미러벨은 이넉 삼촌의 진지한 목소리를 흉내 내며 덧붙였다.

"몇 세대 만에 처음 열리는 모임이지."

그날 아침, 이넉 삼촌은 미러벨이 듣고 있는 줄 모르고서 일라이자 이모와 버트럼 삼촌에게 그 소식을 전했다.

사실 미러벨은 모든 것에 귀 기울이고 있었다. 모퉁이를 돌기 전 앞에서 들리는 속삭임을 알아차렸고, 버트럼 삼촌과 오드가 죄책감 어린 얼굴로 이야기 나누는 모습을 보았으며, 굳게 닫힌 서재 문 너머에서 일라이자 이모와 이녁 삼촌이 웅얼웅얼 의논하는 소리까지 다 듣고 있었다.

그리고 그에 더해 피글릿 문제가 있었다.

그날 밤 이후로 피글릿은 완벽하게 침묵했다. 그 어떤 소리도 내지 않았다. 왜 그런지 미러벨은 이유를 알지 못했다. 피글릿을 만나러 가서 문을 두드려 보았지만, 아무런 답도 들리지 않았다. 지금까지 피글릿이 이토록 조용한 적이 없기에 미러벨은 자꾸만 불안해졌다.

"뭘 의논하려는 거야?"

젬이 묻자, 미러벨이 대답했다. 다소 날이 선 말투였다.

"뻔한 거 아냐?"

젬의 당황한 표정을 보고서 미러벨은 아차 싶었다.

"미안."

"괜찮아. 그동안 상황이······."

미러벨은 쓸쓸하게 웃으며 젬 대신 말을 맺었다.

"묘했지."

젬도 피식 웃었다.

"말을 참 예쁘게도 한다."

244

"톰은 좀 어때?"

"쉬고 있어. 오빠가 뭐랄까 좀 달라진 것 같아."

젬은 멋쩍은 표정으로 머뭇거리더니 말을 이었다.

"너한테 고맙다는 인사를 제대로 못 했네."

미러벨이 미간을 찌푸리며 되물었다.

"뭐가 고마워?"

"날 구해 줬잖아. 그……그……. 아무튼……."

젬은 말로는 표현 못 하겠다는 듯 괜히 허공을 손짓해 보였다.

"피글릿은 해를 끼칠 생각이 아니었어."

미러벨은 갑자기 피글릿을 감싸야 한다는 압박을 느꼈다.

젬이 말없이 고개를 끄덕이자, 미러벨은 다시 피글릿의 편을 들었다.

"그냥 호기심이 많은 것뿐이야. 내 생각에는 그래."

"오빠가 그러는데 피글릿은 많은 걸 알고 있대. 사람의 생각과 마음을 들여다볼 수 있다고 그러더라."

미러벨은 고개를 주억거렸다.

"맞아. 하지만 완전히 이해하지는 못하는 것 같아."

그 말에 젬은 쿡쿡 웃음을 터뜨렸다.

"그건 확실해 보여."

"삼촌이 나랑 말을 안 해."

"내 생각에 그분은 두려워하시는 것 같아."

"두려워하다니?"

"피글릿이 도망친 뒤 네가 맞설 때 정말 어쩔 줄 모르시는 것 같았거든."

젬의 말을 듣더니 미러벨은 콧방귀를 꼈다.

"이녁 삼촌이 날 두려워한다고?"

"아니. 널 두려워한다는 게 아니라……. 내 생각에 그분은 나름대로 널 위해 최선을 다하려 애쓰신 것 같아."

"그래서 거짓말을 하기로 했다?"

젬은 생각에 잠긴 채 말을 이었다.

"음……. 그리고 피글릿이 탈출한 뒤 벌어진 일 때문에 뭔가 고통스러운 기억을 떠올리신 것 같아."

미러벨은 젬의 말을 곰곰이 헤아려 보았다. 피글릿의 마음이 미러벨의 마음을 건드렸을 때, 이미지 속에서 마주친 이녁 삼촌은 어딘가 달랐다. 뭐랄까, 상처 입은 듯 보였다. 그렇다고 자신에게 진실을 감추기로 한 삼촌의 선택을 받아들일 수 있을까? 아니, 미러벨은 그럴 수 없었다.

미러벨은 퍼뜩 뭔가를 떠올렸다.

"젬, 나랑 같이 뭐 하나 해 보지 않을래?"

"어떤 일인데?"

미러벨이 씩 웃으며 대답했다.

"말썽 피우기."

불쑥 연회장 문을 열고 들어선 순간, 마을 사람들 얼굴에 걸린 표정을 보며 미러벨은 작지만 짜릿한 쾌감을 느꼈다. 티즈데일 씨는 당황해서 눈만 껌벅이더니, 이게 실제 상황이냐고 묻는 듯이 동료들을 번갈아 쳐다보았다. 댕크워스 목사는 오른뺨이 씰룩씰룩 떨리는 것으로 보아 불안한 듯도 하고 다소 역겨워하는 듯도 했다. 반면 플레처 씨는 아무 반응을 보이지 않았다. 두 주먹을 탁자 위에 올려놓은 채 평소처럼 분노를 억누르는 모습 그대로였다.

이녁 삼촌은 두 손을 깍지 낀 채 엄지로 이마를 문지르며 땅이 꺼져라 한숨을 쉬었다.

"미러벨, 어쩐 일이냐?"

미러벨은 어깨를 으쓱이며 대답했다.

"글쎄요? 삼촌, 생일 파티 여시는 거에요? 케이크는 어디에 있어요?"

미러벨은 오드가 웃음을 참으려고 애쓰는 모습이 눈에 들어왔다.

끼이익 하고 마룻바닥이 비명을 질렀다. 티즈데일 씨가 의자를 밀치고서 벌떡 일어서더니 미러벨을 손가락질했다.

"감히 어디라고 여기를 들어와!"

미러벨은 다시 어깨를 으쓱이며 대꾸했다.

"내 집에서 내가 어디를 가든 말든 무슨 상관이죠?"

이번에는 일라이자 이모가 웃음을 감추느라 슬며시 고개를 돌렸다.

댕크워스 목사가 미러벨 뒤에 선 젬을 고갯짓하며 말했다.

"저 애도 여기 있으면 안 되지요."

그러자 미러벨이 맞섰다.

"앤 내 손님이고, 여기는 내 집이에요. 나한테도 내 집에서 내 맘대로 손님을 데리고 다닐 권리 정도는 있어요."

댕크워스 목사가 발끈해서 미러벨을 나무랐다.

"저 애는 이방인이다. 언약의 대상이 아니란 말이다. 그러니 떠나는 게 맞아."

미러벨은 젬을 쳐다보았다가 다시 댕크워스 목사에게 눈길을 돌렸다.

"그럴 일은 없을 거예요."

위원회 사람들이 술렁였다. 미러벨은 자신을 향한 못마땅한 시선을 느꼈다. 그러나 마을 사람 중 미러벨의 눈을 똑바로 마주 바라보는 사람은 단 한 명뿐이었다.

"엘런비 선생님, 정확히 무엇이 문제인지 설명 좀 해 주시겠어요?"

엘런비 선생님은 미러벨의 도전적인 눈길을 피하려 하지 않았다. 미러벨을 가만히 바라보던 엘런비 선생님이 대답하려는 듯 입을 떼자, 이넉 삼촌이 그의 팔을 잡으며 말렸다.

"마커스는 위원회 규칙을 따라야 하니 네 질문에 대답할……."

"삼촌, 난 도대체 뭐예요?"

짧은 순간이었지만, 엘런비 선생님의 얼굴이 붉어졌다. 이넉 삼촌은 눈을 휘둥그레 떴으며, 탁자에 둘러앉은 나머지 사람들은 그대로 얼어붙었다.

"간단한 질문이잖아요. 삼촌, 난 누구냐고요?"

"미러벨……."

이넉 삼촌은 고통스러워 보였다.

"난 어디서 왔어요? 난 에테르에서 온 게 아니죠? 그죠?"

"미러벨, 부탁이다……."

"그분 이름은 뭐예요?"

마지막 질문을 소리쳐 물은 뒤, 미러벨은 너무나 뜨거운 분노에 온몸을 부들부들 떨었다. 눈물이 솟구쳐 오르려 했다. 엘런비 선생님은 결국 눈길을 떨어뜨리고서 탁자만 내려다보았다.

미러벨은 잠시 마음을 추스렸다. 젬이 바로 곁에 서 있음을 깨닫자, 어느 정도 마음의 안정을 얻을 수 있었다.

미러벨은 연회장 안에 앉은 이들을 쭉 둘러보았다. 그러고는 목에 걸고 있는 마법 펜던트를 꼭 쥐었다.

"난 내가 어떤 존재인지 모르겠어요."

미러벨은 한 사람씩 차례로 눈을 마주치고서 말을 이었다.

"알아낼 방법은 하나밖에 없을 것 같네요."

미러벨은 마법 펜던트를 벗어 탁자에 던졌다. 몇 사람이 움찔했다. 둥근 펜던트가 탁자 위를 스치듯 날아가더니 달카닥하며 이닉 삼촌 앞에 멈췄다.

"난 밖으로 나갈 거예요."

미러벨은 휙 돌아서서 문으로 향했다. 모두가 자리에서 벌떡 일어섰는지 등 뒤에서 심상치 않은 분위기가 느껴졌다. 미러벨은 우울한 만족감을 느꼈다.

"미러벨!"

이닉 삼촌의 당황한 목소리에 미러벨은 우쭐한 마음마저 들었다.

젬이 곧바로 미러벨을 따라왔다.

"미러벨."

미러벨은 젬의 어깨를 두드리며 말했다.

"괜찮아. 나도 알아, 내가 뭘 하려는 건지."

사실 미러벨은 자신이 무엇을 하려는 건지 전혀 알지 못했다. 그저 더 큰 힘에 이끌려, 분노에 이끌려, 슬픔에 이끌려 움직이고 있을 뿐이었다. 미러벨은 자신이 누구인지 알아야만 했다.

현관문 쪽으로 복도를 반쯤 걸어갔을 때 뒤에서 이넉 삼촌이 다시 미러벨을 외쳐 불렀다. 이어 "촥." 하고 날개가 펼쳐지는 소리가 들렸다. 공포에 질린 티즈데일 씨와 댕크워스 목사가 뭐라고 구시렁댔다. 이윽고 이넉 삼촌이 날아와 문 앞에 내려섰다. 날개를 활짝 펼쳤지만, 얼굴은 여전히 인간 모습을 유지하고 있었다.

"아서라, 나가면 안 돼."

미러벨은 이넉 삼촌의 애타는 목소리에 놀라 걸음을 멈추고서 삼촌을 똑바로 올려다보았다.

"전 할 수 있어요. 그리고 할 거예요."

미러벨과 이넉 삼촌은 한동안 서로를 노려보았다. 결국 이넉 삼촌이 미러벨의 고집에 져서 눈길을 돌렸다. 미러벨은 서늘한 그늘이 드리워진 현관 계단에 발을 내디뎠다. 그러나 선뜻 걸음이 떼지지는 않았다. 미러벨은 젬을 바라보며 물었다.

"햇살 아래서 걸어 다니는 건 어떤 느낌이야? 아무 보호 장치 없이 말이야."

젬은 뭐라고 설명해야 할지 몰라서 고개를 가로저어 보였다.

이윽고 마지막 계단이 나왔다. 미러벨은 눈을 감았다.

그리고 빛 속으로 몸을 날렸다.

낯선 감각이 느껴졌다. 마법 펜던트가 없으니 온몸이 햇살에 고스란히 드러났다. 난생처음 햇볕이란 것을 경험하는 순간이었다. 미러벨은 두 팔을 활짝 펼치고서 까르르 웃었다.

이윽고 미러벨은 눈을 뜨고서 현관 앞에 모여선 사람들을 쳐다보았다. 이넉 삼촌과 눈길이 마주치자, 미러벨은 찡긋 윙크를 했다.

"삼촌, 저 좀 보세요. 불타지 않아요."

이어 미러벨은 땅 위의 검은 얼룩으로 눈길을 돌렸다.

"코닐리어스 큰할아버지, 죄송해요. 놀리려는 뜻이 아니었어요."

살갗에 낯선 감각이 느껴졌다. 미러벨은 두 손을 마주 비비며 젬에게 물었다.

"이걸 뭐라고 불러? 이 느낌 말이야."

"따뜻하다."

미러벨은 감탄을 터뜨리며 같은 말을 되뇌었다.

"따뜻하다."

미러벨은 현관에 모여 선 사람들을 바라보며 외쳤다.

"그만 가서 일 보세요. 저는 친구랑 햇빛 맞으면서 놀래요."

프레디

플레처 씨가 부엌에 들어서자, 플레처 부인은 화로 위에 올려 놓은 수프를 젓다가 휙 돌아서서 프레디와 눈빛을 주고받았다.

"나 참 어처구니가 없어서."

플레처 씨가 투덜거리며 식탁에 앉자, 플레처 부인은 최대한 밝은 목소리로 물었다.

"무슨 일이 있어요?"

"지난번 사고를 두고 오늘 회의가 열렸는데, 그 아이가 훼방을 놓지 뭐요."

"미러벨이요."

프레디는 아버지가 일부러 미러벨의 이름을 부르지 않는다는 걸 알아차리고서 짜증이 났다.

"장부 정리는 다 했나?"

아버지가 다그쳐 묻자, 프레디는 고개를 가로저었다. 플레처 부인이 남편을 나무라는 눈빛으로 바라보자, 플레처 씨는 얼굴 을 씰룩거리며 어색하게 자세를 고쳐 앉았다.

"저녁때까지 마무리하도록 하렴."

플레처 씨의 목소리가 한결 부드러워졌다. 프레디는 이번에도 말없이 고개만 끄덕였다. 아버지는 '제 앞가림할 줄 아는 책임감 있는 어른'으로 자라는 데 도움이 될 거라며 프레디에게 푸줏간 회계를 맡겼다. 하지만 프레디는 순전히 푸줏간 일을 물려받기 위한 훈련일 뿐이란 걸 알고 있었다.

"그 집 식구가 저택 밖으로 빠져나와서 사고를 일으킨 걸 속죄하겠다고 하더구먼. 내 생각에는 그 정도로는 부족해요."

플레처 부인은 그릇을 꺼내어 식탁 위에 놓으며 대답했다.

"여보, 누가 우연찮게 남의 소 한 마리를 잡아서 해체하고 먹어 버린 거예요. 당신은 다른 사람도 아니고 푸줏간 주인인데, 굳이 어렵게 돌려 말할 필요 있나요? 말 그대로 '사고'가 난 것뿐이에요."

플레처 씨는 불안한 듯 가만있지 못하고 계속 몸을 꼼지락거렸다. 프레디는 자신을 바라보는 아버지의 눈길을 마주하고 움찔했다. 아버지의 눈 속에 상처와 공포와 분노가 가득했다. 이토록 불안해하는 아버지의 모습은 그때……. 그때 이후로 처음이었다.

프레디는 더 생각하고 싶지 않았다. 제임스 형에 대해서는 생각하는 것도 힘들었다. 프레디는 숫자를 휘갈겨 쓰며 자기만의 세상으로 들어가려 했다.

"어이쿠 이런. 플레처 씨. 고민이 많으신 모양입니다."

핍스 씨가 팔짱을 긴 채 문실주에 느긋하게 기대어 서 있었다. 오늘도 여전히 보기 흉한 가죽 코트 차림이었다. 정신없이 헝클어진 머리칼과 커다란 입 때문일까? 프레디는 이상하게 핍스 씨를 오래 쳐다보고 있을 수가 없었다.

"예, 핍스 씨. 골치가 아프답니다."

플레처 씨가 잔뜩 거드름 피우는 목소리로 대답했다. 프레디와 플레처 부인은 '위원회 일을 처리할 때' 특유의 목소리라는 걸 바로 알아차렸다. 세상에서 가장 중요한 일을 맡았다는 티를 팍팍 내는 목소리 말이다. 프레디의 어머니는 그릇에 야채수프를 뜨다가 프레디 쪽을 슬쩍 쳐다보더니 눈을 빙글 굴려 보였다.

"무슨 일로 그렇게 속을 썩이는지 여쭤봐도 될까요?"

핍스 씨가 물었다.

"아, 이 지역에 큰 저택이 한 군데 있는데, 그 집 주민들 때문에 문제가 좀 생겼어요."

핍스 씨가 말을 걸자, 플레처 씨는 자세를 꼿꼿이 고쳐 앉았다. 프레디는 그런 아버지의 반응이 마음에 들지 않았다. 처음 만났을 때부터 아버지는 계속 핍스 씨의 마음에 들고 싶어 안달이 난 것 같았다. 어떨 때 보면 핍스 씨가 아버지를 쥐락펴락하는 느낌마저 들었다.

핍스 씨가 고개를 갸웃하더니 흥미가 돋는 듯 두 손을 싹싹 비비며 말했다.

"저택이요? 어떤 저택을 말씀하시는 걸까요? 이 일대에서 저택 같은 전혀 보지 못했습니다만?"

"그야 숨겨져 있으니 그렇지요."

핍스 씨가 놀란 듯 소리 없이 '오' 하며 탄성을 터뜨렸다. 이어 뭔가 계산하는 듯 핍스 씨의 눈동자가 바삐 움직였다. 불현듯 프레디는 불안감에 휩싸였다. 아버지에게 아무 말도 하지 말라고 소리치고 싶었다.

"숨겨져 있다고요? 어떻게요?"

핍스 씨가 고개를 또 갸웃했다. 프레디는 정수리에 벌레가 기어 다니는 듯 소름이 쫙 끼쳤다.

플레처 씨는 핍스 씨의 질문에 당황한 듯했다.

"어, 말해도 되는지 모르⋯⋯."

"안 되죠."

프레디의 어머니가 숟가락을 식탁에 탕 소리 나게 내려놓더니 핍스 씨 쪽은 쳐다보지도 않고 말했다.

"핍스 씨, 수프 좀 드실래요? 점심 식사 전이면 같이 드시죠."

핍스 씨는 거만하게 웃으며 대답했다.

"플레처 부인, 감사하지만 사양하겠습니다."

플레처 부인은 수프만 쳐다보면서 고개를 끄덕였다. 그러자 플레처 씨가 제안했다.

"그럼 아예 저녁 식사를 같이하시지요."

핍스 씨는 기분이 좋은지 활짝 웃었다. 프레디는 심장이 납으로 변해서 땅으로 쑥 꺼져 들어가는 것 같았다.

"친절하기도 하시지. 플레처 씨, 기쁜 마음으로 초대에 응하겠습니다. 저녁을 먹으면서 말씀하신 문제에 관해 이야기 나눠 보면 되겠네요. 그 일 때문에 부담이 크신 모양입니다. 저한테 이렇게 잘 대해 주시니 저도 플레처 씨 문제에 관심을 기울이고 조언이라도 한 말씀 드리는 게 맞겠지요."

프레디는 어머니의 얼굴이 굳는 걸 알아차렸다. 핍스 씨가 프레디네 가족을 쑥 훑어보는 눈길이 느껴졌다. 프레디는 핍스 씨를 마주 쳐다보고 싶은 충동을 억눌렀다. 그 역겨운 미소를 다시 마주하고 싶지 않았다.

"그럼 전 이만 물러가 보도록 하지요."

핍스 씨가 부엌에서 나갔다.

한동안 부엌에는 수프 끓는 소리만 들릴 뿐 프레디네 가족 사이에는 침묵이 흘렀다. 마침내 플레처 부인이 정적을 깨고 한마디를 던졌다.

"난 저 사람 진짜 마음에 안 들어."

점심 식사를 마친 뒤 프레디는 평소 하던 대로 산책을 나섰다. 프레디가 지나가자 거리에 나와 있던 사람들이 알은체를 하거나 인사를 건넸다. 프레디는 룩헤이븐 마을 사람들이 그래서 좋았다. 온 마을 사람들이 서로에 대해 잘 알고, 늘 서로를 보살펴 주는 이웃 간의 정이 있었다. 특히 전쟁이 벌어진 뒤부터는 더했다. 특히 그때부터……

프레디는 걸음을 멈추었다. 그런 일은 생각하지 않는 쪽이 나았다. 프레디가 못 듣는 줄 알고서 아버지가 어머니에게 한 번 이런 말을 한 적이 있었다. 그냥 넘어가는 게 최선이라고.

프레디는 회색 양복을 차려입은 마을 재단사 비긴스 씨와 마주쳤다. 주름 깊은 얼굴에 굳은 의지가 엿보이는 지닌 비긴스 씨는 휘파람을 즐겨 불었다. 지금도 휘파람을 불며 걸어가다가 프레디를 보더니 모자 끝을 올리며 인사를 건넸다. 프레디는 휘파람 곡조가 '라일락을 모을게요'*임을 알아차렸다. 프레디의 엄마도 그 노래를 좋아해서 라디오에서 나오면 늘 하던 일을 멈추고 귀를 기울였다. 프레디는 빙그레 웃으며 거수경례를 붙여 인사를 했다. 비긴스 씨는 계속 휘파람을 부느라 말을 건네지는 않았지만 다정하게 윙크로 답해 주었다.

길 건너편에서는 식료품점 주인 스미스 씨 부부가 가게 안으로 과일을 들이고 있었다. 스미스 부인이 프레디를 보더니 가까

*제2차 세계 대전 말기에 나온 노래. 헤어진 연인이 다시 만날 날을 소망하는 내용을 담고 있다.

259

이 오라고 손짓했다.

"안녕, 프레디? 잘 지내니?"

"네, 아주머니도 안녕하시죠?"

"엄마 아빠도 잘 계시지?"

"예, 잘 계세요."

"받으렴."

스미스 부인이 사과 한 알을 내밀었다. 프레디는 서둘러 호주머니를 뒤졌다.

"어, 지금 배급 수첩을 안 가지고 있어요."

스미스 씨가 야채 상자를 가게 안으로 가지고 들어가며 피식 웃었다.

"녀석, 배급 수첩이 웬 말이냐."

"받으렴."

스미스 부인이 프레디의 손에 사과를 꼭 쥐여 주었다. 일단 사과를 호주머니에 받아 넣긴 했지만, 프레디가 뭐라고 답해야 할지 망설이는 사이 뒤에서 익숙한 지팡이 소리가 들렸다. 스미스 부인과 프레디는 소리 나는 쪽으로 고개를 돌렸다.

앨피 파킨이 두 사람 쪽으로 걸어오고 있었다.

"안녕하세요, 아주머니. 안녕, 프레디."

앨피가 옅은 미소를 지으며 나직이 인사를 건넸다.

"그래, 앨피. 날씨가 참 좋구나."

스미스 부인과 프레디는 길을 따라 내려가는 앨피의 모습을 가만히 지켜보았다. 스미스 부인이 들릴 듯 말 듯 한 소리로 중얼거렸다.

"에휴, 불쌍해서 어쩌누."

어느새 문간에 나와 있던 스미스 씨가 씁쓸하게 대답했다.

"그래도 저 애는 돌아왔잖아."

스미스 부인의 입술이 파르르 떨렸다. 프레디는 스미스 씨네 두 아들 아서와 데이비드를 떠올리며 얼른 뒤돌아섰다. 스미스 부인이 약한 모습을 보였다고 창피해할까 봐 못 본 척해주고 싶어서였다.

프레디는 가끔 그런 생각이 들었다. 관을 덮는 천이 마을 전체에 드리워진 것 같다고.

마을 경계를 지나 숲에 들어서자마자 프레디는 기분이 다시 상쾌해졌다. 여기 나오면 늘 마음이 한결 자유로웠다. 햇살은 환히 빛나고, 나무 사이로 쏴 하고 선들바람이 지나가는 소리가 평화롭기만 했다. 마을을 덮은 그 묵직한 천이 걷히는 것 같았다. 이곳에서라면 아버지의 식을 줄 모르는 분노와 시커먼 고통에 잠긴 텅 빈 두 눈동자를, 설거지를 하다가 한 번씩 손을 멈추고서 멍하니 창밖을 내다보는 어머니의 모습이 잊힐 것 같았다.

문득 오른쪽 숲 안쪽에서 인기척이 느껴졌다. 사람 말소리 같았다. 프레디는 소리의 근원지를 찾아 걸음을 옮겼다.

나무 옆을 빙글 돈 순간, 프레디는 싱긋 웃음이 났다. 한 소년이 땅에 무릎을 꿇고 앉아 있었다. 부스스 헝클어진 금발 머리를 보니 분명 케빈 베넷이었다.

　"안녕, 케빈! 거기서 뭐 하는 거야?"

　케빈이 고개를 돌렸다. 두꺼운 안경 때문에 크고 동그란 눈이 더 도드라져 보였다.

　"프레디 형, 새가 다쳤어."

　조그만 할미새가 다친 날개를 질질 끌면서 케빈 앞을 종종거리며 돌아다니고 있었다. 프레디는 새를 더 놀라게 하지 않으려고 천천히 다가섰다.

　"어떻게 하지?"

　케빈이 물었다. 프레디는 케빈 옆에 무릎 꿇고 앉아 새를 두 손으로 조심스레 들어 올렸다. 작디작은 심장이 미친 듯이 뛰는 게 느껴졌다. 이대로 새의 심장이 터져 버리지 않을까 하는 두려움이 훅 들었다. 최대한 천천히 움직여야 했다. 프레디는 새의 날개를 부드럽게 쓰다듬으며 달랬다.

　"부러진 날개를 고정해 줘야 해."

　프레디의 말을 듣더니 케빈이 안경을 밀어 올리며 새를 자세히 살폈다.

　"죽을까?"

　케빈이 들릴 듯 말 듯 작은 소리로 물었다. 그 말을 입 밖으로 내기가 두려운 모양이었다.

프레디는 케빈을 바라보며 빙그레 웃었다. 좀이 슨 조끼와 한 치수 이상 커 보이는 낡은 구두가 눈에 걸렸다.

"안 죽어."

"나도 만져 봐도 돼?"

케빈이 손을 내밀었다.

"그럼."

케빈이 살살 쓰다듬어 주자, 할미새가 프레디의 손바닥에서 짹짹거리며 날개를 파닥였다. 케빈은 잔뜩 감동받은 듯했다.

"작은 새야. 우리가 돌봐 줄게."

프레디는 옳은 일을 한다는 생각에 마음이 확 따뜻해졌다. 새를 집으로 데리고 가서 다친 날개가 나을 때까지 케빈과 함께 잘 보살펴 주리라. 모든 게 잘……

"얘들아, 안녕? 거기서 뭐 하니?"

프레디는 두 손에 새를 감싸든 채 그대로 얼어붙었다. 고개를 돌리고 싶지 않았다. 지금 당장 다친 날개가 마법처럼 나아서 새가 멀리, 이곳에서부터 멀리, 높은 하늘로 날아가기를 간절히 바랐다.

"어디 나도 좀 볼까?"

목소리가 다시 말을 걸었다.

프레디는 천천히 뒤돌아섰다. 몇 걸음 떨어진 곳에 핍스 씨가 호기심이 도는 듯 고개를 갸우뚱하고 서 있었다.

"아무것도 아니에요."

프레디는 최대한 덤덤하게 대답했다.

"아무것도 아니라고?"

핍스 씨가 입꼬리를 올리며 되묻자, 케빈이 불쑥 대답했다.

"그냥 새예요."

케빈은 겁을 먹었는지 가쁜 숨을 몰아쉬고 있었다. 핍스 씨가 무릎에 손을 짚으며 케빈에게 고개를 들이밀었다.

"오, 이 꼬마 신사는 누구지? 얘야, 넌 이름이 뭐니?"

핍스 씨가 입을 불가능할 정도로 넓게 벌리며 미소를 지었다. 케빈은 정신없이 고개를 흔들더니 프레디에게 속삭여 물었다.

"저, 저 사람 얼굴이 왜 저래?"

"케빈, 도망쳐!"

두 번 말할 필요가 없었다. 케빈은 걸음아 날 살려라 하고 달아났다. 그사이 프레디는 핍스 씨 앞을 가로막고 서 있었다.

핍스 씨가 포식 동물 특유의, 느릿느릿하지만 일정한 걸음으로 다가왔다. 프레디는 달아나고 싶은 충동을 억눌렀다. 당당하게 보여 주고 싶었다. 이 사람⋯⋯.

'아니, 이것.'

그렇다. 이것에게 자신은 두렵지 않다는 걸 보여 주고 싶었다.

핍스 씨가 손을 흔들며 재촉했다.

"보여 다오."

프레디는 자석에 끌리듯 그쪽으로 다가섰다. 이 사람…….

'이것.'

그렇다. 이것 앞에서 공포심을 드러낼 수는 없었다. 이것에게 그런 즐거움을 줄 순 없는 노릇이었다. 그러나 다리가 후들후들 떨리고, 그저 도망치고 싶은 마음뿐이었다.

핍스 씨가 두 손을 모으자, 프레디는 저도 모르게 새를 건넸다. 새가 재재거리자, 프레디는 자신이 배신자라고 느껴졌다.

핍스 씨는 걱정하는 척하며 새를 빤히 들여다보았다.

"불쌍한 녀석."

핍스 씨는 검지로 새의 날개를 부드럽게 쓰다듬으며 말을 이었다.

"말해 보렴, 프레디. 자랑스러웠니?"

"뭐가요?"

프레디는 목이 졸린 듯 목소리가 갈라져 나왔다. 핍스 씨는 못마땅하다는 듯 고개를 절레절레 흔들었다.

"이런, 프레디. 당연히 네 형 얘기지. 네 형이 자랑스러웠냐고."

프레디는 마른침을 꼴깍 삼켰다.

"예. 그럼요……. 지금도 자랑스러워요."

핍스 씨가 불쌍하다는 눈으로 쳐다보며 짐짓 프레디의 흉내를 냈다.

"어이구, 지금도요? 지금도요?"

프레디는 눈시울이 시큰했다.

핍스 씨가 다친 새에게 관심을 돌렸다. 작은 할미새는 어떻게든 잠잠히 있으려고 기를 쓰는지 부들부들 떨고 있었다.

핍스 씨가 한숨을 쉬더니 물었다.

"형이 돌아오지 못했다는 게 사실이냐?"

프레디는 마른침을 꿀꺽 넘겼다. 눈물 때문에 눈앞이 흐려졌다. 프레디는 아무 말 없이 고개만 끄덕였다.

"그런데 넌 홀로 있을 때면 형이 실종되었을 뿐이라고 상상하잖아."

프레디는 시선을 떨구었다.

"형이 부상당하는 바람에 기억을 잃었다고, 그래서 언젠가 기억을 되찾는 날 집으로 돌아올 거라고 상상하지?"

핍스 씨가 프레디의 코앞에 얼굴을 들이밀었다.

"그래. 넌 그러길 소망하고 있어."

핍스 씨는 산산이 부서지고 말 헛된 꿈이라는 듯 입술을 튕겨서 펑 소리를 냈다.

프레디는 소매로 눈을 북북 문질렀다.

"이렇게 슬픈 이야기는 처음 들어 보는구나."

핍스 씨가 입술을 삐쭉 내밀며 할미새에게 징징거렸다.

"너도 이렇게 슬픈 이야기는 처음 들어 보지?"

"그만해요."

프레디는 감정이 북받쳐 목이 메었다.

"뭘 그만하라는 거지? 그럼 이참에 진실을 논해 볼까? 전쟁 때 세상을 돌아다니며 내가 무엇을 보았는지 얘기해 주련? 시뻘건 피와 부서진 몸뚱어리, 고통스러운 비명, '어머니' 하고 젊은 이들이 목놓아 부르는 절규에 관해서 얘기해 주랴? 아니면 내가 보았던 한 청년 얘기를 해 줄까? 흙더미 속에 쓰러진 채 숨이 다해 가면서 날 애원하는 눈으로 올려다보더구나. 어쩌면 그 청년이 네 형이었는지도 모르지."

프레디는 이제 흐느껴 울고 있었다.

"이런 이야기 들으면 속상하지? 프레디, 미안하다. 다른 이야기를 하자꾸나. 그 저택이란 곳 말이다. 거기 사는 '사람들' 얘기를 좀 해 볼까?"

프레디는 눈물을 훔치고서 힘겹게 심호흡을 했다.

"싫어요."

"싫다?"

"그래요. 싫다고요."

프레디의 대답 소리가 거칠었다. 지금은 슬픔보다 분노가 더 컸다.

"난 아저씨 얼굴을 쭉 지켜봤어요. 제대로 보았다고요. 그래서 이 한 가지는 분명히 알아요."

그 말에 핍스 씨는 정말로 놀란 것 같았다. 프레디는 이를 악물고서 으르렁대듯 말했다.

"그 얼굴은 진짜 얼굴이 아니에요."

둘은 서로를 쏘아보았다. 그렇게 시간이 얼마나 흘렀을까? 핍스 씨가 두 손을 입가로 쓱 가져갔다. 할미새는 여전히 바들바들 떨고 있었다.

"불쌍한 녀석."

핍스 씨가 입술을 오므리더니 희미하게 입김을 후, 불었다.

할미새가 순간 빳빳하게 얼어붙더니 눈빛이 흐려지면서 축 늘어졌다. 핍스 씨는 마술사가 마지막 동작을 하듯 손바닥을 쫙 펼쳤다. 생명을 잃어버린 새가 바닥에 툭 떨어졌다.

핍스 씨는 두 손을 쓱쓱 닦으며 말했다.

"자, 그럼 저녁 식사 때 보자꾸나. 사람 좋은 네 아비는 더 순순히 털어놓겠지."

핍스 씨가 빙글 돌아서더니 떠났다.

프레디는 털썩 무릎을 꿇고 앉아 죽은 새를 바라보았다. 눈물이 다시 솟구쳤다. 프레디는 두 팔로 자신을 끌어안고서 울음을 꾹 눌러 참았다.

젬

젬과 미러벨은 그날 오후 내내 저택 영지를 돌아다니며 시간을 보냈다. 아무 일도 없었던 것처럼 웃고 이야기 나누었지만, 젬은 미러벨이 뭔가 달라졌다는 걸 알아차렸다. 어쩌면 그저 환한 햇살 아래를 걷고 있기 때문인지도 몰랐다. 혹은 다른 이유 때문일지도.

젬과 미러벨은 한참 동안 숨바꼭질을 했다. 미러벨은 열정이 넘쳐흘렀고, 매 순간을 신나게 즐기는 듯했다. 그러나 젬은 미러벨의 눈 속에서 다른 감정을, 기이한 형태의 분노를 보았다.

두 아이는 실컷 놀 만큼 놀고 나서 숲속 빈터에 자리를 잡고 앉았다. 그 뒤부터는 긴 침묵이 이어졌다. 미러벨은 조약돌로 손장난을 하며 뭔가 곰곰이 생각해 보는 눈치였다.

"난 내가 뭔지 모르겠어."

마침내 미러벨이 입을 열었다.

"난 내가 생각했던 존재가 아니야. 햇볕에 불타지 않잖아. 왜 난 특별한 능력이 없는지도 이제 알겠어. 난 나머지 가족과 달리

인간에 더 가까운가 봐."

젬은 위로할 말을 생각해 내려 머리를 쥐어짰다.

"넌 음식을 먹거나 잠을 자지 않아도 되잖아."

미러벨은 짜증을 내며 대꾸했다.

"우와, 어쩜 그리 흥미진진한 능력이 다 있담! 안 그래?"

미러벨은 조약돌을 덤불에 휙 던져 버렸다. 젬은 당황해서 기죽은 목소리로 물었다.

"엄마 생각하니?"

젬이 묻자, 미러벨은 고개를 끄덕였다.

"참 이상한 일이지? 난 나한테 엄마가 있다는 사실을 전혀 몰랐어. 그런데 피글릿 때문에 갑자기 그분을 잘 아는 것처럼 느끼게 되더니, 이제는 그분을 영영 잃어버린 것처럼 느끼잖아."

미러벨은 눈물을 참으려 손바닥으로 눈가를 문질렀다. 그러고는 두 팔로 무릎을 감싸 안고서 몸을 앞뒤로 흔들며 거칠게 숨을 몰아쉬었다.

"가슴에 갈고리가 주렁주렁 박혀서 날 갈가리 찢는 것 같아."

젬은 미러벨의 어깨를 가만히 다독였다. 그때 갑자기 펄럭대는 날갯짓 소리가 들렸다. 두 아이 머리 위의 가지에 까마귀 네 마리가 내려앉았다. 이어 저택에서 보았던 외눈 까마귀가 날아오더니 동료들을 향해 고개를 까딱이며 도도하게 소리쳤다. 그러자 네 까마귀도 목청 터져라 까악까악 울며 대답했다. 대장 까마귀가 멀쩡한 눈을 휙 돌리더니 젬을 노려보았다. 젬은 까마귀의 눈길이 영혼을 파고들어 오는 것만 같았다.

"까마귀 떼가 여긴 왜 왔을까?"

젬이 묻자, 미러벨이 자리에서 일어서며 대답했다.

"참견하러."

미러벨은 까마귀 떼를 향해 손을 흔들며 소리쳤다.

"훠이, 훠이. 저리 가."

까마귀들은 꿈쩍도 하지 않았다. 젬은 외눈 까마귀가 오만하게 부리를 쳐들더니 무시하듯 고개를 휙 돌리는 걸 분명히 보았다.

"까악 까악."

대장 까마귀는 그래 봐야 상관 안 한다는 듯 고개를 돌린 채 소리쳤다. 미러벨은 까마귀한테조차 무시당해서 더 속상한 듯 어깨를 들썩이며 말했다.

"난 여전히 내가 뭔지 모르겠어."

"뭐가 됐든 넌 내 친구야."

젬의 말에 미러벨이 빙그레 웃었다. 그러나 젬의 뒤에서 뭔가를 발견한 순간, 그 미소는 순식간에 사라져 버렸다. 젬은 본능적으로 소름이 쫙 끼쳤다.

쌍둥이 중 하나가 반투명한 상태로, 손에 든 마법 펜던트를 만지작거리며 젬의 바로 뒤에 서 있었다. 서글픈 듯 시선을 아래로 내리깐 모습을 본 순간, 심지어 젬도 상대가 쌍둥이 중 어느 쪽인지 바로 알아차렸다.

"도티, 여긴 어쩐 일이야?"

미러벨이 묻자, 도티가 고개를 들었다. 투명한 두 눈에 눈물이 가득했다. 그 모습에 젬은 마음이 너무나 어수선해졌다.

"미러벨, 미안해. 다 내 잘못이야."

"네 잘못이라니? 무슨 소리야?"

도티는 입을 꽉 다문 채 도리질을 쳤다.

"도티?"

도티가 머뭇머뭇 입을 열었다.

"다들 그 애 탓이라고 생각해."

"그게 무슨 소리야?"

젬이 물었다.

"이넉 삼촌이랑 위원회 사람들이, 다들 그 애 잘못이라고, 그 애가 열쇠를 훔치는 바람에 이렇게 되었다고 생각해. 그 애는 도둑이니까."

도티는 얼른 젬을 보며 덧붙였다.

"기분 나쁘라고 한 말은 아니야."

젬은 속에서 분노의 불꽃이 파지직 튀는 걸 느꼈다.

"내가 줬어. 피글릿의 방을 열 수 있도록 내가 열쇠를 건넸어."

숲속 빈터에 싸늘한 침묵이 내려앉았다. 까마귀 한 마리가 날개를 푸드덕대는 소리가 무심히 들려왔다. 미러벨은 젬만큼이나 충격을 받은 듯했다.

"왜? 왜 그랬어?"

미러벨이 다그쳐 묻자, 도티가 울먹이며 대답했다.

"재미있을 것 같아서."

미러벨은 당장이라도 도티에게 달려들 것 같았다. 실제로 그랬다고 해도 젬은 미러벨을 나무라지 않았으리라. 그러나 미러벨은 눈을 꼭 감은 채 분노를 가라앉히더니 한숨을 크게 쉬었다.

"알겠어."

"그런데 재미없었지?"

미러벨은 힘없이 고개를 끄덕였다.

"그래, 도티. 재미없었어."

"나한테 화났어?"

미러벨이 고개를 가로젓자, 도티는 이번엔 젬을 바라보며 다시 물었다.

"너는? 나한테 화났어?"

젬은 예상치 못한 질문에 놀랐다. 그래도 솔직하게 대답하는 쪽이 나을 듯했다.

"그래. 화났어."

도티는 입술을 지그시 깨물었다. 잔뜩 겁먹은 표정이었다.

"미러벨, 데이지처럼 나도 거울에 밀어 넣을 거야?"

"아니."

273

도티는 안도의 한숨을 푹 쉬었다.

"아, 다행이다."

"대신 내 질문에 대답해. 안 그러면 이녁 삼촌한테 네가 저지른 짓을 말할 거야."

도티는 바로 풀이 확 꺾였다. 두 눈에 눈물이 그렁그렁 차오르는 모습을 보고 있으려니 젬마저 마음이 아플 지경이었다.

"내 어머니는 누구야?"

"몰라……. 난 몰라……. 그 일에 대해선 한마디도 할 수 없어."

갑자기 머리 위에서 어수선한 움직임이 느껴졌다. 젬이 눈길을 들었더니 까마귀들이 흥분해서 날개를 퍼덕이고 있었다.

미러벨은 절박한 눈빛으로 도티를 바라보았다.

"왜?"

도티는 열심히 고개를 가로저었다.

"난 아무것도 몰라. 정말이야. '그들'만 알아. 그 일을 비밀에 부치기로 결정한 분들 말이야."

"그게 누군데?"

도티는 도리질을 치더니 입을 꾹 다물어 버렸다.

"이녁 삼촌이로구나."

미러벨의 말에 도티는 멋쩍은 표정을 지었다.

"또 누구야?"

도티가 부르르 떨었다. 집중이 흐트러져서 투명 상태로 머물기 힘든지 도티의 몸이 점점 단단해졌다.

"일라이자 이모야? 버트럼 삼촌? 오드는?"

까마귀 떼가 미러벨을 부추기는 듯이 계속 날개를 퍼덕였다. 도티는 계속 고개를 가로젓기만 했다.

문득 젬은 한 가지 사실을 깨달았다.

"나머지 저택 식구들은 아무도 모르는구나. 그렇지?"

도티는 깜짝 놀란 듯 눈을 휘둥그레 떴다.

미러벨의 얼굴에도 깨달음의 빛이 스치고 지나갔다.

"엘런비 선생님!"

갑자기 까마귀 떼가 한목소리로 까악까악 외치기 시작했다. 도티는 마지못해 고개를 끄덕였다. 미러벨은 까마귀 떼를 노려보며 외쳤다.

"제발 좀 가 버려!"

까마귀 떼가 화르르 날아오르더니 아이들 머리 위를 잠시 맴돌다가 방향을 꺾어 저택으로 날아가 버렸다.

젬은 다시 찾아든 침묵이 축복처럼 느껴졌다. 그 덕분일까? 미러벨의 눈동자에 비친 광적인 열기를 보면서도 오히려 긴장이 누그러들었다.

"엘런비 선생님은 아실 거야. 외부인 중에 이넉 삼촌이 진심으로 믿는 사람은 엘런비 선생님뿐이니까. 그분하고는 우리 가족의 비밀도 공유하고 있어. 엘런비 선생님이라면 아실 거야. 게다가 거기 함께 계셨잖아. 그때……."

미러벨은 눈을 감고서 감정이 요동치지 않게 억눌렀다. 그렇게 마음을 다잡고 나서 미러벨은 도티에게 눈길을 돌렸다.

"도티, 집으로 돌아가. 나랑 이야기 나눴다는 말은 아무한테도 하면 안 돼."

"미러벨, 내가 뭐라도 아는 게 있으면 말해 줬을 거야. 진심이야……."

"어서 돌아가. 절대 이 일에 대해서 말하지 마."

도티가 뒤돌아서더니 마지막으로 미러벨을 한 번 더 쳐다보고서 저택으로 걸음을 옮겼다.

젬은 미러벨의 회색 눈동자에 결단이 어리는 걸 보았다.

"엘런비 선생님과 이야기 나눠 봐야겠어."

"언제?"

"오늘 밤에."

순간 젬의 목덜미에 소름이 쫙 돋았다. 생각할 것도 없이 대답이 먼저 나왔다.

"같이 가 줄게."

프레디

그날 저녁 플레처 가족은 식사 자리에서 아무도 말이 없었다.

어둠이 여느 때보다 빨리 내렸다. 프레디는 어쩐지 오싹한 기분이 들었다. 황당한 생각이라는 걸 알지만 너무 성큼 다가오는 어둠이 어쩐지 핍스 씨 때문인 것 같았다. 핍스 씨는 프레디의 왼편에 앉아 고기파이를 게걸스럽게 퍼먹고 있었다. 그러다가 이따금 씹다 만 고기와 당근, 밀가루가 가득한 입을 헤벌쭉 벌리며 프레디를 향해 웃었다. 바로 오른쪽에 부모님이 앉아 있지만, 세상 끝에 떨어져 있는 듯 멀게만 느껴졌다.

"아, 플레처 부인. 정말로 감탄이 절로 나오는 요리로군요."

핍스 씨가 입안 가득 음식을 문 채 떠들자, 프레디의 어머니는 퉁명스럽게 고개를 까딱하며 대답했다.

"칭찬 고마워요."

"이렇게 훌륭한 요리사를 모시고 있으니 두 분 신사께서는 참 운이 좋으십니다."

프레디는 어머니가 질색하는 걸 알아차렸다. 하지만 플레처 부인은 아무 대꾸도 하지 않고 입을 꾹 다물었다. 아버지는 종종 하던 습관대로 한마디 말도 없이 허공만 멍하니 쳐다보며 기계적으로 입에 음식을 밀어 넣었다.

"아직 배급제가 유지되는데 이렇게 음식 대접을 해 주시다니, 저를 위해 너무 애쓰신 것 같아 좀 죄송하네요. 신세를 갚지 못하는 주제에 받기만 하는 것 같습니다."

"어허, 핍스 씨. 그런 말씀 마십쇼."

프레디는 식사에만 집중하려 했다. 그러나 자꾸 눈앞에 죽은 할미새가 어른거렸다. 깃털을 흔들어 대던 숲속의 공기, 새의 텅 빈 눈동자가 선명하게 떠올랐다.

핍스 씨가 나직하게 트림을 하더니 자기 배에 조심스레 손을 올렸다.

"이런, 실례했습니다."

핍스 씨는 자신의 입을 주먹으로 툭툭 치더니 말을 이었다.

"이런 소리를 대접을 잘 받았다는 인사로 여기는 나라도 있지요."

플레처 씨가 헛기침을 했다.

핍스 씨는 미안한 듯한 표정으로 다시 입을 열었다.

"함께 식사하게 되어 정말 즐거웠습니다. 그런데 전 이만 물러가 봐야 할 것 같네요. 나이가 들다 보니 체력이 예전 같지 않아서 말입니다."

핍스 씨가 고개를 숙여 인사하더니 기이익 소리를 내며 의자를 밀고 일어서서 식당을 나갔다. 이제 식당 안에는 식기 부딪치는 소리밖에 들리지 않았다.

"엄마, 저 먼저 일어나도 돼요? 몸이 좀 안 좋아서요."

프레디가 묻자, 플레처 씨가 투덜거렸다.

"사내 녀석이라면 주는 대로 잘 먹어야지."

아버지는 그 말을 하면서도 프레디한테는 눈길조차 주지 않고 앞만 쳐다보고 있었다.

플레처 부인이 아들과 눈을 마주치더니 가 보라는 듯 고개를 끄덕였다.

프레디는 자리에서 일어섰다. 아버지의 불호령이 떨어질 거라 예상했는데 복도로 나설 때까지 아버지는 아무 말이 없었다. 대신 아버지는 어머니에게 뭔가 이야기를 꺼냈는데, '속죄'라는 말을 쓰는 것 같았다. 프레디는 아무래도 아버지의 말투가 예사롭지 않아서 문 뒤에 서서 이야기를 엿듣기로 했다.

"그렇게 결정 났어요."

아버지의 말에 어머니가 물었다.

"누가 결정한 거예요?"

"양쪽이 모두 동의했지. 언약에 다 쓰여 있어요. 규칙을 어기면 속죄를 해야 한다고 말이오."

"여보, 그래서 속죄를 대체 어떤 식으로 한다는 거예요?"

목소리를 들어 보니 어머니는 그 결정이 마음에 들지 않는 듯했다.

"그자들한테 한 달 동안 고기를 안 줄 거라오."

"'그자들'이라니요?"

어처구니없다는 듯한 어머니의 목소리에 프레디는 기운이 났다.

"그럼 그자들이라 하지……."

"여보, 이름 뒀다 뭐 해요. 이넉 씨도 그렇고 다들 이름 있잖아요. 그러니 이름으로 불러요."

아버지가 뭐라고 툴툴거리더니 언성을 한층 높였다.

"언약을 깬 건 그쪽이에요. 그자들이 값을 기꺼이 치르겠다잖소. 서로 간에 신뢰를 다시 쌓아야지. 어쩌다가 그런 게 튀어나와서……."

"그런 거라니요. 여보, 어떻게 그런 말을 해요? 당신이 직접 만나 봤어요?"

그러자 아버지가 뭔가 억지스러운 소리를 늘어놓았고, 어머니는 아무 대답이 없었다. 프레디는 어머니가 팔짱을 턱 낀 채 눈을 빙글 굴려 보이는 모습이 눈에 선했다.

"우리가 지금껏 그자들에게 베푼 걸 생각해 봐요. 심지어 전쟁 중에도 우리 할 바를 다했지. 우리는 없이 지내는데 그자들은 우리 식탁에 올라야 할 고기로 배를 두드리며 지냈잖소. 핍스 씨 말이 틀린 게 없지."

"핍스 씨가 그런 소리를 해요?"

어머니의 목소리에서 분노가 묻어났다.

"그자들은 받기만 하지 돌려주는 게 없잖소. 마을 사람 중에 그렇게 생각하는 사람 많아요. 이제 그만할 때도 되었지. 누군가 나서서 그 문제를 꺼내고, 우리 입장을 분명히 밝혀야 해요."

프레디는 이야기 주제가 영 불편했다. 아버지는 지금껏 저택 가족에 대해 나쁜 소리를 한 적이 한 번도 없었다. 잠잠하기만 한 어머니의 반응으로 미루어 볼 때 어머니도 프레디만큼이나 충격을 받은 게 분명했다.

어머니가 뭔가 투덜거리더니 챙그랑, 탕 하고 식기 부딪치는 소리가 이어졌다. 어머니가 설거지를 시작한 모양이었다.

프레디는 살며시 자리를 떴다. 아버지가 했던 이야기 때문에 머릿속이 복잡하기만 했다.

집 뒤편은 완전한 어둠에 잠겨 있었다. 프레디는 자기 집인데도 어쩐지 온몸에 소름이 쫙 끼쳤다.

문득 뒤뜰에서 절퍼덕거리는 소리가 희미하게 들렸다. 프레디는 부엌방을 살금살금 가로질러서 뒷문을 최대한 조심스럽게 천천히 열었다.

뒤뜰은 고요한 밤의 정적에 잠겨 있었다. 이내 그 적막을 깨고서 액체가 바닥에 철퍼덕 쏟아지는 소리가 들리더니 꺽꺽대는 신음이 이어졌다.

프레디는 뒤뜰에 발을 들였다. 오래된 고기의 누린내가 코를 쑤시고 들어왔다. 그런데 그것 말고 다른 냄새도 느껴졌다. 오른쪽으로 눈길을 돌렸더니 핍스 씨가 술 취한 사람처럼 집 모퉁이에 기대어 서 있었다. 발치의 자갈이 토사물 범벅이 되어 번들번들 빛났다. 핍스 씨가 끙 하고 신음 소리를 냈다.

"괜찮아요?"

아픈가 보다는 생각에 반응이 먼저 튀어나왔다. 동시에 프레디는 핍스 씨에게 말을 건 자신을 원망했다. 핍스 씨가 천천히 뒤돌아섰다. 축 늘어진 두 팔이 쓸모를 잃은 듯 바람에 펄럭였다. 핍스 씨는 벽에 기댄 채 바닥에 주저앉더니 고개를 뒤로 젖히고서 마구 웃어 댔다.

"말해 보렴. 넌 그 구역질 나는 꿀꿀이죽을 어떻게 음식이랍시고 참고 먹는 거냐?"

프레디는 두 주먹을 불끈 쥐었다. 그 순간 프레디는 무언가에 사로잡힌 듯 다른 사람이 되었다. 숲에서 만난 할미새와 이것이 새에게 저지른 일이 떠오르면서 두려움이 사라졌다.

"꿀꿀이죽이 아니라, 엄마가 정성스레 만든 요리예요."

핍스 씨가 실눈을 뜨며 프레디를 쳐다보았다.

"오, 우리 둘 다 갑작스레 아주 용감해졌는걸?"

핍스 씨가 다리를 꼬고 앉더니 손으로 코밑을 벅벅 문지르며 말을 이었다.

"난 말이다, 허기를 그다지 느끼지 않아. 그 대신 배가 고플 때는 제대로 된 음식을 먹지. 사람들 사이에 섞여 들기 위해 너희가 음식이라고 부르는 걸 어느 정도 먹을 수 있긴 한데, 사실 난 훨씬 세련된 양식을 섭취해야 하거든. 그런데 저따위……."

핍스 씨는 말을 말자는 듯 느릿느릿 손을 흔들었다.

"솔직히 말할까? 난 이토록 오래 살았지만, 아직도 너희들이 먹는 걸 도대체 뭐라고 불러야 할지 모르겠어."

프레디가 한 걸음 성큼 다가서자, 핍스 씨는 다정하게 미소를 지어 보였다. 그러나 두 눈에는 경멸의 눈빛이 가득했다.

"정체가 뭐예요?"

프레디가 다그쳐 물었다. 핍스 씨는 고개를 절레절레 흔들며 키득키득 웃었다.

"여긴 왜 왔어요?"

핍스 씨는 한참이나 프레디를 빤히 처다보더니 입을 열었다.

"기다리고 있지."

"뭘 기다리는데요?"

"때를. 뭐든 늘 적당한 때라는 게 있는 법이거든. 이제 거의 때가 찼어."

핍스 씨가 자리에서 일어나 외투의 먼지를 툭툭 털었다. 그러고는 매서운 눈초리로 프레디를 노려보았다.

"보여 줄 게 있다."

제임스 형의 방에 들어서자, 프레디는 두려움이 싹 사라졌다. 대신 그 자리에 이글이글 타오르는 분노가 들어찼다.

길에서 처음 만난 날 바로 아버지는 핍스 씨에게 제임스가 쓰던 방을 내어주었다. 프레디는 형이 아닌 다른 누군가가 그 방을 쓴다는 사실에 질겁했다. 어떻게 선뜻 형의 방을 넘겨주는지 아버지를 도무지 이해할 수가 없었다. 그러나 저 핍스란 자는 아버지를 살살 구슬리는 법을 기가 막히게 아는 듯했다.

형의 방에는 청동 침대, 서랍장, 작은 탁자 하나가 마련되어 있었다. 벽지는 누르스름해졌고 양탄자는 낡았지만, 나름대로 아늑한 매력이 있었다.

그러나 형이 떠나고 나자, 이렇게 둘이나 방에 들어와 있는데도 썰렁하기만 했다.

핍스 씨가 고갯짓으로 자신의 여행 가방을 가리켰다.

"저 안에 뭐가 들었는지 내내 궁금했지? 그렇지?"

프레디는 어깨를 쭉 펴고서 핍스 씨의 눈길을 똑바로 마주하려 했다.

"그런 적 없어요."

핍스 씨가 씩 웃었다. 프레디의 거짓말을 꿰뚫고 있었다.

핍스 씨가 가방을 들어 올리더니 지퍼를 열었다. 어김없이 챙그랑 챙그랑 유리 부딪치는 소리가 희미하게 들렸다.

"이제 다 비었어. 아, 딱 하나 빼고 말이야."

핍스 씨는 빈 병 하나를 꺼내 들었다. 병 위에 구질구질한 노란색 종이 딱지가 붙어 있었다.

"이건 남동부 지역의 몰던시에서 발견했지. 아마 1200년인가 그랬을 거야. 선원인 척하고 있더군. 특이했지."

핍스 씨는 그 병을 내려놓고서 다른 병을 집어 들었다.

"대기근* 시절에 아일랜드의 늪지에 숨어 있는 걸 발견한 거야. 아주 생명력이 질기더군. 모순도 이런 모순이 있을까? 어쨌든 이제는 다 비었어. 딱 하나 빼고 말이야."

핍스 씨는 프레디의 속마음을 다 안다는 듯이 음흉한 눈빛을 띠고서 물었다.

"구경해 볼래?"

프레디는 용기가 꺾이려 했다. 하지만 물러서지 않았다.

핍스 씨가 가방에서 유리병 하나를 꺼내더니 두 손으로 감싸 쥐었다.

----

*1847년부터 5년간 아일랜드에 큰 피해를 준 기근.

병 안에 빛을 발하는 작은 구름 같은 것이 들어 있었다. 가장 자리는 흰색이고, 구름 가운데는 사파이어 색깔의 빛이 맥박처럼 일정한 리듬으로 반짝였다. 그 빛을 바라보고 있으니 프레디는 편안한 꿈을 꾸는 것 같았다. 세상에 희망과 사랑이 가득하고, 그거면 충분하다는 느낌이 들었다. 반짝이는 빛은 나른하면서도 조심스럽게 병 안을 돌아다녔다. 아름다우면서도 기묘한 모습이었다. 프레디는 그 빛이 생명을 지녔음을 알 수 있었다.

"그게 뭐예요?"

공포와 경이로움이 뒤범벅되어 목소리가 갈라져 나왔다.

"별미. 내게 제대로 된 영양분을 주는 대상. 하나를 먹으면 100년 정도 살 수 있는 진귀한 음식이지."

프레디는 핍스 씨가 무슨 소리를 하는지 알아들을 수가 없었다. 그저 아름다운 빛의 구름을 홀린 듯 바라볼 뿐이었다.

"부다페스트 다리에서 그 여자와 마주쳤지. 아마 1888년이었을 거야. 춥고도 아름다운 겨울밤이었어. 밤하늘에는 별이 가득했지. 난 며칠 전부터 그 여자의 존재를 알아차리고서 늘 하던 대로 기다렸지. 적당한 때가 찾아오기를 잠자코 기다렸어."

핍스 씨는 병을 얼굴 가까이 들어 올렸다. 희푸른 빛이 비춰자, 깊이 팬 얼굴 주름이 옅어져 보였다.

"그 여자는 눈이 마주친 순간 곧장 내 정체를 알아차리더군. 뭐, 그래도 이미 때는 늦었지. 그 종족과 마주친 게 80년 만이었거든. 그래서 난 배가 고팠지. 너무나 굶주려 있었어."

핍스 씨가 눈을 감았다. 온몸이 부들부들 떨렸다.

"여태 이 여자를 아껴 두었어."

핍스 씨는 덜덜 떨리는 손으로 뚜껑을 열었다. 다음 순간, 프레디는 비명을 지를 뻔했다. 핍스 씨가 병을 입술에 대더니 입을 쩍 벌렸다. 턱이 벌어지고, 벌어지고, 또 벌어지는 동안, 희푸른 빛은 병 안쪽으로 물러서려 했다. 그러나 파멸의 순간을 피할 방법이 없었다.

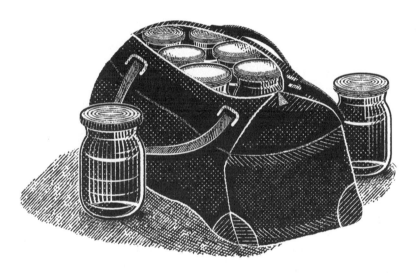

'이건 살인이야.'

프레디는 무슨 소리를 들은 것 같았다. 꿈에서 깨어날 때처럼 희미한 소리.

누군가 절규하는 듯했다.

빛이 핍스 씨의 입안으로 미끄러져 들어갔다. 핍스 씨는 입을 꾹 다물고서 쩝쩝거리더니 꿀꺽하며 빛을 삼켰다. 갑자기 핍스 씨의 목이 황소개구리처럼 밖으로 부풀더니 살갗 아래로 깜박이는 푸른 빛이 비쳤다. 끔찍한 한순간이 지나자, 빛이 스러지면서 핍스 씨의 목이 가라앉았다.

비명이 멈췄다.

핍스 씨는 비틀비틀 뒷걸음질 치다가 손에 든 병을 떨어뜨렸다. 병이 바닥에 부딪치더니 프레디 쪽으로 데굴데굴 굴러왔다. 핍스 씨는 숨을 헐떡이며 침대 난간을 붙잡더니 입술을 싹싹 핥았다. 그러고는 소매로 입을 북북 문질러 닦더니만 고개를 뒤로 한껏 젖히고서 신나게 웃었다.

"핵심은 말이다, 저들을 하나씩 먹어 치울 때마다 내가 더 강해진다는 거야. 문제는 이렇게 환하게 빛나는 영혼을 가진 생명체를 어디서 찾느냐에 있지."

핍스 씨가 주름진 얼굴 가득 비웃음을 띠며 말을 이었다.

"그자들은 스스로를 '가족'이라고 부르지. 요즘은 수가 정말 줄어서 찾기 여간 힘들지 않아. 숨기는 또 얼마나 잘 숨는지. 마법으로 자신을 보호하거나 부서진 건물 잔해 속에 꼭꼭 숨어 있거든. 지난 200년 동안 찾은 마지막 두 명을 아껴 먹으며 겨우 지냈지."

프레디는 병을 집어 들었다. 노란 종이 딱지는 오래되어서 글자가 거의 지워져 있었다.

"방금 그건 뭐였어요?"

프레디는 눈물을 닦으며 물었다.

핍스 씨가 프레디 쪽으로 고개를 돌리더니 만족스러운 듯 깊은 한숨을 쉬었다. 눈의 초점이 풀려 있었다.

"아, 이거야말로 제대로 된 음식이지. 살아 있는 영혼말이야."

미러벨

"우리를 감시하고 있어."

미러벨이 말을 꺼냈다.

미러벨과 젬은 영지를 둘러싼 바깥쪽 담의 정문을 막 빠져 나온 참이었다. 미러벨은 어두운 밤하늘 어딘가에 새들이 있다 는 걸 감지했다. 고개를 끄덕대는 부산한 움직임, 난데없이 날개 를 푸드덕거리거나 나직하게 까악 울어 대는 소리가 밤의 적막 을 깨고 전해져 왔다. 담장 위에 까마귀가 이렇게 잔뜩 앉아 있 는 건 처음 보는 일이었다. 얼른 봐도 열 마리가 넘는 듯한데, 매 순간 어디선가 새로운 까마귀가 휙 날아와서 소리 없이 담 위에 내려앉았다. 깊은 밤에 까마귀 떼와 마주치니 으스스한 느낌을 떨칠 수 없었다.

정원에서 시간을 보낸 뒤, 미러벨과 젬은 저택으로 돌아가 밤 이 오기를 기다렸다. 그날 밤 바로 마을을 방문할 거라니 미러 벨은 마음이 복잡해서 폭발할 것만 같았다. 신나기도 하고, 긴장 도 되지만 무엇보다 반항심이 가장 컸다. 시간이 흐르고 어둠이 성큼 다가오자, 기대감에 가슴이 부풀어 올랐다.

그런데 이렇게 까마귀 떼가 모여들다니.

처음에는 몇 마리가 노을 지는 저택 지붕을 따라 한들한들 돌아다니는 정도였다. 그러다가 외눈 까마귀가 주의를 끌려고 작정한 듯이 진입로 위를 이리저리 날아다니면서 미친 듯이 까악거리기 시작했다. 그러자 까마귀들이 하나둘 모여들더니 떼 지어 날아다니다가 결국 담 위에 자리를 잡고 앉았다. 마치 미러벨과 젬이 진입로를 따라 걸어 내려오기를 기다리고 있던 것처럼.

"까마귀 떼가 저기서 뭐 하는 거지?"

젬이 의아해하자, 미러벨은 최대한 밝은 목소리로 대답했다.

"원래 까마귀는 밤에 우르르 모여 있는 걸 좋아하잖아."

젬이 불안해하는 걸 진즉부터 눈치채고 있었는데, 두려움까지 얹을 필요는 없을 듯했다. 까마귀 떼가 낮에 모여 있는 걸 본 적은 있지만, 밤에, 그것도 이렇게나 많이 모인 건 미러벨도 처음 보는 일이었다. 하지만 차마 그 사실을 젬에게 털어놓을 수는 없었다.

문득 예전에 오드가 했던 말이 떠올랐다. 칼날의 방에서 나오다가 오드와 마주쳤을 때, 오드는 자신이 방문했던 나라 중에 까마귀를 죽음의 징조로 여기는 곳이 있더라는 이야기를 들려주었다.

미러벨은 어두운 생각을 저 멀리 밀어냈다. 지금은 젬이 긴장

하지 않고 차분하게 있을 수 있도록 돕는 데만 집중할 작정이었다. 사실 미러벨은 지난 며칠간 젬이 보여 준 태도에 내심 감탄하고 있었다. 처음 만났을 때만 해도 삶에 시달려 지친 기색이 가득했는데 말이다. 오빠를 돌보면서 젬은 더 강해진 듯했고, 낯선 저택 환경이나 미러벨 가족의 기묘한 특성도 침착하게 받아들였다.

한편 톰은 두 아이를 따라가지 않고 방에 남아 있었다. 다시 요양 중이기도 하고, 예전보다 건강해지고 마음도 평안해졌지만, 피글릿과의 만남에 대해 생각해 보고 그 경험을 하나하나 받아들일 시간이 필요했다. 이제 미러벨과 톰은 서로를 바라보면 말하지 않아도 오가는 눈길 속에서 서로의 생각을 이해할 수 있었다. 피글릿 덕분에 예전과는 완전히 다른 방식으로 서로를 받아들이게 되었기 때문이었다. 미러벨은 톰의 가장 추한 모습을 보았다. 살아남기 위해 발버둥 치고, 매질을 당하고, 도둑질하는 모습을 전부 목격했다. 하지만 미러벨은 옳다 그르다 판단하려 하지 않았고, 톰은 그 점에 대해 미러벨에게 고마워했다.

돌이켜 보니 그건 미러벨에게도 기운을 낼 이유가 되었다.

그러다 문득 피글릿이 내내 침묵하고 있다는 사실이 떠오르고, 까마귀 떼의 감시까지 더해지자 차디찬 불안감이 다시 스멀스멀 차올랐다.

미러벨은 얼른 젬을 바라보며 친구가 곁에 있다는 사실을 마음에 되새겼다.

"찢어진 곳이 아직 그대로야."

미러벨이 앞을 가리키며 말했다.

"이넉 삼촌이 적당한 마법을 아직 못 찾았거든. 고칠 때까지는 그냥 드나들 수 있어."

"마을까지 얼마나 가야 해?"

"5킬로미터 정도라고 들었어."

젬이 대뜸 울상을 짓자, 미러벨은 웃음이 터지려는 걸 꾹 참았다. 오드의 도움을 빌려 볼까 생각도 했지만, 자칫했다간 오드가 이넉 삼촌에게 계획을 폭로할 위험이 있었다. 게다가 오드가 다른 사람을 데리고 포털 이동하는 데 대해 거북하게 여기지 않을지 염려스러웠다. 피글릿을 뒤쫓던 날은 상황이 특별했으니 아무래도 예외라고 봐야 했다. 더불어 오드가 그날 밤 이후 집에 머무는 일이 거의 드물다는 것도 문제였다. 미러벨은 나름대로 이유를 짐작하고 있었다. 순전히 미러벨을 마주할 자신이 없어서 피해 다니는 거라고 말이다.

'좋아. 부끄러워하라고 해. 그럴 만도 하잖아? 다들 마찬가지야.'

이제 둘은 꽃길 앞에 다다랐다. 젬이 걸음을 멈추더니 잔디밭이 갑자기 새하얀 진입로로 변하는 지점을 빤히 쳐다보았다.

"젬, 괜찮아. 나랑 같이 있으면 절대로 널 건드리지 않을 거야."

젬은 차마 길에서 눈길을 떼지 못한 채 고개를 주억거리더니 카디건을 단단히 여몄다. 미러벨은 따뜻한 미소로 응원을 보냈다. 이윽고 두 친구는 꽃길에 성큼 발을 들였다.

두 아이가 지나가자, 꽃 몇 송이가 고개를 들더니 냄새를 킁킁 맡았다. 젬은 그 광경을 보자마자 미러벨 옆에 찰싹 달라붙었다. 미러벨은 젬의 두려움을 덜어 주고자 주의를 다른 곳으로 돌리기로 마음먹었다.

"너희 어머니는 어떤 분이셨어?"

질문을 던져 놓고 보니 미러벨은 기분이 묘했다. 피글릿과의 일이 없었더라면 이런 질문이 어떤 영향을 미칠지 전혀 생각해 보지 않았을 텐데, 지금은 괜히 물었다는 후회가 밀려왔다. 한마디 한마디가 시퍼렇게 날이 섰고, 날카로운 가시 돋친 듯했으며 너무도 위험하게 여겨졌다.

다행히도 젬은 그 질문을 고맙게 여기는 듯했다.

"엄마는 상냥한 분이셨어. 아주 다정하고. 그런 점에서는…… 같은 핏줄과도 참 달랐지."

'외삼촌 얘기로구나.'

미러벨은 회초리를 쳐들던 커다란 그림자를 떠올렸다.

젬은 기억을 떨치려는 고개를 세차게 흔들었다.

"엄마는 그저 다정하고 상냥하기만 한 분이셨어. 늘 우리를 보살펴 주셨고. 엄마랑 있으면 우리는……."

"안전하다고 느꼈지."

미러벨은 톰의 기억을 떠올렸다. 어머니가 돌아가셨을 때 톰이 얼마나 절망했는지 생생히 느낄 수 있었다.

젬은 고개를 끄덕이며 대답했다.

"엄마는 좋은 분이셨어."

"그래. 좋은 분이셨어."

젬이 그걸 네가 어떻게 아냐는 듯 의아한 눈으로 미러벨을 쳐다보았다. 미러벨이 해명하려는 찰나, 찢어진 글래머의 틈으로 무언가가 보였다. 미러벨은 손으로 그쪽을 가리키며 물었다.

"젬, 저거 보여?"

젬이 실눈을 뜨고 앞을 살피더니 고개를 끄덕였다.

미러벨과 젬은 찢어진 글래머에서 몇 걸음 떨어진 곳까지 살금살금 다가갔다. 자신이 본 것의 정체를 깨달은 순간, 미러벨은 풋 하고 웃음이 났다. 마음이 놓인 미러벨은 젬에게 손짓했다.

"가자."

둘은 찢어진 구멍을 통해 숲으로 나갔다. 몇 걸음 앞에 누군가가 밤하늘을 올려다보며 혼자 중얼중얼하고 있었다. 버트럼 삼촌이었다.

"삼촌?"

미러벨이 나직이 부르자, 버트럼 삼촌이 깩 비명을 지르며 휙 돌아섰다.

"나, 나쁜 짓 하려던 거 아니다."

버트럼 삼촌은 놀라서 아무 말이나 늘어놓았다.

"어, 난 그저……."

버트럼 삼촌이 하늘을 가리켰다.

"그저 구경만 했는데……. 어……, 그러니까……."

"삼촌, 괜찮아요. 아무한테도 말하지 않을게요. 그러니 삼촌도 말하지 않는 거예요."

버트럼 삼촌이 고맙다는 듯이 빙그레 웃었다. 그러더니 뒤늦게 미러벨의 말뜻을 알아차리고서 깜짝 놀라 둘을 정신없이 손가락질했다.

"너희들 서, 설마……. 안 돼, 안 된다……. 오, 맙소사. 이런, 이건……."

"삼촌? 뭐가요?"

버트럼 삼촌은 너무 당황해서 계속 말을 더듬었다.

"어, 그러니까……. 너희들……, 너희들은 여기 나오면 안 돼!"

미러벨은 팔짱을 턱 끼며 대꾸했다.

"아, 그래요? 그럼 삼촌은요?"

버트럼 삼촌이 고개를 푹 떨구었다. 미러벨은 그런 삼촌의 반응에 따뜻한 애정이 샘솟았다. 버트럼 삼촌은 피글릿이나 이넉 삼촌 다음으로 나이가 많은데도 가족 안에서 여러모로 어린아이 같은 존재였다.

이내 버트럼 삼촌은 손을 휘저어 가며 변명을 늘어놓았다.

"난 그냥 쓱 살펴보려고만 한 거야. 예전과 달라 보이기도 하고, 우리 구역 밖으로 나온 지 너무 오래되었으니까."

이어 버트럼 삼촌은 조끼에서 수첩을 꺼내더니 젬 앞에 수첩과 연필을 들이밀며 자기 상황을 열심히 설명했다.

"난 새로운 경험을 좋아한단다. 그걸 기록하는 일도 좋아하고. 그리고……."

버트럼 삼촌은 고개를 들더니 연필로 하늘을 가리키며 말을 이었다.

"저걸 좋아해. 안에서 볼 때와 다르다는 점이 참 마음에 들거든. 그리고……."

버트럼 삼촌을 수첩을 뒤적이며 말했다.

"먹어 본 음식에 대해 기록하는 것도 좋아하지. 너희 종족이랑 먹는 음식이 달라서 말이야. 난 사실……."

젬은 버트럼 삼촌의 이야기에 진심으로 흥미를 느끼는지 계속하라는 듯 고개를 끄덕였다. 버트럼 삼촌은 긴장한 듯 마른침을 꼴딱 삼키며 말을 이었다.

"난 사실 인간이 먹는 음식의 맛을 느끼지 못하거든. 그래도…… 시도는 해 보고 싶어."

버트럼 삼촌은 다시 주변을 손짓했다.

"게다가 여기 나오면……."

버트럼 삼촌은 기분 좋은 듯 씩 웃더니 이내 불안한 듯 발을 질질 끌었다.

"삼촌, 밖을 돌아다닐 작정이었어요?"

버트럼은 어깨를 축 늘어뜨린 채 땅만 쳐다보았다.

"밤하늘 구경 말고 또 뭘 할 작정이었어요?"

버트럼 삼촌은 수줍은 눈빛으로 미러벨을 쳐다보더니 그런 건 없다는 듯 고개를 가로저으며 능청을 떨었다. 미러벨은 젬에게 살짝 윙크하면서 물었다.

"삼촌, 룰라 이모를 생각하고 있었던 거예요?"

"아니야."

버트럼 삼촌은 괜히 땅을 툭툭 차더니 죄지은 듯한 표정을 지으며 다시 대답했다.

"그럴 수도 있고."

미러벨은 버트럼 삼촌을 꼭 안아 주고픈 충동을 억눌렀다. 이제부터 하려는 일을 생각하니 양심이 뜨끔했다.

"삼촌, 이모를 찾아 나서면 안 되는 거 알죠?"

"당연히 알지."

버트럼 삼촌은 콧방귀를 뀌며 대답하더니 머쓱한지 목덜미를 쓱쓱 문질렀다.

"여기 나오면 안 된다는 것도 아시죠?"

버트럼 삼촌이 다섯 살짜리 꼬맹이처럼 부루퉁해서 대답했다.

"그건 너도 마찬가지잖아."

"삼촌이 여기 나왔다는 거 이넉 삼촌이 알면 난리 날 텐데."

"네가 나왔다는 걸 알면 더 난리 날걸?"

미러벨은 어깨를 들썩이며 대꾸했다.

"난 이미 말썽을 잔뜩 부렸는걸요. 난리 나든 말든 상관 안 해
요. 난 젬이랑 같이 마을에 갈 거예요."

버트럼 삼촌이 눈을 휘둥그레 뜨며 기어드는 목소리로 말했다.

"그건 안 돼."

"돼요. 무조건 갈 거예요. 문제는 단 하나, 삼촌이 여기 나왔다
는 걸 이넉 삼촌한테 이를까 말까 그것뿐이에요."

버트럼 삼촌은 당황해서 스카프를 만지작거렸다. 미러벨은 버
트럼 삼촌에게 진심으로 미안했다. 하지만 기회가 엿보이니 잡아
야 했다.

"그럴 순 없어. 불공평하잖아."

"이르지 않을게요. 대신 조건이 있어요."

버트럼 삼촌이 스카프를 만지작대던 손을 멈추고서 미러벨을
쳐다보았다.

"조건? 무슨 조건인데?"

미러벨은 한숨을 푹 쉬고서 대답했다.

"음, 그게 말이죠……."

"뭔데? 조건이 뭐냐니까?"

희망과 긴장이 뒤엉켜서인지 버트럼 삼촌의 턱에 부들부들 경련이 일었다.

미러벨은 싱긋 웃으며 대답했다.

"마을이 여기서 5킬로미터 정도 떨어져 있대요. 우리가 사라졌다는 걸 누가 알아차리기 전에 얼른 다녀올 수 있으면 참 좋을 텐데."

젬

젬은 한 번도 말을 타 본 적이 없었다. 그런데 말은커녕 거대한 곰이라니!

곰으로 변신한 버트럼은 젬과 미러벨을 등에 태우고서 전속력으로 길을 달렸다. 곰의 탄탄한 근육이 철제 피스톤처럼 힘차게 요동쳤다. 젬은 버트럼의 털을 꽉 붙잡고 매달렸다. 천천히 달리는데도 한 번 발을 뗄 때마다 허공을 미끄러지듯 가로질렀다가 쿵 하며 땅에 내려서고 또다시 날아오르기를 반복하는 버트럼의 힘은 실로 놀라웠다.

버트럼은 미러벨의 요구 사항을 듣고서 처음에는 못마땅해했다. 하지만 결국 자신의 부탁 하나를 들어주면 조건을 받아들이겠다고 대답했다. 버트럼의 부탁은, 그의 표현을 빌자면, 인간 형상을 '벗고', '참모습'을 갖출 동안 젬이 뒤돌아 있어 달라는 것이었다.

젬은 버트럼에게 변신 능력이 있다는 걸 이미 알고 있었다. 그래도 다시 돌아섰을 때 눈앞에 어마어마한 털과 무시무시한 이빨과 발톱과 근육 덩어리가 서 있는 걸 보고서 입이 떡 벌어졌다. 버트럼의 붉은 두 눈은 어둠 속에서도 이글이글 빛났다. 버트럼이 앞발을 땅에 짚고서 몸을 낮추어 주자, 미러벨과 젬은 얼른 곰의 등에 올라탔다.

다음 순간, 일행은 어둠 속을 질주하고 있었다. 바람이 머리칼을 헝클고 지나갔다. 젬은 떨어지지 않으려고 죽을힘을 다해 매달렸다. 두려움에 심장이 벌렁거리면서도 짜릿한 쾌감이 느껴졌다. 젬과 미러벨은 서로를 곁눈질하며 활짝 웃었다.

그러다 어느 시점엔가 젬은 목을 쭉 빼고서 밤하늘의 별을 올려다보았다. 젬의 시야에서 별들이 사라졌다가 나타났다가 사라지길 반복했다. 잠시 후에야 젬은 자신이 무엇을 보고 있는지 깨

달았다.

까마귀 떼가 뒤쫓아 오고 있었다.

마을이 멀지 않은 길모퉁이에 다다르자 버트럼은 속도를 줄이더니 발소리를 내지 않고 조용히 걸었다. 마을 도로와 이어지는 숲 가장자리에 다다르자, 미러벨과 젬은 버트럼의 등에서 내리고서 나무 뒤에 숨어 상황을 살폈다. 젬은 짧은 여행이 끝나자 너무 실망하는 자신에게 놀랐다. 아직도 멀미 때문에 속이 약간 울렁거리는데도 벌써 돌아갈 길이 기대됐다.

문득 길 건너편에서 무언가가 젬의 시선을 끌었다. 외눈 까마귀가 나뭇가지에 앉아 있었다.

미러벨도 곧 그 사실을 알아차렸다.

"참견쟁이."

미러벨은 인상을 팍 찌푸리며 마을로 눈길을 휙 돌렸다.

그사이 인간 모습으로 변신한 버트럼이 다가오더니 조바심을 치며 말했다.

"큰일 났네. 이러면 안 돼. 이건 금지된 일이란 말이다."

"쉿, 삼촌, 목소리 낮춰요. 제대로만 해내면 아무도 모를 거예요."

"아이고, 큰일 났네."

버트럼 삼촌은 같은 말을 되풀이하며 손가락 마디를 잘근잘근 깨물었다.

303

드디어 미러벨이 마을 안으로 걸음을 내디뎠다. 젬의 심장도 따라서 두근거렸다.

"왜 저택 식구는 마을에 들어가면 안 되는 거예요?"

젬이 버트럼에게 나직이 물었다. 이제 버트럼은 아예 스카프를 잘근잘근 씹고 있었다.

"언약으로 정해져 있으니까. 오래전에 그렇게 협정을 맺었어. 우리 가족 중 누구도 마을에 발을 들이지 않고, 마을 사람도 저택 영지에 발을 들이지 않는다."

미러벨이 얼른 설명을 덧붙였다.

"예외가 있어. 플레처 씨만 해도 그렇지. 그 집 식구는 오랫동안 우리한테 고기를 가져다줬어. 그 전에는 플레처 씨의 아버지가 가져왔고……"

"그 전에는 그 아버지의 아버지가 가져왔고, 그 전에는 그 아버지의 아버지의 아버지가……"

"그래요, 삼촌. 무슨 말인지 젬도 알아들었을 거예요."

"그리고 엘런비 선생도 예외지."

"엘런비 선생님은 글래머의 열쇠를 지니고 있어. 플레처 씨는 그 열쇠를 빌려서 글래머로 들어가는 길을 열지. 그쪽으로 들어오면 바로 꽃길이 나와."

"그 전에는 그 사람 아버지가……"

미러벨이 콧잔등을 찌푸리자, 버트럼이 입을 꾹 다물었다.

미러벨이 다시 설명을 이었다.

"그런데 글래머가 망가지는 바람에 그쪽 길이 세상에 드러나 버렸어. 엘런비 선생님은 우리 가족과 마을에 관련된 문제에 대해서 누구보다 잘 아셔. 그때도 그 자리에 있었으니까. 내가……."

미러벨은 그 일을 생각하는 것만으로도 마음이 복잡한 듯 보였다.

"그러니까 내가……, '태어났을' 때 말이야."

어색한 침묵이 흘렀다. 무슨 말을 하면 좋을지 셋 중 누구도 알지 못했다.

그때 하늘에서 푸드덕 하고 날갯짓 소리가 들리더니 까마귀 한 마리가 나뭇가지에 내려앉았다. 미러벨은 까마귀를 쏘아보다가 버트럼 삼촌에게 눈길을 휙 돌렸다.

"삼촌, 어디예요?"

"뭐가 어디라는 거냐?"

버트럼 삼촌은 어리둥절한 표정으로 되물었다.

"엘런비 선생님 댁이 어디냐고요. 삼촌이 옛 지도를 들여다보는 모습 여러 번 봤어요."

그러자 버트럼은 곧바로 젬을 쳐다보며 떠들기 시작했다.

"아, 난 지도도 좋아한단다. 지도란 참 흥미로운 물건이지. 난 그걸 들여다보면서 한 번도 가 본 적 없는 장소를 찾아서 내가

305

거기 있다 상상해 보거든. 그러면⋯⋯."

"삼촌!"

버트럼은 줄지어 늘어선 주택들 끝에 보이는 길을 가리켰다.

"저쪽이었던 것 같아."

이제 마을은 거의 완전한 어둠에 잠겨 있었다. 젬은 두려움과 흥분으로 몸이 간질간질했다. 미러벨은 젬과 버트럼에게 앞으로 가자는 손짓을 했다.

"그럼 가 볼까요?"

셋은 몸을 낮게 숙이고서 주택 방향으로 걸음을 옮겼다.

좁은 길을 따라 폐가 네 채가 줄지어 서 있었다. 두 채는 판자로 창과 문을 다 막았고, 나머지 두 채는 유리창이 깨져서 어둠을 향해 입을 쩍 벌리고 있었다. 길 양편에는 잔디가 자라고, 길 가운데는 우묵하게 꺼져 있었다. 땅속에 물이 고였는지 흙이 질척했다. 신발이 젖어서 발이 축축했지만, 젬은 그다지 신경 쓰지 않았다. 문제는 길이 금방 끝나면서 마을 광장이 나타났다는 점이었다. 광장 반대편에 다시 길이 이어지고 있지만, 그곳까지 가는 동안에는 몸을 숨길 곳이 없으니 사람들 눈길에 고스란히 노출될 위험이 컸다.

세 사람을 길 끝에 멈춰 서서 망설였다. 젬은 긴장 때문에 목덜미와 어깨가 뻣뻣해졌다. 버트럼이 광장 건너편을 가리키며 소리 없이 입 모양만으로 '저기야'라고 말했다. 미러벨이 손을 들어 모두에게 기다리라는 신호를 보냈다.

젬은 잠잠히 귀를 기울였다. 바람 소리, 멀리서 개 짖는 소리가 들릴 뿐이었다. 젬은 이런 순간에 익숙했다. 오빠와 함께 끊임없이 달아나면서 어둠을 틈타 도둑질을 하며 지낼 때 수없이 겪었던 상황이었다. 그동안 거의 잊고 있던 감정인데, 마음 한편으로는 이런 긴장감을 묘하게 그리워하고 있었다는 사실이 충격적으로 다가왔다.

"자세 낮추고, 소리 내지 말고."

미러벨의 신호와 함께 일행은 광장 가장자리를 따라 움직이기 시작했다. 광장 반대편에는 교회 건물이 밤하늘을 등진 채 우뚝 서 있었다. 구름이 높은 첨탑 위를 빠르게 스치고 지나갔다. 젬은 별빛 아래 고스란히 노출되어 있다는 생각에 차츰 불안해졌다.

그러나 세 사람은 결국 광장을 가로질러 반대편 길 입구에 도착했다. 길 왼쪽에는 풀이 무성한 비탈이 이어지고, 오른쪽에는 주택들이 자리 잡고 있었다. 방금 지나온 광장 건너편 길보다 이쪽이 훨씬 길었다. 몇 집 앞을 스쳐 지난 뒤, 버트럼이 걸음을 멈추더니 미러벨의 어깨에 손을 올리고서 고갯짓으로 문을 가리켰다. 문 옆에 '마커스 엘런비 의원'이라고 새겨진 간판이 달려 있었다.

"좋아요."

미러벨은 몸을 꼿꼿이 펴고서 일어섰다.

젬은 미러벨이 이제부터 어떻게 해야 할지 모르는 듯 망설이
는 걸 눈치챘다. 아니 어쩌면 이제부터 발견하게 될 사실이 두려
운 건지도 몰랐다. 젬은 기운 내라는 눈빛으로 미러벨을 바라보
았다. 미러벨은 젬의 뜻을 이해하고서 고맙다는 듯이 고개를 끄
덕였다. 그러고는 심호흡을 한번 하고서 문을 똑똑 두드렸다.

복도에 불이 켜지더니 현관문에 달린 아치형 창문으로 따뜻
한 빛이 새어 나왔다. 이윽고 엘런비 선생님이 놀란 눈을 껌벅이
며 문을 열었다.

"미러벨? 버트럼? 런던에서 온 젬? 이게 어쩐 일이냐?"

"여쭤볼 게 있어요."

미러벨이 대답하자, 엘런비 선생님은 고개를 끄덕이더니 옆으
로 비켜서서 안으로 들어오라고 손짓했다.

"최선을 다해 답하도록 하마."

엘런비 선생님은 일행을 서재로 데리고 갔다.

"브랜디 한잔하겠나?"

젬은 가죽 의자에 앉아 서재를 쓱 훑어보았다. 젬의 뒤쪽에는
벽난로가 있고, 나머지 삼면은 책장이 가득했다. 벽난로 선반 위
에 사진 액자가 주르르 놓여 있었다. 미러벨은 젬의 왼쪽 안락
의자에 앉고, 그 옆에 버트럼이 앉았다. 엘런비 선생님은 자신의
책상 뒤에 브랜디 병과 유리잔을 들고 서 있었다.

젬은 정확히 누구에게 한 질문인지 몰라서 엘런비 선생님을

빤히 쳐다보았다. 엘런비 선생님은 젬의 혼란을 알아차리고서 재미있다는 듯이 두 눈을 반짝이며 말했다.

"물론 술을 마실 수 있는 어른한테 묻는 거란다."

버트럼이 손을 들더니 호주머니에서 수첩과 연필을 꺼내어 들고서 메모할 채비를 했다.

"톰은 좀 어떠니?"

엘런비 선생님이 잔에 브랜디를 따르며 물었다.

"많이 좋아졌어요."

젬은 엘런비 선생님이 좋았다. 엘런비 선생님은 상대의 마음을 편하게 해 주는 힘과 온기가 넘쳤다. 눈만 봐도 다정한 사람이란 걸 바로 알 수 있었다.

"다행이로구나. 듣자 하니 톰과 피글릿 사이에 일이 좀 있었다지?"

젬은 뭐라고 대답해야 할지 몰랐다. 다행히 미러벨이 대화에 끼어들었다.

"저도 비슷한 경험을 했어요. 그래서 어떤 일에 대해 알게 되었는데, 좀 더 자세히 알고 싶어요."

엘런비 선생님은 미러벨을 물끄러미 바라보며 버트럼에게 브랜디 잔을 건넸다. 버트럼은 젖병을 보고 보채는 아기처럼 얼른 두 손으로 잔을 낚아채더니 단숨에 잔을 비웠다.

"흐으으음."

버트럼은 입맛을 쩝쩝 다시며 잔을 내밀었다.

"브랜디라는 게……. 음, 맛있는 것 같군. 잘은 모르겠지만 말이야."

버트럼은 잔을 책상에 내려놓고서 무릎 위에 수첩을 펼쳤다.

"브랜디의 맛을 내는 핵심 성분은 뭔가? 혹시 달걀이나 아이스크림과 비슷한 면이 있나?"

엘런비 선생님은 재미있다는 듯 눈을 반짝이며 다시 술을 따랐다.

"버트럼. 아무래도 지금 다른 누군가가 조금 더 중요한 질문을 던지고 싶어 기다리는 것 같네."

버트럼은 그게 무슨 소리냐는 듯 혼란스러운 표정을 지었다. 그러다 젬과 미러벨을 보더니 연필을 흔들며 대답했다.

"아, 그렇지, 그렇지."

버트럼이 뒤돌아 앉아 메모를 시작하자, 엘런비 선생님은 맞잡은 두 손을 책상 위에 올려놓으며 말을 꺼냈다.

"미러벨, 뭐든지 물어보렴."

"이름을 알고 싶어요."

엘런비 선생님이 아랫입술을 지그시 깨물었다. 파란 눈동자에 슬픔이 차올랐다.

잠시 후 엘런비 선생님이 속삭이듯 대답했다.

"앨리스. 네 어머니 성함은 앨리스란다."

방 안에 침묵이 내려앉았다. 책상 뒤쪽의 괘종시계만 똑딱똑딱하고 같은 말을 중얼거릴 뿐이었다.

정적을 깨고 버트럼이 나직이 말을 꺼냈다. 목소리를 들어 보니 감정이 북받치는 모양이었다.

"참 다정하고 좋은 사람이었어. 자네도 그렇게 생각했잖나?"

엘런비 선생님은 눈을 감고 한숨을 푹 쉬었다. 젬은 그 한숨의 의미를 알았다. 상실의 고통은 바로 알아볼 수 있으니까.

이윽고 엘런비 선생님이 눈을 뜨더니 미소를 지으려 애썼다. 젬은 그게 얼마나 어려운 일인지 잘 알고 있었다.

"맞아. 그랬지."

버트럼이 잔을 들며 대꾸했다.

"이넉도 그리 여겼다네. 사실 이넉은 앨리스를 사랑했지."

엘런비 선생님은 버트럼 앞에 브랜디 병을 쿵 내려놓았다.

"버트럼. 자, 병째 줄 테니 알아서 마시게나."

버트럼은 냉큼 병을 집어 들고서 입맛을 다셨다.

"이넉 삼촌이 그분을 사랑했다고요?"

미러벨이 물었다. 젬은 너무나 차분한 미러벨의 태도에 내심 감탄했다.

엘런비 선생님은 안경을 벗어 손수건으로 닦으며 대답했다.

"그래. 그랬단다."

"그렇군요. 피글릿의 마음이 제 마음에 닿았을 때 이넉 삼촌

311

이 보였어요. 그 밖에도 여러 가지 이미지를 봤죠. 선생님도 봤고요. 선생님은 꽃길에 서 계셨어요. 피글릿이 선생님을 봤기 때문에 저도 선생님을 본 거예요. 어머니가 돌아가신 날 밤, 선생님은 저택을 나서고 있었어요."

엘런비 선생님은 아무 대답 없이 술잔을 비우더니 잔을 천천히 내려놓고서 한숨을 내쉬었다. 두 눈에 슬픔과 아쉬움이 가득했다.

"그래."

엘런비 선생님의 목소리가 갈라져 나왔다.

"아름다운 분이시더라고요. 그분께 무슨 일이 생긴 거예요?"

"아이를 낳다가 과다 출혈로 돌아가셨단다."

"날 낳다가 말이죠."

엘런비 선생님은 고개를 세차게 가로저었다.

"오, 미러벨. 절대 그런 생각 하지 말려무나. 네 잘못이 아니야."

미러벨은 고개를 끄덕였다.

"선생님 잘못도 아니에요."

버트럼 삼촌이 한마디를 거들었다.

"우리도 그렇게 말했단다."

"그분은 어디서 오셨어요?"

미러벨은 긴장한 나머지 뻣뻣하게 앉아서 대답을 기다렸다.

"앨리스는 안식처를 찾아 이곳으로 왔단다. 그런 일은 전에도 있었지만, 가족의 일원이 아니라는 점에서 달랐지. 앨리스는 인간이었으니까. 처음에는 날 먼저 찾아왔단다. 룩헤이븐 가족이 날 신뢰한다는 얘기를 들었다더구나. 그래서 난 앨리스를 저택으로 데리고 갔지."

"그리고 이넉 삼촌은 어머니가 그곳에 머물게 해 주었고요. 왜 그런 거예요?"

엘런비 선생님과 버트럼이 짐짓 눈길을 주고받았다. 엘런비 선생님은 책상을 톡톡 두드리며 대답했다.

"이넉은 자신의 종족과 관련된 일에 대해선 늘 책임을 다하려 하니까. 미러벨, 네 어머니는 인간이지만, 네 아버지는 가족의 일원이었단다. 따라서 곧 태어날 너도 당연히 가족의 일원이었지. 가족을 외면하는 일은 절대 없어."

미러벨은 고개를 끄덕이더니 엘런비 선생님의 말을 곰곰히 곱씹었다.

"이해했어요. 그럼 제 아버지는 누구세요? 지금 어디에 계세요?"

엘런비 선생님이 두 손을 번쩍 들었다.

"그건 아무도 몰라. 앨리스는 네 아버지에 대해 말을 아꼈거든. 우리한테는 네 아버지가 가족의 일원이고, 인간 세상에서 살기로 마음먹은 자였다는 사실만 알려 주었단다. 어쩌면 네 아버지는 지금도 어딘가에 살아 계실지도 몰라."

"왜 아무도 저한테 이런 얘기를 해 주지 않은 거예요?"

엘런비 선생님과 버트럼은 다시 눈길을 주고받았다. 이번에는 버트럼이 대답했다.

"이닉이 못 하게 했단다. 이닉은 네 보호자가 되어 널 돌보겠다고 네 어머니한테 굳게 약속했어. 이닉이 그 일에 대해선 함구령을 내렸으니 아무도 얘기해 줄 수가 없었지. 솔직히 난 얘기해 주고 싶었단다. 오드도 그랬고."

"이닉 삼촌은 왜 비밀로 한 거예요?"

미러벨은 이를 악문 채 물었다. 두 눈이 분노로 이글거렸다.

"미러벨, 미안하다. 그 점은 이닉에게 직접 물어봐야 할 것 같구나."

엘런비 선생님이 대답하더니 의자에 푹 기대어 앉았다. 엘런비 선생님은 그동안 무거운 짐을 지고 있느라 온 힘을 다 써 버린 듯 지치고 늙어 보였다.

미러벨은 무릎에 올려놓은 두 손에 눈길을 고정한 채 말했다.

"알겠어요, 선생님. 이제 선생님의 전문 분야에 관련된 질문을 드려야겠어요. 절 도와주실 수 있으세요?"

엘런비 선생님이 미러벨 쪽으로 고개를 숙이더니 근심 어린 얼굴로 되물었다.

"물론이지. 미러벨, 무슨 문제라도 있니?"

미러벨은 고개를 들고서 엘런비 선생님을 쳐다보았다. 회색 두 눈에 눈물이 그렁그렁 맺혀 있었다. 미러벨은 가슴을 손으로 철썩 내리쳤다.

"엄마에 대해 알게 된 뒤로 여기가 너무 아파요. 통증이 한 번씩 찾아오는데, 아파요. 너무 고통스러워요."

미러벨은 고개를 푹 떨구었다. 젬은 뜨거운 눈물이 차올라서 소매로 눈가를 북북 문질렀다.

"미러벨, 그건 슬픔이란다. 인간이 경험하는 감정 중 하나지. 안타깝게도 그걸 고칠 방법은 없단다."

젬은 손쓸 방법이 없다는 선생님의 대답에 화가 치밀었다. 당황해서 미러벨의 옆에서 입만 떡 벌리고 있는 버트럼도 전혀 도움이 되지 않았다. 젬은 자리에서 벌떡 일어나 미러벨을 확 끌어안았다. 미러벨은 놀란 듯했지만, 이내 미러벨도 젬을 단단히 끌어안았다.

"그 통증은 절대 없어지지 않아."

젬이 속삭였다.

"그래도 시간이 지나면 차차 아픔이 덜해지긴 해."

미러벨이 고개를 들고서 젬을 바라보았다. 마음이 한결 놓이는지 미러벨의 얼굴에 살포시 미소가 떠올랐다. 젬은 미러벨의 팔을 다독여 주고서 다시 자리에 앉았다.

엘런비 선생님이 고개를 주억이며 말했다.

"그래. 젬 말이 맞아. 고칠 수 있는 약은 없지만, 시간이 가면 상처는 아문단다."

버트럼도 열심히 고개를 끄덕였다.

"그럼. 아물고말고."

그러더니 바로 혼란스러운 눈빛으로 엘런비 선생님을 쳐다보았다.

"그렇지?"

엘런비 선생님은 텅 빈 술병을 보고서 한숨을 푹 쉬었다.

"오, 버트럼."

미러벨은 심호흡을 하고는 어깨를 쭉 펴더니 자리에서 일어섰다.

"이제 그만 가 봐야겠어요."

젬은 미러벨의 침착함과 강인한 내면에 마음이 뭉클했다.

미러벨이 엘런비 선생님에게 손을 내밀며 악수를 청했다.

"선생님, 고맙습니다. 큰 도움이 되었어요. 따뜻하게 대해 주셔서 감사드려요."

미러벨은 진심을 전하려는 듯 엘런비 선생님의 두 눈을 가만히 바라보았다. 엘런비 선생님은 미러벨과 악수를 나누고서, 잘 알았다는 듯 고개를 끄덕였다.

버트럼 수첩을 손에 든 채 자리에서 일어섰다.

"아, 당근인가? 브랜디는 당근 맛이 나나?"

엘런비 선생님은 '설마?'라는 듯 눈썹을 들썩여 보이며 말했다.

"버트럼, 잘 가게. 내 브랜디가 마음에 들었다니 기쁘네."

엘런비 선생님은 현관까지 미러벨 일행을 배웅해 주었다. 젬이 슬쩍 쳐다보자, 미러벨은 괜찮다는 듯 고개를 끄덕였다. 젬은 미러벨이 속상해하는 걸 느낄 수 있었다. 그러나 동시에 조금 더 강해졌다는 것도 알아볼 수 있었다. 젬은 그런 자신의 친구가 정말로 자랑스러웠다.

현관에 다다르자 엘런비 선생님이 작별 인사를 건넸다. 혹시 취했느냐는 엘런비 선생님의 물음에 버트럼은 어깨를 으쓱해 보였다. 눈도 또랑또랑했고, 현재 위치도 분명히 알고 있었다. 엘런비 선생님은 참 '독특한 체질'이라며 한마디 하더니 모두에게 잘 가라고 인사하고서 문을 닫았다. 곧장 젬과 버트럼은 미러벨의 눈치를 살폈다.

"이녁 삼촌이랑 얘기 나눠 봐야겠어. 무슨 사연인지 이참에 확실히 다 알아낼 테야."

젬은 고개를 주억거리며 대답했다.

"그 정도는 답해 주실 것 같아."

버트럼이 두 아이를 재촉했다.

"자, 얘들아, 어서 돌아가자."

세 사람은 마을 광장으로 이어지는 길을 부지런히 걸었다. 까마귀 한 마리가 나뭇가지에 앉아 빤히 내려다보고 있었다. 젬은 까마귀의 외눈이 달빛에 번득이는 걸 보았다.

"멈춰."

버트럼이 나직이 경고했다. 아이들이 멈춰 서자, 버트럼이 광장 가장자리를 가리켰다. 그쪽 벤치에 사람 형체가 앉아 있었다. 어둠 속의 인물이 누군지 모르지만, 그자에게 들키지 않고 광장을 지나갈 방법이 없어 보였다. 젬이 버트럼을 보며 물었다.

"혹시 다른⋯⋯."

미러벨이 손을 들며 젬의 말을 막았다.

"괜찮아."

다음 순간, 미러벨이 광장에 성큼 발을 들이자, 젬은 심장이 쿵 내려앉는 것 같았다. 하지만 미러벨의 본능을 믿고서 버트럼 삼촌과 함께 뒤따라 광장에 들어섰다.

"프레디?"

미러벨이 이름을 부르자, 프레디가 깜짝 놀라 고개를 들었다. 손에 든 물건에 정신을 쏟느라 누가 다가오는 줄 전혀 몰랐던 모양이었다. 젬은 프레디가 부랴부랴 손등으로 눈가를 북북 문지르는 모습을 보며 울고 있었다는 걸 알아차렸다.

"여기 있으면 안 돼. 금지된 일이야."

위협하려는 의도가 아니라 미러벨의 안전을 진심으로 염려해서 하는 말이란 걸 젬은 느낄 수 있었다.

버트럼이 프레디를 안심시키려 했다.

"프레디, 우린 곧장 저택으로 돌아갈 거란다. 약속하마. 우리가 여기 왔었다는 걸 다른 사람한테 알리지 않을 거지?"

프레디는 콧물을 훌쩍이며 고개를 가로저었다.

"그럼요."

젬이 걱정스레 물었다.

"프레디, 무슨 일 있어?"

젬은 프레디의 반응에 깜짝 놀랐다. 프레디가 얼굴을 일그러뜨리더니 다시 울음을 터뜨렸다.

"그자가…… 그자가……."

젬은 순간 당황해서 눈앞이 아찔했다. 탁 트인 공터에 서 있으니 언제라도 들킬 수 있었다. 젬은 프레디를 조용히 시키고 싶었다. 하지만 슬퍼하는 친구에게 모질게 굴 수는 없었다.

"그자라니? 누구 말이냐?"

버트럼이 물었다.

"사람처럼 보이지만 사람이 아니에요. 그자는 일종의……, 일종의 괴물이에요. 아빠가 그자를 집에 들였어요. 아무래도 그 괴물이 아빠한테 무슨 주문을 건 것 같아요. 아빠는 못 알아보세요. 그자가……."

프레디는 마음을 가라앉히려고 애쓰느라 차마 말을 맺지 못했다.

"프레디, 손에 든 그건 뭐냐?"

버트럼이 묻자, 프레디는 문제의 물체를 들어 보였다.

319

"유리병이요. 그자가 이 안에 든 뭔가를 먹었어요. 그자 말로는 영혼이래요."

버트럼이 뒤로 비틀비틀 물러섰다. 젬은 혹시 취해서 저러나 생각했지만, 이내 버트럼은 술의 영향을 받지 않는다는 사실을 떠올렸다. 뭔가 다른 이유가 있는 게 분명했다.

"뭐라고?"

버트럼이 나직이 되물었다.

"영혼이요. 그자가 먹어 버렸어요. 살아 있었는데. 그 여자는 살아 있었어요. 확실해요. 그 여자는 분명 살아 있었는데, 그자가 잡아먹었어요. 자기는 그런 영혼을 사냥하고 다닌대요. 수백 년 동안 사냥했다고 그랬어요."

버트럼이 프레디에게 다가섰다. 얼굴이 공포에 질려 있었다. 젬은 미러벨과 걱정스러운 눈길을 주고받았다. 미러벨도 불안해하는 게 분명했다. 주변 공기에 전기가 흐르는 듯 저릿저릿한 긴장이 가득 찼다. 젬은 숨을 곳을 찾아 당장 달아나고 싶은 충동을 느꼈다.

버트럼이 프레디에게 손을 내밀었다.

"이리 줘 보렴. 보여 다오. 제발."

'제발'.

천진난만한 아이가 할 법한 말이자, 고통스러운 애원이며, 끔찍한 운명 앞에서 피할 곳을 간절히 찾는 듯한 한마디였다.

젬은 안타까움에 입안이 바싹 말랐다.

"삼촌?"

미러벨이 불러도 버트럼은 들리지 않는지 유리병에서 눈길을 떼지 못했다.

"그 유리병 이리 다오. 제발."

버트럼을 올려다보는 프레디의 눈에 걱정이 가득했다. 프레디는 병을 건네면서도 버트럼의 얼굴에서 눈을 떼지 않았다.

버트럼은 건네받은 유리병을 찬찬히 살폈다. 유리병을 뒤로 돌린 순간, 누런 딱지가 드러났다. 동시에 버트럼이 눈을 질끈 감더니 다리에 힘이 풀리는지 자리에 주저앉으려 했다.

젬은 미러벨의 눈에서 공포를 보았다.

"삼촌? 왜 그래요? 뭐가 잘못됐어요?"

버트럼은 고개를 절레절레 흔들며 중얼거렸다.

"오, 안돼, 안돼!"

"삼촌? 왜 그래요? 말해 봐요."

버트럼은 유리병으로 자신의 이마를 툭툭 치며 절규했다.

"그 사람 이름이 쓰여 있어. 그 사람 이름이……."

"삼촌, 그거 이리 줘 봐요. 어서요."

미러벨이 손을 내밀었다. 미러벨은 전혀 동요하지 않는 척하느라 기를 쓰고 있었다. 그러나 젬은 친구의 다리가 자기만큼 후들후들 떨리는 걸 알아차렸다.

버트럼은 한쪽 무릎을 꿇고 앉은 채 상처 입은 짐승처럼 신음했다. 미러벨은 버트럼이 내민 유리병을 받아서 살펴보았고, 젬은 그런 미러벨의 표정을 살폈다.

"미러벨, 어떻게 된 거야? 뭐라고 쓰여 있어?"

미러벨이 유리병을 들어서 젬에게 보여 주었다. 세월 때문에 색이 바랬지만, 글씨는 똑바로 알아볼 수 있었다.

"룰라. 룰라 이모의 이름이 쓰여 있어."

버트럼이 분노에 차서 울부짖으며 두 주먹으로 땅을 쾅쾅 내리쳤다. 미러벨의 손에서 유리병이 힘없이 미끄러져 풀밭 위에 툭 떨어졌다.

버트럼이 자리에서 벌떡 일어서더니 미러벨과 젬의 어깨를 붙잡았다.

"가자. 돌아가야 해. 지금 당장! 여긴 위험해."

버트럼이 등을 밀며 재촉하자, 젬은 속으로 중얼거렸다.

'언제는 안전했나? 이제 와서 더 위험할 게 뭐람.'

프레디가 뒤따라오자, 버트럼이 눈길을 희번덕 돌리더니 다그쳐 물었다.

"어디 있어? 그놈 지금 어디 있단 말이다!"

프레디가 하얗게 질려서 대답했다.

"우리 집에 있어요."

이제 일행은 광장 반대편 길에 들어섰다.

"좋아."

버트럼은 미러벨과 젬을 밀며 걸음을 재촉했다. 그때 길 끝에서 키가 작고 통통한 형체가 광장 쪽으로 걸어왔다.

"우체국장님."

티즈데일 씨는 일행을 보고서 놀라 눈을 껌벅였다.

"맙소사, 이게 무슨 일이야?"

티즈데일 씨가 분통을 터뜨리자, 미러벨이 다가섰다.

"티즈데일 씨, 저희 얘기 좀 들어 보세요. 저희……."

"아니, 넌! 또 너로구나! 하여간 골칫덩어리 같으니라고."

티즈데일 씨는 미러벨에게 손가락질하며 버럭버럭 소리를 질렀다.

"너는 우리 마을에 발을 들이면 안 돼. 금지된 일이란 걸 너도 잘 알잖냐. 이건 심각한 협정 위반이야. 당장 위원회에 보고하겠어. 위원회에서 이 사실을 알게 되면 넌 벌을 두 배로 받게 될 거다."

미러벨은 티즈데일 씨에게 바짝 다가서며 애원했다.

"티즈데일 씨, 제발요. 저희 얘기를 들으셔야 해요."

그러나 티즈데일 씨는 미러벨을 확 떠밀었다. 미러벨이 그대로 튕겨 나가 벽에 쾅 부딪치자, 젬은 분노가 확 치밀었다. 젬이 티즈데일 씨 쪽으로 성큼 걸음을 뗀 순간, 밤하늘에서 검은 그림자 둘이 휙 내려오더니 티즈데일 씨를 덮쳤다.

323

까마귀들이었다.

날카로운 발톱 공격을 당한 티즈데일 씨는 마구 비명을 지르며 두 손으로 까마귀를 후려쳤다. 그러다 그만 발을 헛디뎌 땅에 쿵 하고 쓰러지고 말았다. 까마귀 떼는 느닷없이 공격을 퍼부었을 때와 마찬가지로 불쑥 행동을 멈추더니 훨훨 날아가 버렸다. 티즈데일 씨는 땅바닥에 쓰러진 채 숨을 헐떡였다. 그러더니 덜덜 떨리는 손으로 안경을 고쳐 쓰고서 씩씩대며 말했다.

"어디 두고 보자! 절대 그냥 못 넘어간다!"

"오, 티즈데일 씨. 절대 그냥 넘어가면 안 되지요."

길 반대편 끝에서 누군가 말했다. 목소리가 달콤하면서도 다채로운 음악을 듣는 듯 사람을 유혹하는 강력한 힘을 지니고 있었다. 그러나 젬은 그 속에서 증오를 읽었다.

이윽고 목소리의 주인공이 모습을 드러냈다. 낡은 외투 차림에, 갈색 머리가 희끗하게 센 남자였다. 어둠 속에서도 미소가 유난히 두드러져 보였다. 입이 지나치게 크고, 치아가 지나치게 많았다. 사악한 미소, 그 자체였다.

남자가 티즈데일 씨를 일으켜 세웠다.

"어이쿠, 고맙습니다."

티즈데일 씨가 인사하더니 다시 눈을 껌벅였다. 눈빛이 어쩐지 흐리멍덩했다.

"천만에요. 당분간은 제 충고를 따르시지요."

남자의 말에 티즈데일 씨가 꿈꾸는 듯한 표정으로 되물었다.

"충고요?"

"예. 잠시 주무시죠."

남자가 한 손으로 티즈데일 씨의 뒤통수를 꽉 움켜쥐자, 티즈데일 씨의 눈이 풀렸다. 남자는 정신을 잃은 티즈데일 씨를 땅에 내려놓고서 뒤돌아섰다. 여전히 무시무시한 미소가 얼굴에 한가득했다.

조금 전까지는 두려운 정도였다면, 젬은 이제 공포에 질려 숨이 막힐 지경이었다. 관자놀이가 쿵쿵거리고, 속이 뒤집혀 욕지기가 올라왔다. 달아나려 해도 과연 다리가 움직일지 의문스러웠다. 옆에 선 미러벨도 겁에 질려 있었다.

남자가 고개를 뒤로 젖히더니 킁 하며 냄새를 크게 맡았다.

"이런, 세상에. 참으로 근사한 향이로군. 자극적이면서도 달콤해."

남자는 손가락을 까딱이며 프레디를 나무랐다.

"오, 프레디, 이런 친구들이 있다는 얘기는 하지 않았잖니? 비밀을 감추고 있었구나."

"누구시죠?"

미러벨이 다그쳐 묻자, 남자는 짐짓 놀라는 척했다.

"설마 모른다는 거니?"

그러자 버트럼이 사납게 대답했다.

"난 네 정체를 알아."

버트럼은 주먹을 불끈 움켜쥐었다가 다시 풀었다. 젬은 버트럼이 분노하고 있음을, 분노하면서도 동시에 두려워하고 있음을 알아차렸다. 버트럼이 이를 으드득 갈았다. 폭발하지 않으려고 기를 쓰며 참는 듯했다.

"네 놈이 룰라에게 무슨 짓을 했는지 안다."

버트럼의 목소리가 으르렁대는 짐승의 소리처럼 굵어지면서 눈이 새빨간 루비색으로 변했다.

남자는 무슨 문제라도 있냐는 듯 두 손을 들고서 어깨를 으쓱였다.

"배고픈 걸 어떻게 합니까?"

순식간에 일이 벌어졌다. 조금 전까지 버트럼이 있던 자리에 순식간에 수북한 털과 날카로운 발톱이 나타나더니 거대한 곰이 앞으로 돌진했다. 젬은 속으로 버트럼을 한껏 응원했다. 저 섬뜩한 남자가 혼쭐나는 꼴이 눈에 선했다.

그러나 현실은 완전히 다르게 흘러갔다. 남자가 옆으로 싹 비켜서더니 버트럼의 등허리를 잡고서 어느 집 벽에 던져 버렸다. 쾅, 벽돌 깨지는 소리와 함께 깨진 유리 조각과 나뭇조각이 사방으로 날렸다. 버트럼은 벽을 타고 주르륵 미끄러져서 바닥에 털썩 주저앉았다. 그러나 금세 다시 일어서서 어깨를 푸르르 떨더니 머리를 뒤로 젖히고서 밤하늘을 향해 무시무시하게 울부짖었다. 날카로운 송곳니가 번득였다. 이윽고 버트럼이 뒤돌아서더니 남자를 향해 다시 돌진했다.

남자는 이번에는 비켜설 기미조차 보이지 않았다. 대신 너무도 손쉽게 버트럼의 목덜미를 잡아챘다. 버트럼은 사납게 포효하며 몸을 비틀었지만, 남자의 손아귀에서 벗어나지 못했다.

젬은 충격에 빠져서 멍하기만 했다. 누군가가 자신의 팔을 붙잡는 것 같았다. 상대가 미러벨이라는 게 아득히 느껴졌다.

남자는 버트럼을 새끼 고양이 다루듯 가볍게 자기 쪽으로 돌려세웠다. 버트럼의 곰 형체가 반짝이며 녹아내리더니 인간 모습이 다시 나타났다. 버트럼은 자신의 목을 감은 남자의 팔을 떼어 내려고 진땀을 흘리며 버둥거렸다. 그러나 남자는 꿈쩍도 하지 않았다.

이어 이번에는 남자의 모습이 변하기 시작했다. 눈동자가 회색으로 변하고, 입은 더 커지고, 손가락은 기다란 발톱으로 바뀌었다. 젬은 한 대 맞은 기분이었다. 그자의 변신도 충격적이었지만, 분명히 이 괴물을 어디선가 본 적이 있다는 끔찍한 느낌이 들었기 때문이다.

"오랫동안 얼마나 배를 곯았는지 몰라."

축축하고 거품이 끓는 늪지대를 연상시키는 목소리였다.

젬은 그 자리에 얼어붙었다. 프레디는 악몽에서 깨어나려는
듯 도리질 치며 뒤로 주춤주춤 물러났다.

"삼촌!"

미러벨이 울먹이며 버트럼을 소리쳐 불렀다. 버트럼은 미러벨
을 보며 애써 웃음 지었다. 그러나 두 눈에는 눈물이 가득했다.

"가, 어서!"

다음 순간, 괴물이 버트럼의 목에 이빨을 박았다. 버트럼의 몸
에서 빛이 뿜어져 나왔다. 생명력 가득한 눈부신 빛이.

괴물은 보라색과 빨간색으로 영롱이는 빛을 미친 듯이 삼켰
고, 버트럼은 차츰 먼지로 변했다.

젬은 미러벨의 손을 잡고 달리기 시작했다.

길이 끝없이 이어지는 듯했다. 젬
이 발을 헛디뎌 비틀거리
자, 미러벨이 얼른 붙
잡아 주었다. 뒤에
서 괴물이 쫓아오
는 소리가 들렸다.
등에 이글거리는 열
기가 느껴졌다. 젬은
본능적으로 뒤를 돌아보
았다.

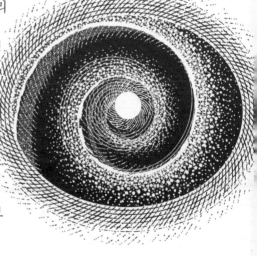

괴물이 무시무시한 발톱을 휘두르며 다가왔다. 젬은 목이 터져라 외마디 소리를 질렀다.

다시 도망치려 돌아섰더니 젬의 앞에 오드가 굳은 얼굴로 서 있었다. 두 눈에 분노와 결단이 이글거렸다. 오드는 곧장 젬과 미러벨의 손을 잡고서 둘을 포털 안으로 휙 밀어 넣었다.

지난번처럼 어디론가 빨려 들어가는 듯한 느낌이 들었다. 그런데 그 직전에 뭔가 다른 감각이 느껴졌다. 뭔가 공기를 가르는 듯 뜨겁고 날카로운 느낌이었다. 다음 순간, 젬은 풀밭에 풀썩 쓰러졌다. 고개를 들었더니 눈앞에 룩헤이븐 저택이 보였다. 곁에는 미러벨이 무릎을 꿇고 앉아 숨을 헐떡이고 있었다.

젬과 미러벨은 서둘러 뒤를 돌아보았다. 둘을 향해 걸어오는 오드 뒤로 포털이 작은 점이 되어 사라지고 있었다. 오드가 싱

굿 웃었다.

"우와, 정말 아슬……아슬……."

오드의 미소가 흔들렸다. 얼굴 혈색이 빠르게 창백해졌다. 오드는 등을 긁으려는 듯 뒤로 손을 뻗었다. 다음 순간, 오드가 얼굴을 바닥으로 향한 채 쿵 쓰러졌다.

피글릿

피글릿은 비명을 지른다.

버트럼의 영혼이 몸을 떠난 것을 느끼고 비명을 지른다. 심장에 칼이 박힌 듯하다. 피글릿은 고통에서 도망치고자 소리 지르고 고개를 흔들고 몸부림친다. 아무리 애를 써도 소용이 없다. 고통이 피글릿을 찾아내고야 만다. 고통은 이빨을 단단히 박고서 피글릿을 억누른다. 고통은 뜨겁고 쓰라리다. 피글릿은 고통에서 영원히, 결코 벗어나지 못하리란 걸 어렴풋이 알고 있다.

그 순간이, 끔찍한 고통으로 가득한 순간이 지나가자, 이번엔 미러벨과 그 여자애와 오드가 저택 앞에 나타난다. 오드가 비틀거리더니 쓰러진다. 미러벨이 달려가 오드를 안아 든다. 미러벨이 놀라 손을 다시 뺀다. 두 손이 검게 젖어 있다. 오드의 피로 뒤덮여 있다. 이제 미러벨이 비명을 지른다.

피글릿은 구석에 숨는다. 그리고 운다. 흐느낀다. 델 듯이 뜨거운 눈물이 마구 솟아난다. 결코 그칠 것 같지 않다.

이제 피글릿은 슬픔이 무엇인지 안다.

프레디

프레디는 달렸다.

방금 목격한 장면과 그 끔찍한 공포에서 벗어나기 위해 달렸다. 프레디는 달리고 또 달렸다. 수치심에서 벗어나고 싶은 마음도 컸다. 자신이 그저 너무나 무기력하게 느껴질 뿐이었다.

집에 도착해서 현관문을 두드리려는 순간, 사람 목소리가 들렸다.

"프레디? 이 늦은 시간에 밖에서 뭐 하는 거냐?"

고개를 돌렸더니 그리그스 경관이 뒤에 서 있었다. 프레디는 숨이 턱에 닿아 말이 뜻대로 나오지 않았다. 그 순간, 누군가의 외침이 들렸다.

"사람 살려!"

티즈데일 씨가 핍스 씨의 부축을 받으며 절뚝절뚝 걸어왔다. 핍스 씨가 그리그스 경관을 손짓해 불렀다.

"경관님, 부탁합니다. 이 분을 도와주세요."

그리그스 경관이 서둘러 그쪽으로 달려갔다.

"무슨 일입니까?"

"난…… 나는……."

티즈데일 씨는 혼란스러운 표정을 지었다. 그러자 핍스 씨가 티즈데일 씨에게 뭐라고 속삭였다. 그 순간 프레디는 핍스의 교활한 웃음을 보았다.

"공격당했어요!"

티즈데일 씨가 버럭 고함을 질렀다. 그리고 그 소리에 온 마을이 깨어났다. 집집마다 불이 켜지기 시작했다. 케빈 베넷이 창문 밖으로 고개를 내밀고, 케빈의 아버지가 잠옷 바람으로 문을 열고 나왔다. 파란색 가운을 입고, 컬러*로 머리를 돌돌 만 베넷 부인이 뒤에 서서 고개를 빼꼼 내밀었다.

"무슨 일입니까?"

베넷 씨가 소리쳐 물었다.

그리그스 경관이 다가오자 티즈데일 씨가 소리쳤다.

"룩헤이븐 저택에 사는 미러벨이란 아이. 그 애가 날 공격했어요!"

그리그스 경관이 핍스 씨에게 확인차 물었다.

"사실입니까?"

핍스 씨는 침울한 얼굴로 고개를 끄덕였다. 프레디는 분노에

----

*머리카락을 곱슬거리게 만들기 위해 사용하는 미용 기구.

333

차서 앞으로 걸음을 뗐다. 그런데 누군가 프레디의 어깨를 붙잡더니 뒤로 끌어당겼다. 아버지였다. 플레처 씨는 티즈데일 씨와 핍스 씨 쪽으로 성큼성큼 다가가서 무슨 일인지 물었다. 이어 스미스 씨 부부가 거리로 나왔고, 마을 사람 최소 열 명 이상이 눈을 껌벅이며 홀린 듯한 얼굴로 집을 빠져나왔다.

"날 공격했어요!"

티즈데일 씨가 또 고함을 질렀다. 프레디는 핍스 씨가 티즈데일 씨의 한쪽 어깨를 붙잡고서 귀에 뭐라고 속삭이는 모습을 분명히 보았다.

이내 티즈데일 씨 곁에 사람들이 우르르 몰려들었다. 다들 이게 웬 소동이냐고 따져 물으며 이야기 듣기 좋은 자리를 차지하려고 서로를 밀쳐 댔다.

"그 애가 끔찍한 괴물로 변하더니만, 다른 괴물들과 한통속이 되어 이렇게 날 상처 입혔어요."

티즈데일 씨가 고래고래 소리를 질렀다. 휘둥그렇게 뜬 두 눈은 이상하게 번들거리고, 얼굴은 붉게 달아올라 있었다.

"사실이 아니에요!"

프레디가 소리쳤지만, 아무도 듣는 이가 없었다. 사람들이 웅성대는 소리가 점점 커지더니 곧 아예 고함을 지르기 시작했다. 프레디는 어떻게든 자기 말을 전하려고 목청을 높였다.

"제가 현장에 있었어요. 사실이 아니……"

소용없었다. 아무도 귀 기울이려 하지 않았다. 프레디는 핍스 씨가 사람들 사이를 돌아다니며 어깨를 툭툭 두드리고, 귀에 무슨 말을 속삭이는 광경을 공포에 젖은 채 지켜볼 수밖에 없었다. 핍스 씨가 접촉하거나 말을 건넨 사람들은 마치 아득한 목소리를 들으려는 듯 고개를 갸웃했다. 이어 모두 눈빛이 흐릿해지더니 얼굴이 분노로 뻣뻣이 굳었다.

프레디는 자신이 너무나 무력하게 느껴졌다. 티즈데일 씨는 아직도 고래고래 소리를 지르고 있고, 아버지는 그런 티즈데일 씨 곁을 지키고 서 있었다. 이제 사람들이 너도나도 고함을 질러 대서 무슨 이야기를 하는지 알아들을 수도 없었다. 한 마디씩만 드문드문 들릴 뿐이었다.

"……괴물……."

"……우리가 그토록 고생했는데……."

"……고마운 줄 모르는……."

"……본때를 보여 줘야……."

소동 한가운데 핍스 씨가 빙그레 웃으며 서서 거짓말을 퍼뜨리고, 안타깝다는 듯이 고개를 끄덕이고, 사람들의 어깨를 툭툭 두드리며 교묘한 마법을 쓰고 있었다. 프레디는 모든 마을 사람들이 분노에 차서 한 덩어리로 뭉치는 모습을 어찌할 도리 없이 지켜볼 뿐이었다. 낮에 핍스 씨가 했던 말이 귀에 메아리쳤다.

'난 적당한 때를 기다리고 있지.'

4장
불길한 징조

미러벨

미러벨은 잠든 오드의 얼굴만 골똘히 바라보았다. 그렇지 않으면 스러져 가던 버트럼 삼촌의 얼굴이 떠올라 견딜 수가 없었다. 또 울 순 없었다. 적어도 기디언 앞에서는. 미러벨이 돌아오자마자 기디언은 미러벨의 어깨에 매달려 한순간도 떨어지려 하지 않았다.

한 시간 전쯤 피글릿이 마침내 비명을 멈췄다. 밤새도록 울부짖을 줄 알았는데. 미러벨은 피글릿을 찾아가고 싶었지만, 오드 걱정에 도저히 자리를 비울 수가 없었다.

침대 옆 창문 사이로 달빛이 길게 드리웠다. 오드의 얼굴에 은색 달빛이 비치자, 평소에도 핏기 없는 얼굴이 불가사의할 만큼 창백해 보였다. 간간이 눈꺼풀이 떨린다는 게 미러벨에게는 위로라면 위로였다. 저택에 돌아온 뒤부터는 모든 기억이 흐릿했다. 일라이자 이모가 현관으로 달려나와 미러벨과 함께 오드를 방으로 옮겼고, 상처를 치료했다. 젬이 엘런비 선생님을 모셔 와야 하지 않느냐고 묻자 미러벨은 버럭 소리를 질렀다.

"의사가 무슨 소용 있겠어?"

미러벨은 당황한 젬의 얼굴을 보며 죄책감이 들었다. 잠시 후 일라이자 이모가 이녁 삼촌과 이야기 나눠 봐야 한다고 중얼거리며 방을 나갔고, 이어 젬이 오빠 상태를 살피러 가겠다며 자리를 떴다. 미러벨은 젬에게 가지 말라고 말하고 싶었지만, 누가 목을 조르고 있는 것처럼 말이 나오지 않았다.

미러벨은 아직도 모습을 보이지 않는 이녁 삼촌에게 마구 소리 지르고 싶었다. 슬그머니 도망쳐 버린 듯한 일라이자 이모에게 성질을 부리고 싶었다. 그렇게 이 사람 저 사람에게 화낼 구실을 찾다 보니 머리가 터져 버릴 것만 같았다.

그런 마음을 알아차렸는지 기디언이 미러벨의 목을 꼭 끌어안았다. 미러벨은 기디언의 팔을 다독이면서 애써 미소 지어 보였다. 그러나 고통스러웠다. 모든 것이 고통스러웠다.

버트럼 삼촌이 먼지로 변해 가던 장면이 눈앞에 계속 어른거렸다.

그리고 그 괴물.

'그 얼굴. 분명히 어디서 본 적 있어.'

"뭐였을까?"

미러벨이 나직이 중얼거리자, 기디언이 고개를 들고서 어리둥절한 눈으로 미러벨을 바라보았다.

미러벨은 오드의 손을 잡았다. 오드에게 어서 깨어나 손을 마주 잡아 달라고 속으로 간절히 외쳤지만, 오드는 아무 움직임이 없었다.

문득 뒤에서 문 열리는 소리가 들리더니 젬이 톰을 데리고서 방으로 들어왔다.

"오드는 좀 어때?"

젬이 물었다.

"계속 자고 있어."

잠시 어색한 침묵이 흘렀다. 미러벨이 젬을 올려다보며 말했다.

"소리 질러서 미안해."

"괜찮아. 네 마음 이해해."

젬이 카디건 호주머니에서 뭔가를 꺼내더니 미러벨에게 내밀었다.

"이거 받아. 내가 주워 뒀어. 그때⋯⋯."

버트럼 삼촌의 수첩이었다. 심하게 구겨진 데다 흙도 약간 묻었고, 귀퉁이는 세월을 따라 말려 올라갔으며, 습기에 젖어 축축했지만 미러벨에게는 세상에서 가장 소중한 보물이었다. 미러벨은 수첩 위에 휘갈겨진 제목을 읽었다.

"맛, 풍경, 향기, 소리 등 다양한 세상 경험에 대한 버트럼의 연구."

절망적인 상황이었지만, 미러벨은 웃음을 되찾았다.

"고마워."

문이 다시 열리더니 일라이자 이모가 들어왔다.

"오드는 좀 어떠니?"

일라이자 이모가 침대 곁으로 다가오며 물었다.

"좀 나아진 것 같아요."

미러벨은 그렇게 믿고 싶었고, 일라이자 이모도 마찬가지였다.

"괜찮아질 거야."

톰이 걱정말라는 듯 고개를 끄덕이며 미러벨을 위로했다.

"그래. 하지만 회복할 때까지 얼마나 걸릴까?"

미러벨은 주변 사람들의 눈을 보며 알아차렸다. 미러벨이 진짜로 하려는 말이 무엇인지 다들 알고 있었다.

미러벨은 속으로 중얼거렸다.

'그것이 여기로 올 거야. 그런데 막을 방법이 없잖아.'

일라이자 이모가 미러벨에게 말했다.

"이넉 삼촌은 서재에 있어."

미러벨은 자리에서 재까닥 일어섰다.

"삼촌을 기다리게 하면 안 되죠."

미러벨은 떨어지지 않으려고 뻗대는 기디언을 들어 올렸다.

"기디언, 네 방에 가 있으렴."

기디언은 화가 나서 깩 소리를 지르며 팔을 마구 휘둘렀다. 미러벨은 기디언을 엄한 눈을 바라보았다.

"기디언."

기디언이 한 번 더 으르렁대고는 모습을 휙 감추었다. 뭔가가 움직이는 소리가 들리더니 방문이 열렸다가 쿵 하고 닫혔다.

톰이 놀랍다는 듯이 휘파람을 삐익 불었다.

"와, 나도 저런 능력 있으면 좋겠다."

젬이 팔꿈치로 쿡 찌르자, 톰은 뉘우치는 표정을 지었다. 그러나 두 눈에는 여전히 부러워하는 빛이 남아 있었다.

서재에 촛불이 환하게 밝혀져 있었다. 양초의 밀랍 냄새와 연기가 자욱했다. 기다란 떡갈나무 책상 끝에 이넉 삼촌이 섰고, 그 앞에 검은색 가죽으로 장정이 된 커다란 책이 놓여 있었다. 일라이자 이모가 이넉 삼촌 옆에 가서 섰다. 도티와 데이지도 두 손을 얌전히 포개고 고개를 떨군 채 서재 한쪽에 서 있었다. 평화롭고 성스러운 분위기가 가득했지만, 어머니와 버트럼 삼촌을 떠올리자 미러벨은 가슴이 찢어지는 듯한 아픔에 시달렸다.

한동안 아무도 말이 없었다. 미러벨은 만약 이넉 삼촌이 젬과 톰 남매더러 가족 모임이니 나가 달라고 요구하면 바로 대들 작정이었다. 그러나 이넉 삼촌은 너무 지쳐서 반대할 의지가 없는 듯했다.

이넉 삼촌이 뭔가 말하려는 듯 입을 열자, 미러벨이 선수를 쳤다. 꼭 묻고 싶은 질문이 있었다.

"그, 그 괴물……."

미러벨은 말을 제대로 잇지 못했다.

"전에 얼굴을 본 적이 있어요. 피글릿의 방문에 새겨져 있죠. 정체가 뭐예요?"

이넉이 고개를 천천히 끄덕였다. 더는 진실을 숨길 이유가 없다는 데 동의한다는 신호인 듯했다.

"우리는 그자를 말리스, 즉 '순전한 악의'라고 부른단다."

서재 안의 공기가 미묘하게 달라졌다. 어쩐지 더 탁해진 듯했다. 도티는 울지 않으려 애쓰는 듯 두 눈을 꼭 감았고, 데이지는 그런 도티를 부드럽게 다독였다.

이넉 삼촌이 책을 펼치기에 미러벨은 얼른 그쪽으로 다가섰다. 누렇게 바랜 종이 위에 낯선 고대 문자가 가득했다. 그런데 누가 분노와 고통에 차서 휘갈겨 쓴 듯 글씨가 들쑥날쑥 가지런하지 않았다.

"아주 오래전부터 우리 종족을 사냥해 온 고대의 괴물이지."

이넉 삼촌이 책을 한 장 한 장 넘겼다. 긴 손톱과 날카로운 이빨을 지닌 해골 같은 괴물 그림이 곳곳에 등장했다. 피글릿의 방문에 새겨져 있던 괴물과 똑같았다. 어느 그림에는 한 남자가 웅크리고 있고, 밤의 어둠 속에서 튀어나온 괴물이 그를 향해 다가서고 있었다.

일라이자 이모가 눈물을 글썽이며 말했다.

"우리가 오랫동안 글래머 안에 숨어 지낸 이유는 인간뿐만 아니라 말리스를 피하기 위해서였어. 그런데 결국 이렇게 위치를 들키고 말았구나."

이녁 삼촌이 다시 설명을 이어 갔다.

"우리를 보호해 주던 글래머가 손상되었으니 발각될 위험이 그만큼 커졌던 거지. 피글릿이 빠져나갔을 때 괴물이 존재를 알아차린 모양이야. 피글릿은 아주 강력한 영혼과 아우라를 지녔잖아. 놈이 늑대처럼 먹잇감의 냄새를 맡고서 달려왔구나."

"그 괴물을 어떻게 막지요?"

미러벨이 물었다. 이녁은 두통이 이는 듯 이마를 문지르더니 책을 탁 덮었다.

"못 막는다."

"네?"

미러벨은 자기 귀를 의심했다.

"당연히 막을 수 있죠. 고작⋯⋯."

일라이자 이모가 끼어들었다.

"숨을 수는 있을 거야."

"숨어요? 숨는다고요?"

미러벨은 순간 폭발해 버렸다. 활화산처럼 온몸에서 뿜어져 나오는 분노 때문에 시야가 흐릿할 정도였다.

"이제 더는 숨어 있을 수 없어요! 그 괴물이 버트럼 삼촌을 죽였다고요. 룰라 이모를 살해했어요. 오드까지 죽을 뻔했단 말이에요!"

미러벨은 문을 손짓하며 고래고래 소리를 질렀다. 숨을 헐떡이며 대답을 기다려도 이넉 삼촌과 일라이자 이모는 슬픈 눈으로 미러벨을 가만히 바라볼 뿐이었다. 미러벨은 두 사람이 불쌍해 보였다. 불쌍하고 연약한 사람들. 미러벨은 버트럼 삼촌의 얼굴이 생생하게 떠올라 눈가를 북북 문질렀다.

"그자는 괴물이에요. 우리가 힘을 합쳐 없애 버려야 해요!"

미러벨은 이를 악물었다. 어찌나 세게 악물었는지 턱이 부서져 버릴 것 같았다.

이넉 삼촌이 한숨을 푹 쉬며 대답했다.

"숨는 방법밖에 없어. 글래머 수리가 이제 거의 끝나 가고 있다. 완전히 봉인하고 나면 우리 가족만 통과할 수 있지. 저택에 들어오려면 비밀 출입구를 통과해 꽃길을 지나는 수밖에 없어. 설사 말리스가 그쪽으로 침입한다 해도, 신성한 랩시디의 꽃은 그자에게 독약이나 마찬가지야. 그자는 꽃들의 공격을 절대 버티지 못할 거다."

미러벨은 책상을 쾅 내리쳤다.

"그럼 꽃들을 보내서 그자를 쳐요."

이넉 삼촌도 화가 나는 듯했다.

"꽃들에게 그런 식으로 명령할 수 없다는 걸 너도 잘 알잖아. 랩시디 꽃이 우리에게 한 약속은 가족과 저택을 보호한다는 거야. 그들의 임무는 이곳을 방어하는 데까지만이란 말이다. 그 이상은 없어."

"그럼 어쩌자는 거예요? 그냥 앉아서 말리스가 찾아오길 기다려요?"

이넉 삼촌은 대답 없이 고개만 끄덕였다.

그냥 기다리라니, 미러벨은 온몸의 뼈가 시릴 정도로 고통스러웠다. 축축한 어둠이 목을 죄는 듯했다. 촛불이 펄럭이는 소리조차 미러벨에게 고통을 더하는 것만 같았다.

"모두 나가 줘요."

미러벨이 울먹이며 말했다. 놀란 도티와 데이지는 서로를 쳐다보았고, 젬은 미러벨 곁으로 한 걸음 다가섰다.

"삼촌 빼고 모두 나가라고요!"

미러벨이 버럭 소리를 질렀다. 젬은 잠시 망설이다가 오빠와 함께 서재 문으로 향했다. 일라이자 이모와 쌍둥이는 어쩌냐는 듯이 이녁 삼촌을 쳐다보았다. 이녁 삼촌이 한숨을 푹 쉬더니 나가 보라는 손짓을 하자, 세 사람도 바로 서재를 떠났다.

미러벨은 이녁 삼촌을 빤히 쳐다보았다. 삼촌이 평소보다 훨씬 작아 보였다. 미러벨은 삼촌에게 미칠듯이 화가 나면서도 안됐다는 마음이 자꾸 들어서 짜증이 났다.

"왜 그랬어요?"

"말리스에 대해선 네가 굳이 알 필요 없다고 여겼다."

"말리스 얘기가 아니잖아요. 어머니에 대해서 묻고 있는 거예요. 왜 내게 어머니 얘기를 하지 않았어요?"

이녁 삼촌은 눈길을 떨구더니 책 모서리를 만지작거렸다.

"삼촌?"

이녁 삼촌이 고개를 들더니 미러벨의 두 눈을 들여다보며 대답했다.

"내 나름대로 이유가 있었다."

"그럼 그 '특별한' 이유가 뭔지 말해 보세요."

"미러벨, 난 네 보호자야."

"그 소리는 귀에 못이 박히도록 들었어요."

"네 보호자로서……."

"거짓말!"

갑자기 이닉 삼촌의 얼굴에 분노가 어렸다.

"미러벨, 난 단 한 번도 네게 거짓말을 한 적이 없다!"

"상황만 더 나빠졌을 뿐이에요!"

미러벨은 넌더리 난다는 듯이 고개를 절레절레 흔들었다.

이닉 삼촌이 자리에서 일어서더니 문으로 향했다.

"난 글래머를 수리하러 가 봐야 해. 주문이 거의 완성되었지만, 말리스가 오기까지 시간이 얼마 남지 않았어."

"그분 생각을 얼마나 자주 해요?"

미러벨의 목소리가 갑자기 놀라울 정도로 차분해졌다.

이닉 삼촌이 멈칫하더니 자세를 쭉 펴고 서며 심호흡을 했다.

"삼촌?"

이닉 삼촌이 눈길을 돌려 미러벨을 마주 보았다. 두 눈에 슬픔이 가득했다.

"매일. 하루도 빠짐없이."

이닉 삼촌은 쉰 목소리로 나직이 대답을 남기고서 서재를 나가 버렸다.

미러벨은 현관 바깥 계단에서 쳄을 찾아냈다. 유난히 어둠이 짙은 밤이었다. 간간이 꽃길에서 황금색 빛이 솟구쳐 올라 밤하

349

늘을 환히 밝혔지만 이내 흔적도 없이 사라졌다.

"저 빛은 뭐야?"

젬이 물었다.

미러벨은 젬 옆에 자리를 잡고 앉았다. 그사이 또다시 황금색 빛 조각이 하늘로 솟아올랐다가 화르르 스러졌다.

"마법의 흔적이야. 이녁 삼촌이 드디어 제대로 된 주문을 찾아내서 찢어진 곳을 고치고 있나 봐. 곧 완전히 수리될 거야."

미러벨은 입술을 잘근잘근 깨물다가 다시 말을 꺼냈다.

"빨리 수리되어야 해. 저밖에 말리스가……"

미러벨은 고개를 세차게 흔들었다. 그 문제에 대해 끝까지 생각하고 싶지 않았다. 미러벨은 이야기 주제를 바꾸기로 마음먹었다.

"톰은 어디 있어?"

"피글릿과 이야기 나누러 갔어."

미러벨은 예상치 못한 소식에 인상을 찌푸렸다.

"피글릿이 우는 소리를 듣더니 오빠가 내려가서 달래 주고 싶다더라."

"다정하기도 해라."

미러벨의 대답을 듣더니 젬이 풋 하고 웃음을 터뜨렸다.

"다정하다니. 오빠에 대해 그런 평가를 듣게 될 줄은 상상도 못했어."

"톰은 늘 널 돌봐 왔잖아."

젬이 고개를 푹 숙였다.

"알아. 나도 오빠를 돌보고 있고."

그때 밤하늘에서 외눈 까마귀가 내려와 계단 끝 기둥에 앉더니 미러벨과 젬을 향해 까악 울며 날갯짓을 했다.

"나도 네가 싫어!"

미러벨이 소리치자, 외눈 까마귀는 무시하듯 날갯짓을 한번 하고서 다시 담으로 날아가 버렸다.

젬이 나직이 중얼거렸다.

"전보다 숫자가 늘었어. 훨씬 더."

이제 까마귀 수가 수백 마리는 되는 것 같았다. 담을 따라 검은색 파이프가 길게 굽이치며 이어지는 것처럼 보였다.

젬이 짜증스레 한마디를 던졌다.

"도대체 저기서 뭐 하는 거지?"

"기다리고 있는 거야."

"뭘?"

질문을 던져 놓고서 젬의 얼굴이 곧바로 어두워졌다. 괜한 얘기를 꺼냈다고 후회하는 듯했다.

"오드가 그러는데, 까마귀 떼는 불길한 일이 다가올 징조래. 저렇게 많은 까마귀 떼를 몇 번 본 적이 있다더라."

"어디서?"

이번에는 미러벨의 얼굴이 어두워졌다.

"전쟁터에서."

프레디

사람들이 점점 더 거리로 쏟아져 나왔다. 수많은 친구와 이웃들. 지금은 낯설게만 보이는 사람들. 카스웰 씨 부부가 스미스네와 심각하게 이야기 나누는 모습이 프레디의 눈에 들어왔다. 낮게 오가는 대화 속에 긴장감이 가득했다. 핍스 씨는 사람들 사이를 돌아다니며 고개를 끄덕이고 등이나 팔을 툭툭 두드렸다. 심지어 앨피 파킨에게도 말을 걸었다. 핍스 씨와 이야기 나눈 뒤부터 앨피의 얼굴이 분노로 어두워지는 걸 목격하면서 프레디는 등골이 서늘했다. 지팡이를 얼마나 억세게 움켜쥐는지 앨피의 손마디가 울퉁불퉁 튀어나오며 하얗게 변했다. 프레디는 앨피의 주의를 끌고자 손을 흔들었다. 그러나 앨피는 이글거리는 눈빛으로 밤하늘을 멍하니 올려다볼 뿐이었다. 생각이 완전히 다른 곳에 가 있는 듯했다. 그래도 프레디는 한동안 희망을 붙잡고 있었다. 곧 흐름이 다시 바뀌고, 은밀히 퍼져 나가는 핍스 씨의 영향을 사람들이 떨쳐 내리라고 믿었다. 그러나 누군가가 급히 만든 몽둥이를 휘둘러 보는 모습을 목격한 순간 희망이 물

거품처럼 사라졌다. 곧이어 누군가 소총을 들고 나타났다. 다른 곳에서도 총이 보였다.

하나, 또 하나.

프레디는 2분 만에 엘런비 선생님 집에 도착했다. 현관문을 쾅쾅 두드리는 사이에도 뒤에서 사람들의 분노한 웅성거림이 들려왔다. 그러더니 갑자기 으스스한 침묵이 이어졌다. 프레디는 더욱 공포에 휩싸였다.

엘런비 선생님이 문을 열자, 프레디는 중심을 잃고 문턱 안으로 휘청 넘어졌다.

"프레디? 여긴 어쩐 일이냐?"

프레디는 엘런비 선생님 옆을 비집고 안으로 들어갔다.

"선생님, 피하셔야 해요! 사람들이 곧 여기로 몰려올 거예요."

"누가 온다는 거냐?"

프레디는 안타깝게 외쳤다.

"마을 사람 거의 대부분이요. 소동이 일어났는데 소리 못 들으셨어요?"

두려워하던 일을 입 밖으로 꺼내자, 프레디는 상황이 얼마나 위험한지 더욱 절실히 느낄 수 있었다. 엘런비 선생님이 무슨 소리냐는 듯 빤히 쳐다보자, 프레디는 선생님의 팔을 다급히 붙잡았다. 그러고는 숨을 고르려 애쓰며 말했다.

"미러벨네 저택으로 쳐들어가려는 거 같아요. 끔찍한 일을 저지를 작정인 거예요."

엘런비 선생님은 잠시 생각해 보더니, 소란이 점점 가까워지자 침울하게 고개를 끄덕였다. 아직 거리가 있었지만, 사람들이 분노에 차서 웅성대는 소리가 분명했다. 프레디가 현관에 서서 망을 보는 사이, 엘런비 선생님은 서재로 들어가 책상 서랍에서 열쇠 꾸러미를 꺼냈다.

프레디는 이제 아예 말을 제대로 할 수가 없었다. 온몸이 덜덜 떨렸다. 엘런비 선생님이 프레디 곁으로 오더니 어깨를 꽉 붙잡았다.

"괜찮다, 프레디. 우리 마을 사람들은 내가 잘 알아."

프레디는 엘런비 선생님을 빤히 쳐다보았다.

'아니요. 이제 저 사람들은 선생님이 알던 사람들이 아니에요.'

엘런비 선생님은 프레디의 어깨를 부드럽게 감싸 안고서 밖으로 나갔다. 그러고는 현관문을 단단히 잠갔다. 프레디는 사람들이 광장으로 쏟아져 나와 엘런비 선생님의 집으로 점점 다가오는 모습을 지켜보았다. 핍스 씨가 앞장서고, 아버지가 핍스 씨의 곁을 지키고 있었다. 프레디는 다시 욕지기가 올라왔다.

이윽고 사람들이 엘런비 선생님네 집 앞 골목으로 몰려들었다. 핍스 씨는 기분이 극도로 좋아 보였다. 프레디의 아버지가 앞으로 걸어 나왔다.

"마커스, 말썽을 일으키고 싶지 않네. 우리가 여기 온 이유는 하나야. 그걸 넘겨주면 조용히 떠나겠네."

엘런비 선생님이 인상을 찌푸리며 되물었다.

"말썽이라니? 프랭크, 그런 일은 일어나지 않을 걸세."

핍스 씨가 플레처 씨의 팔을 잡더니 엘런비 선생님을 향해 싱글싱글 웃으며 말을 걸었다.

"엘런비 선생님 맞으시죠?"

"그렇습니다."

엘런비 선생님은 마을 사람들을 둘러보며 말을 이었다.

"여러분, 오늘 진료 시간은 끝났습니다만, 질서 있게 한 줄로 서 주시면⋯⋯."

그러자 군중 속에서 누군가가 외쳤다.

"우리가 여기 왜 왔는지 알잖아! 어서 내놔!"

곧바로 너도나도 소리 지르기 시작했다. 그런데 핍스 씨가 손을 들자 모두가 일시에 조용해졌다.

"이보시오, 의사 선생님. 부디 요청받은 대로 움직여 주시면 좋겠습니다. 그럼 순순히 떠나도록 하지요."

"어떤 요청을 말씀하시는 겁니까?"

핍스 씨가 달래듯 두 손을 내밀며 엘런비 선생님 쪽으로 다가섰다. 프레디는 핍스 씨의 표정과 말투가 눈에 익었다. 아버지에게 최면을 걸 때 사용한 방법이었다. 프레디는 엘런비 선생님의 팔을 붙잡았다.

"그 이상 다가오지 마시오."

엘런비 선생님이 단호하게 말하자, 핍스 씨가 놀라서 주춤했다. 프레디는 신이 나서 주먹을 내지르고 싶은 충동을 겨우 억눌렀다.

"여기 무슨 용무로 왔는지 말해 보시지요. 들어 줄 만하면 들어 드리리다."

핍스 씨가 눈을 감더니 크고 길게 공기 냄새를 맡았다.

"흠, 소위 '가족'이라는 자들 몇 명이 이 집을 방문한 듯하군요."

그 말에 사람들이 불안하게 웅성거리기 시작했다. 핍스 씨가 눈을 번쩍 뜨더니 엘런비 선생님을 노려보았다. 두 눈에 순전한 악의가 요동치고 있었다.

"더불어 어느 저택으로 들어가는 길이 닫힌 것 같더라고요. 듣자 하니 그곳에 들어가려면 어떤 '열쇠'가 필요하다고 합디다."

핍스 씨가 손을 내밀었다.

"자, 그럼 부탁합니다."

엘런비 선생님은 현관문을 가리키며 대답했다.

"당신이 찾는 열쇠는 이 안에 있소."

이어 엘런비 선생님은 호주머니에서 열쇠 꾸러미를 꺼냈다.

"그리고 열쇠를 얻으러 저 안에 들어가려면 이게 필요하지요."

엘런비 선생님이 열쇠 꾸러미를 내밀자 프레디는 심장이 철렁했다. 핍스 씨가 눈을 부릅뜨고서 성큼성큼 다가왔다.

엘런비 선생님이 팔을 뒤로 젖히더니 열쇠 꾸러미를 힘껏 던졌다. 열쇠가 진입로 너머로 날아가더니 어둠에 잠긴 산울타리 어딘가에 떨어졌다.

모여든 군중이 일시에 헉 하고 탄식을 터뜨렸다.

엘런비 선생님은 부드러운 눈길로 핍스 씨를 바라보았다. 핍스 씨는 분노로 얼굴이 일그러져 있었다. 프레디는 잠깐이나마 기분이 좋아졌다.

그때, 사람들 틈에서 뭔가가 날아오더니 엘런비 선생님의 관자놀이를 때렸다.

엘런비 선생님이 비틀비틀 뒷걸음질 치더니 쓰러지지 않으려고 창턱을 붙잡았다. 하지만 연이어 날아온 돌멩이에 이마를 공격당하자, 엘런비 선생님은 땅에 풀썩 쓰러지고 말았다. 이마를 짚었다가 뗀 손에 시뻘건 피가 가득했다.

다음 순간 사람들이 엘런비 선생님에게 우르르 달려들었다.

프레디는 다친 엘런비 선생님을 보호하려고 갖은 애를 썼다. 하지만 누군가가 프레디를 밀쳐 냈다. 이미 상처 입어 피를 흘리고 있는 사람에게 성난 군중의 주먹질과 발길질이 이어졌다. 그 사이 또 한 무리가 현관문을 쾅쾅 내리쳤다. 공격을 이기지 못한 경첩이 툭 떨어져 나가자, 열 명도 넘는 사람들이 현관 안으로 우르르 넘겨졌다. 와 하는 함성이 일어나더니 사람들이 집 안으로 밀물처럼 밀려 들어갔다. 그 과정에서 엘런비 선생님에 대한 공격이 멈춘 게 그나마 다행이었다.

사람들이 관심을 잃은 틈을 타서 프레디는 얼른 쓰러진 엘런비 선생님의 상태를 살폈다. 이내 2층 창문에서 물건들이 떨어지기 시작했다. 옷가지, 구두, 책 등이 두 사람 주변에 비처럼 쏟아졌다. 잠시 후 집 안에서 광기 어린 탄성이 울려 퍼지더니 누군가 문으로 달려 나오며 소리쳤다.

"찾았다!"

누군가가 황금빛 물건을 높이 쳐들더니 사람들이 한 떼가 되어 굽이치는 강물처럼 골목길을 쏴아 빠져나갔다. 군중이 남기고 간 정적이 프레디의 귀를 파고들어 왔다. 프레디는 엘런비 선생님을 일으켜 앉혔다. 관자놀이와 이마가 피범벅이 되어 있었다. 엘런비 선생님은 뒤틀려 버린 안경다리를 덜덜 떨리는 손으로 펴려 애썼다.

"그냥 좀 긁혔을 뿐이야. 걱정하지 말려무나. 내가 의사니 내 말 믿으렴."

"한심하고 가엾은 인간 같으니라고."

핍스 씨가 어둠 속에 서서 두 사람을 조롱하자, 엘런비 선생님이 프레디의 부축을 받아 일어서며 대꾸했다.

"그게 당신의 전문적 소견이요?"

핍스 씨는 어이없다는 듯 고개를 절레절레 흔들었다.

"저항했다가 그 꼴을 당하고도 그런 소리가 나오나?"

"아무 소용이 없더라도 저항하는 데 의미가 있는 거지. 그게 가장 중요한 거요."

엘런비 선생님은 조끼 아랫자락을 힘차게 잡아당기며 옷매무새를 가다듬고서 자리에서 일어섰다.

핍스 씨는 넌더리 난다는 듯 고개를 흔들며 사람들을 뒤따라 걸음을 옮겼다.

"천벌을 받게 될 거야!"

프레디가 목청 터져라 외치자, 핍스 씨는 뒤돌아보지도 않고서 되받아쳤다.

"오, 기대하고 있으마!"

젬

젬은 오빠와 함께 침실 창문 앞에 서 있었다. 영지를 둘러싼 담에 까마귀 떼가 계속 모여들고 있었다. 분명 무슨 일을 준비하는 듯한데 정확히 어떤 일인지는 알 수가 없었다. 솔직히 젬은 그 문제에 대해 깊이 생각하고 싶지도 않았다.

"오빠, 우린 이 사람들을 도와야 해."

"내 생각도 같아."

젬은 놀라서 오빠를 쳐다보았다. 지금까지 톰은 문제가 생길 기미만 보여도 달아나는 편이었다. 길에서 지내는 동안 모든 관심은 살아남는 데 쏠려 있었다. 남매는 언제 어디서든 필요한 것을 손에 넣으면 최대한 빨리 그곳을 떴다. 그러나 젬은 오빠가 선한 마음을 지녔다는 걸 알고 있었다.

"피글릿한테 고마워해. 피글릿이 여러 가지 일을 보여 줬거든. 그 덕에 사람들이 뚜렷한 이유 없이 얼마나 서로를 두려워하고 꺼리는지 알게 되었어."

톰은 적당한 말이 생각나지 않는 듯 인상을 살짝 찌푸렸다.

"생각보다 우리랑 이 가족은 공통점이 많아. 피글릿은 친절해. 피글릿의 가족도 친절하고. 우리는 이 가족한테 신세를 졌어."

"오빠, 그럼 떠나지 않고 이 사람들 곁을 지킬 거지?"

"당연하지."

누가 문을 똑똑 두드렸다. 남매가 돌아서자 문이 열리더니 일라이자가 들어왔다.

"사람들이 몰려오고 있어."

프레디

　프레디는 엘런비 선생님을 부축해서 집 안으로 데려가려고 진땀을 흘렸다. 힘겹게 현관에 들어서자 엘런비 선생님이 끙 하고 신음했다.

　"선생님, 많이 아프세요?"

　엘런비 선생님은 바닥에 나뒹구는 옷가지, 책, 살림살이를 손짓하며 씁쓸히 웃었다.

　"내 미적 감각만 상처받았을 뿐이야."

　프레디는 무슨 말인지 제대로 알아듣지 못했지만, 그냥 고개를 끄덕였다.

　엘런비 선생님은 서재 의자에 털썩 주저앉더니 옆 탁자에서 거즈와 알코올을 꺼냈다. 그러고는 인상을 찌푸리며 얼굴의 상처를 소독했다.

　"프레디, 그 핍스란 자 말이다. 정체가 도대체 뭐냐?"

　"괴물이요. 영혼을 먹어요. 미러벨이나 그 애 가족 같은 사람의 영혼을요. 오랫동안 그 가족을 사냥했다고 자기 입으로 말했어요."

"그렇구나."

"그 사람 말에 어떤 힘이 있나 봐요. 그자는 사람들이 서로를 미워하게 만들 수 있어요. 아빠를 가장 먼저 다른 사람으로 바꿔 놓았어요."

엘런비 선생님은 이마의 상처를 거즈로 두드리며 고개를 끄덕였다.

문득 바깥에서 자동차 다가오는 소리가 들리더니 잠시 전조등 불빛이 창을 밝히다가 사라졌다. 프레디는 자리에서 벌떡 일어나 주먹을 움켜쥐었다.

"사람들이 또 들이닥치려나 봐요."

프레디는 두리번거리며 무기가 될 만한 물건을 찾았다. 그러자 엘런비 선생님이 몸을 숙이더니 프레디의 손을 잡으며 고개를 가로저었다. 프레디가 반발하려는 순간, 누군가 프레디의 이름을 불렀다.

프레디는 곧장 방문으로 달려가서 어머니가 채 들어서기도 전에 꼭 끌어안았다.

"엄마! 엄마! 아빠랑 마을 사람들이 거기로……."

"저택으로 몰려갔지. 그래, 나도 알고 있단다."

"사람들을 막아야 해요!"

플레처 부인의 눈에 단호한 결의가 서렸다.

"그래. 그래서 사람들을 뒤쫓아갈 작정이야."

다친 엘런비 선생님을 프레디네 화물차에 태우려니 시간이 꽤 걸렸다. 엘런비 선생님은 조수석에 앉자마자 지친 몸을 푹 기댔다. 프레디는 서둘러 엘런비 선생님 옆에 올라탔다. 선생님의 얼굴이 너무 지쳐 보였다. 프레디는 엘런비 선생님의 팔을 다독이며 다짐했다.

"선생님, 우리가 꼭 막아 낼 거예요."

엘런비 선생님은 힘겹게 웃음 지으며 대답했다.

"그럼, 프레디. 반드시 그렇게 될 거야."

프레디는 지금까지 어머니가 운전하는 모습을 본 적이 없었다. 플레처 부인은 운전대를 꽉 붙잡고서 온 정신을 집중해서 차를 몰았고, 프레디는 그런 어머니에게 감탄했다.

그렇게 한동안 달려갔더니 저만치 앞에 온갖 차량이 길을 가로막고 서 있었다. 어두운 숲 사이로 불빛이 이리저리 비쳤다. 놀랍게도 사람들은 활활 타오르는 횃불을 들고 있었다.

프레디의 어머니는 서둘러 차를 세우고서 아들과 함께 차에서 내렸다. 엘런비 선생님이 내리려 하자, 플레처 부인은 손사래를 치며 말렸다.

"맙소사, 엘리자베스. 그럴 거면 날 왜 데리고 왔어요? 움직여도 되는지 안 되는지는 의사인 내가 제일 잘 압니다."

플레처 부인은 마지못해 아들과 함께 엘런비 선생님을 부축해서 숲으로 들어갔다. 길 안내는 프레디가 맡았다. 이미 수없이 다녀 본 길이었다. 이윽고 세 사람은 자그마한 빈터에 들어섰다. 마을 사람들에게 둘러싸인 핍스 씨와 아버지가 보였다. 모여든 사람 중 몇몇은 대충 만든 횃불을 들고 있었다. 낡은 천과 휘발유가 타는 역한 냄새에 프레디는 속이 메슥거렸다. 아버지는 가슴팍에 동그란 열쇠를 안아 들고서 바위기둥을 내려다보고 있었다. 절망적인 표정을 보니 과연 이래도 되는지 스스로도 의심스러운 모양이었다. 프레디는 핍스 씨의 눈에 분노가 번득이는 걸 보았다.

"플레처 씨, 이제 그만 시작합시다. 방법은 잘 아시잖아요."

플레처 씨가 열쇠를 바위 가까이 갖다 댔다. 프레디는 아버지의 눈 속에서 마지막 망설임을 보았다. 아버지의 손이 덜덜 떨리고 있었다.

플레처 씨는 열쇠를 바위에 올려놓고서 잠시 머뭇거렸다.

"아빠! 하지 마세요!"

프레디가 목청 터져라 외치는 순간, 플레처 씨가 열쇠를 돌렸다. 동시에 핍스 씨가 휙 고개를 돌리고서 프레디를 노려보았다. 그러나 눈에 보이지 않는 불꽃이 튀듯 파지직 소리가 나기 시작하자 핍스 씨는 이내 그쪽으로 관심을 돌렸다. 이윽고 사람들 머리 위에 무지갯빛 소용돌이가 나타나더니 색깔이 하나로 섞이

기 시작했다. 모든 색이 모여 한 줄기 눈부신 빛으로 변하자 놀란 사람들이 주춤 뒤로 물러서며 손으로 눈을 가렸다.

이윽고 빛이 사라졌다.

잠시 후 눈을 뜬 사람들은 세상에 구멍이 뚫렸다고밖에 표현할 수 없는 광경을 마주했다. 허공에 난 직사각형 창문 너머로 룩헤이븐 가족이 사는 다른 세계가 들여다보였다. 구불구불 이어진 하얀 진입로 끝에 담에 둘러싸인 저택이 자리하고 있었다.

한동안 아무도 입을 벙긋할 엄두를 내지 못했다. 핍스 씨조차 말문이 막힌 듯했다. 이윽고 핍스 씨가 숨을 헐떡이기 시작했다. 프레디는 그자의 눈이 회색으로 변하는 걸 알아차렸다. 핍스 씨가 입맛을 다시더니 두 주먹을 불끈 쥐고서 고개를 뒤로 젖혔다. 목구멍 깊은 곳에서부터 악마의 포효가 울려 퍼졌다.

그 소리를 신호로 마을 사람들이 저택 진입로로 전진했다.

꽃들이 기다리고 있는 곳으로.

미러벨

　미러벨은 손으로 배를 살며시 문질렀다. 가족과 함께 저택 계
단에 서서 글래머가 뚫리는 광경을 지켜보노라니 마음뿐 아니
라 몸에도 고통이 느껴졌다. 미러벨은 이 느낌이 아마 공포일 거
라고 짐작했다. 최근 들어 여러 가지 사건을 목격했지만, 지금
눈앞에서 벌어지는 일이 가장 끔찍했다. 이대로 모든 것이 끝장
날 수 있다는 걸 알기 때문이었다.

　기디언은 미러벨의 다리에 찰싹
매달려 있다가 글래머가 뚫리자

질겁했다.

"안에 들어가 있으라고 했잖아."

미러벨은 발끈했지만, 마음이 쓰렸다. 기디언이 어찌할 줄 모르는 얼굴로 미러벨을 올려다보고 있었다. 그래도 미러벨은 단호히 말했다.

"어서 들어가!"

기디언이 히잉 하며 가냘프게 울더니 모습을 획 감추었다. 다리에서 기디언이 팔을 푸는 느낌이 났다. 막상 기디언이 사라지자 미러벨은 가슴이 찌릿하니 아팠다.

젬과 톰 남매, 일라이자 이모가 미러벨 곁을 지키고, 이녁 삼촌은 저택 담 위를 날아다니며 상황을 지켜보고 있었다. 이녁 삼촌은 어린 꽃들에게 2차 방어선을 맡기자고 제안했고, 어린 꽃들은 전투에 참여한다는 소식에 잔뜩 들떴다. 미러벨은 어린 꽃 무리가 사납게 쉿쉿 소리를 내며 부지런히 뿌리를 움직여 진입로로 진군하는 모습을 잠잠히 지켜보았다. 자부심과 두려움이 동시에 몰려들어 마음이 복잡하기만 했다. 꽃들은 엄연한 가족의 일원이니 자신의 집을 지킬 권리가 있었다.

미러벨은 긴장을 풀기 위해 심호흡을 했다. 누군가 미러벨의 손을 꼭 잡아 주었다. 젬이었다.

그사이 까마귀 떼는 달빛과 횃불 빛에 깃털을 적시며 내내 상황을 지켜보고 있었다.

그리고 그 광경에 미러벨의 마음은 더욱 무겁게 가라앉았다.

프레디

진입로는 침입자를 향해 소리를 지르며 달려드는 꽃들로 혼란의 도가니를 이루었다. 몇몇 사람이 활활 타오르는 횃불을 휘두르며 반격하자, 불타는 꽃들의 처절한 비명 소리가 밤공기를 흔들었다. 총을 쏘는 사람도 있었다. 총알이 목표에 명중할 때마다 밤하늘에 초록색 살점이 튀어 올랐다. 꽃들은 반격하기 위해 힘을 모으려 했지만, 마을 사람들이 죽을 둥 살 둥 달려드는 데 놀라서 우왕좌왕 흩어지고 말았다.

프레디는 꽃들에게 지팡이를 휘두르는 앨피 파킨을 발견했다. 극도로 예민해진 티즈데일 씨가 흑흑 흐느끼고

횡설수설하며 부지깽이로 꽃을 반동강 내
는 모습을 보았다. 스미스 씨 부부는 막대기를 휘
두르고 있었다. 분명 아는 사람들인데 하나같이 낯설어 보였
다. 다들 뭔가에 홀린 듯했다.

프레디는 저도 모르게 성난 군중의 뒤를 따라 움직이면서 아
버지를 살폈다. 아버지는 최면에 빠진 사람처럼 느릿느릿 걸었
다. 주변에서 일어나는 일을 알아차리지도 못하는 듯했다. 다른
사람과 달리 아버지는 꽃을 공격하지 않았다. 어머니가 프레디
를 소리쳐 불렀다. 엘런비 선생님이 절뚝거리며 쫓아와서 팔을
붙잡는 게 희미하게 느껴졌다. 그래도 프레디는 무조건 앞으로
돌진했다. 아버지 곁으로 가야 했다. 어떻게든 아버지를 주문에
서 깨워야 했다. 프레디는 아버지의 손을 꽉 붙잡았다.

"아빠! 아빠!"

플레처 씨가 천천

히 고개를 돌렸다. 프레디를 본 순간, 갑자기 그의 눈에 분노가
이글거렸다. 플레처 씨는 버럭 소리 지르며 프레디를 밀쳤다.

"이놈 자식! 당장 돌아가!"

프레디는 바닥에 쾅당 쓰러졌다. 당
황한 아버지의 눈에 죄책감이 어리는
게 보였다.

"돌아가."

아버지는 흐느끼며 돌아서더니 폭도들을 뒤따라 걸
음을 옮겼다.

프레디는 일어서서 몸에 묻은 흙먼지를 털었다. 새로운 각
오가 활활 불타올랐다. 프레디는 성난 군중의 뒤를 따라 움
직였다. 사람들이 꽃을 박살 내고, 찌르고, 불태워도 이제는
놀라지 않았다. 이제 프레디의 눈길은 오직 한 형체, 핍스 씨
만을 향하고 있었다. 사람들은 핍스 씨를 말발굽 대형으로 싸
고서 꽃들이 다가오지 못하게 지켰다.

프레디의 어머니가 어느새 쫓아와 아들의 팔을 붙잡았다.

프레디는 어머니에게 핍스 씨를 가리켜 보였다.

"엄마, 저길 봐요. 저자는 겁쟁이예요. 자기 혼자 살려고 모두를 이용하고 있어요."

꽃들의 비명이 차츰 잦아들었다. 이윽고 사람들이 힘을 쓰느라 끙끙거리며 몽둥이로 남은 몇 송이를 쿵쿵 짓이기는 소리만 남았다. 그리고 프레디는 그 소리가 더 소름 끼쳤다.

미러벨

미러벨은 흐느껴 울었다. 슬픔이 아니라 분노의 눈물이었다. 미러벨은 꽃길이 파괴되는 현장을 지켜보며 자신이 얼마나 무력한지 절실히 느꼈다.

"마지막 남은 꽃들도 당한 거 같아."

톰이 목멘 소리로 중얼거렸다.

미러벨은 일라이자 이모 쪽으로 눈길을 돌렸다. 조금 전까지 거기 있었는데 이모의 모습이 보이지 않았다. 미러벨은 손등으로 눈물을 북북 문질러 닦았다. 꽃길에서 승리의 함성이 울려 퍼졌다.

미러벨은 고개를 빳빳이 쳐들며 말했다.

"상관없어. 이제 두 번째 방어 수단을 쓸 수밖에."

프레디

프레디는 마을 사람들의 포악함에 몸서리가 쳐졌다. 사람들이 손에 잡히는 모든 도구로 꽃들을 난도질하는 광경을 지켜보며 경악할 수밖에 없었다. 사람들이 지르는 승리의 함성은 더욱 역겨웠다. 어머니는 흐느껴 울고, 엘런비 선생님은 파괴된 꽃길을 보며 말을 잊은 듯했다.

꽃 한 송이가 바닥에 쓰러져 꿈틀거리며 가쁜 숨을 몰아쉬고 있었다. 티즈데일 씨는 꽃을 밟고 서서 부드러운 살에 마지막 일격을 가하려고 부지깽이를 높이 쳐들었다.

"티즈데일 씨!"

넌더리가 난 플레처 부인이 버럭 소리를 질렀다. 그러자 티즈데일 씨가 갑자기 꿈에서 깨어난 사람처럼 눈을 껌벅이더니 프레디의 어머니를 멍하게 바라보았다. 점차 티즈데일 씨의 얼굴에 부끄러워하는 빛이 떠올랐다. 티즈데일 씨는 부지깽이를 내리고서 대문 앞에 모여선 사람들 곁으로 갔다.

핍스 씨가 손뼉을 짝짝 치며 말했다.

"잘했어요. 아주 잘했어요. 여러분이 참으로 자랑스럽습니다."

사람들은 가쁜 숨을 몰아쉬고 있었다. 찬 밤공기에 하얀 김이 뿜어져 나왔다. 모두 꿈과 생시 중간에 발목이 잡혀 있는 듯 정신이 반쯤 나가 있었다. 프레디는 사람들 틈에서 아버지의 모습을 찾았다. 아버지는 뭐가 뭔지 모르겠다는 듯 자기 손만 멀뚱멀뚱 내려다보고 있었다.

이윽고 핍스 씨가 프레디 일행을 바라보며 히죽거렸다.

"네 이웃들이 참으로 잘 해내지 않았니?"

프레디는 핍스 씨를 매섭게 노려보았다. 핍스 씨는 잔뜩 신이 나서 두 손을 싹싹 비비며 말을 이었다.

"자, 룩헤이븐 마을 주민 여러분! 이제 여러분의 시간입니다. 누구도 여러분을 막을 수 없어요. 저들에 대한 처벌을 시작……."

"음, 일라이자는 당신과 생각이 다른 모양인데?"

엘런비 선생님이 대문을 가리키며 말했다. 돌기둥 사이에 성난 검은 구름이 일어나고 있었다.

핍스 씨는 껄껄 웃었다.

"그 무슨 얼토당토……."

검은 구름이 엄청난 속도로 돌진하더니 작은 입자가 되어 산산이 흩어졌다. 이내 마을 사람들은 수천 마리의 거미 떼에 휩싸였다.

거미 떼가 다리를 타고 오르자, 티즈데일 씨는 마구 비명을 질렀다. 순식간에 검은 막이 쉿쉿 소리를 내며 온몸을 뒤덮었다. 티즈데일 씨는 거미를 떼어 내려 펄쩍펄쩍 뛰고 팔을 휘저었다. 그러나 거미 떼는 여간해선 물러서지 않았다. 다른 사람들도 마찬가지 상황을 마주하고 있었다.

그리그스 경관이 어쩔 줄 몰라 하며 헬멧으로 거미를 떨어내고, 거미 떼에 얼굴을 뒤덮인 카스웰 씨가 산울타리에 거꾸로 자빠지는 광경을 보며 프레디는 한편으로 속이 후련했다.

핍스 씨는 마을 사람들에게 한데 모여 일라이자의 공격에 맞서라고 고래고래 소리를 질러 댔다.

프레디는 짜릿한 희망을 맛보았다. 그러나 엘런비 선생님이 프레디의 어깨에 손을 얹으며 나직이 속삭였다.

"일라이자는 그저 가족들에게 조금이라도 더 시간을 벌어 주고 있는 것뿐이란다."

젬

젬은 일라이자가 마을 사람들을 공격하는 광경을 존경심을 품고 지켜보았다. 부디 일라이자가 흐름을 바꾸고 사람들을 돌려보낼 수 있기를 바랐다. 그러나 젬은 헛된 소망이라는 걸 내심 알고 있었다.

결국 검은 물결이 해안가에서 쓸려 나가듯 거미 떼가 후퇴했다. 마을 사람들이 법석을 떠는 틈에 일라이자는 저택으로 돌아오면서 인간 형태로 모습을 바꾸었다. 비틀비틀 다리를 절며 현관 계단에 도착한 일라이자의 얼굴에 군데군데 구멍이 뚫려 있었다. 젬은 상해 버린 일라이자의 모습을 보며 가슴이 철렁했다. 그 와중에도 일라이자는 가족을 향해 애써 웃어 보이더니 돌기둥에 털썩 기대어 앉았다.

"이모가 정말 애쓰셨어."

난데없이 오드의 목소리가 들리는 바람에 젬은 기겁했다. 어느새 오드가 곁에 서 있었다. 오드는 놀란 젬의 표정이 재미있다는 듯 싱글대며 말을 이었다.

"네가 무슨 생각 하는지 알아. 하지만 겉모습만 봐서는 알 수 없는 법이지. 나 그냥 걸어왔거든."

오드는 인상을 찌푸리며 덧붙였다.

"'처절한 고통 속에 기어 왔다'라고 하는 게 더 맞겠다."

오드는 일라이자에게 눈길을 돌렸다.

"이모, 수고하셨어요. 이모가 정말 자랑스러워요."

일라이자가 반쪽밖에 없는 손을 들어 힘없이 거수경례를 보냈다. 오드는 웃으려다가 움찔하며 옆구리를 잡았다.

"오드, 여기 있으면 안 돼."

미러벨이 말리려 하자, 오드가 너스레를 떨었다.

"그럼 달리 어디에 가 있겠어? 수백 년 동안 이어진 가문이 몰락하는 현장을 지켜봐야지. 인정하고 싶지 않지만, 이 가문에 나도 속해 있다는 사실이 가끔 자랑스러울 때도 있었거든."

일라이자가 피식 웃으며 대꾸했다.

"어휴, 그 말을 누가 믿겠니?"

다음 순간, 오드가 휘청했다. 놀란 젬과 미러벨이 서둘러 오드를 부축해 주었다.

오드는 힘없이 웃으며 농담을 던졌다.

"두 사람 무슨 생각하는지 알아. 상황이 이렇게 심각하니 오드가 어떻게 해 주지 않을까 기대하지? 솔직히 몸이 너무 약해져서 능력을 쓸 수가 없어. 설사 내가 어찌어찌 모두를 대피시킨다 해도, 저 괴물이 결국 우리를 찾아낼 거야."

현관 앞의 네 사람은 폭도들이 서서히 힘을 되찾는 광경을 지켜보았다. 대문 근처의 사람 그림자들이 일라이자의 공격에 놀라 떨어뜨린 무기를 챙기고서 다음 공격을 준비하고 있었다.

아무도 말이 없었다. 젬은 두려움에 질려 속이 울렁거렸다. 머리가 핑핑 도는 것 같았다. 뭔가 일을 해결할 방법이 있을 듯한데 생각이 나지 않았다. 그동안 젬은 고통과 파멸과 폭력만을 보아 왔다. 어떤 것도 그 힘에 맞설 수 없는 듯했다.

단……

젬은 돌아서서 저택 안으로 달려 들어갔다. 뒤에서 미러벨이 소리쳐 불렀지만, 젬은 어깨 너머로 곧 돌아오겠다는 대답만 했다. 복도에 들어섰더니 쌍둥이가 두려움에 떨며 창밖을 살피고 있었다. 젬은 그중 한 명의 어깨를 붙잡았다. 손이 투명한 몸을 쓱 통과해 버리자, 젬은 속으로 자신에게 바보라고 퍼부었다.

"도티, 도와줘. 난……"

상대가 옆을 가리키며 짜증스럽게 대꾸했다.

"저쪽이 도티야. 난 데이지고."

"미안."

젬은 도티에게 눈길을 돌렸다.

"도티, 피글릿 방의 열쇠를 가져다줘. 최대한 빨리 거기서 만나."

도티의 얼굴이 공포에 질렸다.

"안 돼. 못 해. 이녁 삼촌이 화낼 거야."

그러자 데이지가 눈을 빙글 굴리며 말했다.

"도티, 그냥 하라는 대로 해. 조금 지나면 다 소용없는 수가 있어."

도티는 잠시 망설이더니 고개를 끄덕였다. 젬은 곧장 지하층을 향해 전속력으로 달리기 시작했다. 피글릿의 방으로 가는 복도는 섬뜩한 적막 속에 잠겨 있었다. 벌써 문 앞에 서서 기다리고 있는 도티를 보자 젬은 마음이 놓이면서 동시에 무서웠다. 도티가 천장을 가리키며 말했다.

"열쇠를 찾아서 지름길로 왔어."

젬은 고개를 끄덕여 고맙다는 인사를 하고서 열쇠를 받아 자물쇠에 끼웠다. 그러고는 크게 심호흡을 한번 한 뒤 열쇠를 돌렸다. 철컹하면서 자물쇠가 풀리는 묵직한 느낌이 났다. 도티 쪽을 바라보았더니 도티는 이미 떠나고 없었다. 젬은 문을 잡고서 힘껏 밀었다. 예상한 것보다 무겁지 않았다. 그러나 젬은 숨을 헐떡였다. 힘을 써서라기보다 두려워서였다. 젬은 피글릿의 방 안팎에서 무슨 일이 일어나는지 들으려고 귀를 쫑긋 세웠다.

침묵만이 흐를 뿐 아무 소리도 들리지 않았다.

젬은 문턱을 지나 방 안에 들어섰다. 얼굴에 서늘하고 축축한 공기가 닿았다. 젬은 팔을 앞으로 쭉 뻗고서 더듬더듬 앞으로 나아갔다. 아무것도 보이지 않았지만, 앞에 거대한 공간이 펼쳐져 있다는 걸 직감적으로 알 수 있었다.

"피글릿?"

젬의 낮은 속삭임이 어둠 속에 메아리칠 뿐 아무 대답도 들리지 않았다.

"피글릿? 거기 있어요?"

나직하게 푸르르 하는 소리가 들린 듯했다.

"피글릿? 피글릿 맞아요?"

어둠 속에서 뭔가가 느릿느릿 젬의 곁을 스쳐 지나갔다. 젬은 심장이 터질 듯 쿵쾅쿵쾅 뛰어서 눈을 감고 마른침을 꼴깍 삼켰다.

"피글릿. 부탁이에요. 도와주세요."

어둠 속 어딘가에서 끙끙대는 소리가 들려왔다.

"피글릿, 가족에겐 당신 도움이 필요해요."

어둠 속에 고통스런 신음이 울려 퍼졌다. 패배감이 가득한 서글픈 소리였다.

"버트럼을 그리워하는 거 알아요."

뭔가 거대한 것이 어둠 속에서 몸부림을 쳤다. 쾅 하는 엄청난 소음과 함께 고통에 찬 절규가 울려 퍼졌다. 젬은 온몸이 뻣뻣이 얼어붙었다.

"제발요."

젬은 목소리를 쥐어짰다.

"가족에게 당신이 필요하다고요."

이번에는 아무 반응이 없었다. 그저 침묵만 흘렀다. 젬은 잠자코 기다렸다. 침묵이 한없이 이어졌다. 일 초, 또 일 초 시간이 흐를 때마다 처음 이 방법을 떠올렸을 때 품었던 실낱같은 희망이 점점 흩어졌다. 젬은 고개를 절레절레 흔들며 문으로 향했다. 눈가가 시큰거리며 눈물이 솟구쳤다. 젬은 걸음을 멈추고서 버럭 소리를 질렀다.

"'미러벨'이 당신을 필요로 한다고요!"

어둠 속에서 뭔가 거대한 것이 날개를 펼치는 듯한 소리가 울려 퍼졌다. 깊은 바닷속을 헤엄치는 지느러미처럼 매끄러운 움직임이, 용의 불길처럼 뜨거운 숨결이 느껴졌다. 다음 순간, 어둠 속에서 시뻘건 눈동자가 이글대기 시작했다.

미러벨

두려움도 고통도 이제 버텨 낼 의지가 거의 남아 있지 않았다. 미러벨은 마을 사람들이 마지막 공격을 위해 대열을 갖추는 광경을 지켜보았다. 말리스가 사람들 가운데 서 있었다. 미러벨은 이제 모든 게 끝났음을 깨달았다.

문득 검은 그림자가 휙 지나가더니 미러벨 곁에 이넉 삼촌이 내려섰다.

이넉 삼촌은 오드를 보며 인상을 찌푸렸다.

"쉬어야지."

"삼촌, 걱정해 줘서 고마운데요. 그래도 여기 있는 쪽이 좀 더 쓸모 있지 않을까요? 할 수 있는 한 힘을 모아야죠."

오드는 옆에 선 톰을 눈짓으로 가리켰다. 톰은 어디선가 찾아 낸 나무 막대기를 손에 들고 있었다. 톰이 머쓱한 표정으로 대꾸했다.

"조금이라도 도움이 될까 해서요."

이넉 삼촌이 고개를 짧게 까딱였다. 미러벨은 삼촌 나름의 진심으로 고맙다는 표시라는 걸 알아보고 서글프게 웃었다.

이닉 삼촌은 미러벨 옆에 뻣뻣이 서서 눈을 마주치지 못했다.

"삼촌, 무슨 할 말 있으세요?"

"그런 거 없다."

다가오는 폭도들을 바라보는 이닉 삼촌의 턱이 파르르 떨렸다.

"삼촌?"

이닉 삼촌이 미러벨을 내려다보았다. 미러벨은 눈물이 그렁그렁한 삼촌의 두 눈을 보고 깜짝 놀랐다.

"얘야, 보렴. 저들은 유한한 존재야. 언젠가는 죽음을 맞이한단다. 그러면 남은 가족은 고통을 겪지. 난 널 그 고통에서 구하고 싶었다. 그 끔찍한 고통으로부터 말이다. 난 그 고통이 사람을 얼마나 상처 입히는지 보아 왔어. 네 엄마에 대해 알려 주면, 너도 그런 고통을 겪었을 거야. 난 널 그 고통에서 보호하고 싶었다."

미러벨은 삼촌의 손을 잡았다.

"고마워요, 삼촌. 하지만 그러지 않으셔도 됐어요."

"난 네 보호자야. 널 지키겠다고 네 어머니에게 약속했어."

미러벨은 삼촌의 손을 꼭 붙잡았다.

"그래도 고통을 아는 쪽이 나아요."

이닉 삼촌은 말없이 고개를 끄덕였다.

두 사람은 다시 군중에게 눈길을 돌렸다. 말리스가 선두에 서 있었다. 얼굴 가득 기괴한 미소를 지으며.

프레디

프레디는 아버지와 보조를 맞춰 걸으며 계속 말을 걸었다.

"아빠, 이러실 필요 없어요. 아빠도 아시잖아요."

플레처 씨의 얼굴은 눈물로 얼룩져 있었다. 플레처 씨는 줄곧 저택을 쳐다보며 소리 없이 무슨 말을 중얼거렸다. 이제 저택 입구까지 몇 걸음도 채 남지 않은 상황이었다. 프레디는 현관에 선 미러벨, 오드, 이넉과 일라이자를 알아보았다. 쌍둥이는 집 안에서 창문으로 바깥 상황을 살피고 있었다.

"아빠?"

그 순간, 핍스 씨의 목소리가 울려 퍼졌다.

"보라! 룩헤이븐 마을의 선량한 주민들이 족쇄를 벗고 자유를 찾았도다!"

핍스 씨의 눈이 번들번들 빛났다. 프레디는 그 어느 때보다도 핍스 씨가 역겹게 느껴졌다.

"자, 여러분, 그럼 부디 앞으로 가셔서 저 '사람들'에게 마땅한 처벌을 내리시지요."

사람들이 기세등등해서 앞으로 전진했다. 룩헤이븐 가족은 그 자리에 가만히 서서 사람들을 기다리고만 있었다. 프레디는 어서 도망가라고 소리치고 싶었다. 왜 달아나지 않는 걸까? 이제 성난 군중이 턱밑까지 다가왔는데. 여차하면 달려들 텐데…….

그다음 일은 생각조차 하고 싶지 않았다. 프레디는 숨죽이고 서 앞으로 벌어질 사태를 지켜보았다. 그사이 맨 앞줄 사람들이 이제 현관 계단 밑에 도착했다. 벌써 무기를 높이 쳐든 사람도 있었다.

다음 순간, 저택 문이 폭발하듯 산산이 부서졌다. 나뭇조각이 휘날리는 사이로 뭔가 시커멓고 거대한 것이 저택 밖으로 뛰쳐나오더니 땅을 박차고 일어서서 밤하늘을 향해 포효했다. 프레디는 자신이 무엇을 보고 있는지 제대로 파악할 수가 없었다. 수많은 초록색, 아니 어쩌면 주황색 눈알에 아름다운 불길이 일렁였다. 목에는 진홍색 깃털이 돋아 있고, 무시무시한 뿔과 발톱이 보였다. 전설에 나오는 괴물이 이런 모습일까? 수수께끼 같은 존재가 다시 포효하더니 사람들에게 달려들었다. 겁에 질린 군중이 사방으로 흩어졌다.

"죽여! 어서 죽여!"

핍스 씨가 고래고래 악을 썼다. 프레디는 미러벨이 외치는 소리를 들었다.

"피글릿! 안 돼요!"

'피글릿! 저 괴물이 피글릿이구나!'

핍스 씨는 여전히 악을 쓰고 있었다.

"어서 죽이라고!"

'용감한' 마을 사람 대여섯 명이 총을 들더니 기적처럼 한꺼번에 발포하는 데 성공했다.

그 순간, 프레디의 눈앞에서 피글릿이 폭발했다.

피글릿

아이가 찾아왔을 때 피글릿은 두려웠다.

피글릿은 아이가 어서 가 버리길 바랐다. 두려움에 떤 지도 벌써 꽤 되었다. 영원토록 두려움에 떨며 살아온 것만 같았다. 말리스가 오기 전에 피글릿은 두려워해 본 적이 없기 때문이었다. 두려움은 고통스러웠다. 온몸 구석구석이 아팠다.

피글릿은 버트럼이 그리웠다.

오드가 걱정스러웠다.

세상에 두려움과 고통이 넘쳤다.

아이는 도와 달라고 애처롭게 매달렸다. 하지만 피글릿이 뭘 어쩔 수 있단 말인가? 버트럼을 죽인 괴물은 물리칠 수 있는 상대가 아니었다. 피글릿은 그 사실을 잘 알았다.

그러자 아이가 미러벨을 보호해 달라고 부탁했다. 피글릿은 미러벨에 대해 생각했다. 미러벨의 목소리가 피글릿에게 얼마나 소중한지, 미러벨이 곁에 있다는 게 얼마나 기쁜지 생각했다. 피글릿은 괴물에 대해 생각했다. 그 괴물이 얼마나 미러벨을 해치고 싶어 하는지, 얼마나 가족을 망가트리고 싶어 하는지 생각했다.

피글릿은 난생처음으로 분노란 감정을 알게 되었다.

이제 피글릿은 이렇게 괴물을, 마을에서 온 사람들을 마주하고 있다.

괴물의 비명이 들린다. 피글릿은 그 소리가 마음에 든다. 그 속에서 두려움이 들리기 때문이다. 피글릿은 자신을 바라보는 사람들을 본다. 그들의 눈 속에 가득한 공포를 본다. 피글릿은 그자들이 불쌍하다. 피글릿을 향해 무기를 휘두른 자까지도.

그리고 피글릿은 폭발한다.

수십 개의 반짝이는 황금 빛줄기로 폭발한다. 빛줄기 하나하나가 밤하늘을 날아 목표물을 찾아간다.

빛줄기 하나하나가 각 사람을 찾아간다.

빛줄기 하나하나가 피글릿이다.

빛줄기 하나하나가 사람들 속으로 들어가면서, 사람들은 피글릿을 알고, 피글릿도 그들을 안다.

피글릿은 스미스 씨네 부부를 안다. 스미스 씨가 매일 밤 아주 늦은 시각에야 침실에 들어가서 벽난로 앞에 앉아 죽은 두 아들 생각에 눈물 흘린다는 사실을 안다. 밤이 되면 늘 눈물이 나는데, 아내가 그 눈물을 볼까 봐 걱정한다는 사실을 안다. 그러나 피글릿은 이제 스미스 부인도 안다. 스미스 부인이 남편을 얼마나 사랑하는지 안다. 남편의 눈물을 보면 마음의 상처가 깊어지기보다 낫는 쪽이라는 사실도 안다. 두 사람이 고통을 함께 나누고, 짐을 나눠 들 수 있기 때문이다.

피글릿은 앨피 파킨에 대해서도 안다. 앨피가 얼마나 자신을 못나고 흉측하게 여기는지 안다. 매주 빵집을 찾아가 에이미 니콜슨한테서 빵을 산다는 사실도 안다. 앨피는 에이미를 좋아하고 미소가 참 예쁘다고 생각한다. 피글릿은 앨피가 빵집을 나설때마다 얼마나 창피해하는지 안다. 에이미와 이야기를 나누는 동안에는 즐겁지만, 빵집을 떠날 때마다 앨피는 자신이 누구인지 떠올린다. 자신이 얼마나 쓸모없고 추하게 느껴지는지 기억한다. 그렇게 앨피는 집으로 돌아가 또다시 빵을 쓰레기통에 버리고 만다.

피글릿은 에이미도 안다. 피글릿은 에이미가 앨피 파킨을 좋아한다는 걸 안다. 에이미는 앨피를 아주 많이 좋아한다. 그러나 앨피는 잠깐 몇 마디만 나누려 할 뿐이다. 이내 앨피의 얼굴에 먹구름이 드리우고, 앨피는 뭔가 끔찍한 사실을 떠올리고서 가게를 나선다. 에이미는 두 사람 사이에 메워지지 않는 깊은 골이 가로막고 있다고 느낀다. 골은 늘 그곳에 있을 텐데 에이미는 건너는 법을 알지 못한다.

피글릿은 티즈데일 씨가 수집한 온갖 시계를 얼마나 아끼는지, 키우는 고양이를 얼마나 소중하게 여기는지 안다. 늘 두려움과 불안감에 시달려서 그 사실을 감추기 위해 끊임없이 화를 내는 척한다는 사실도 안다. 피글릿은 그리그스 경관이 자신의 일과 명예를 얼마나 귀하게 여기는지 안다. 베넷 씨네 가족과 카스웰 씨네 가족에 대해서도 알고⋯⋯. 수많은 사람을 안다.

피글릿은 이제 플레처 씨네 가족에 대해서도 안다. 제임스를 잃은 일이 그 가족을 얼마나 짓누르는지, 사이를 갈기갈기 찢어 놓는지, 그 가족이 얼마나 그 일에 대해 말하기 힘들어하는지 안다. 프레디가 얼마나 아버지에게 다가가고 싶어 하는지, 그러나 그 방법을 몰라 힘들어하는지 안다. 프레디의 아버지가 하나 남은 아들에게 사랑을 드러내기 두려워하는 이유를 안다. 하나를 잃어 보니 남은 아들에게 사랑한다고 말하는 위험을 도저히 무릅쓸 자신이 없어서라는 걸 안다. 플레처 씨는 자신을 보호하기 위해 딱딱한 껍질을 둘러썼지만, 이제 그 껍질이 되레 그에게 고통을 주고 있다. 피글릿은 플레처 부인이 얼마나 남편의 마음에 다가가고 싶어 하는지, 그러나 자신의 능력으로는 어찌할 바를 몰라 어려워하는지 안다.

이제 피글릿은 그들을 바라보고 있다. 이제 사람들이 서로를 알기 때문이다. 피글릿은 프레디가 아버지에게 다가가는 모습을 지켜본다. 플레처 씨는 울고 있고, 프레디는 그런 아버지를 안아 준다. 이내 플레처 가족이 모두 모여 서로를 부둥켜안고 흐느껴 운다. 피글릿도 그들과 함께 운다. 그러나 피글릿의 눈물에는 기쁨도 담겨 있다.

피글릿은 룩헤이븐 마을 사람들의 마음을 거쳐 다니며 이 모든 것들을 보았다.

그리고 그들도 피글릿의 마음을 거쳐 갔다.

그리고 서로의 마음이 닿아 이제 모두가 서로를 안다. 서로의 약점과 나약함과 두려움을 안다. 그렇게 모두가 서로에게 자신을 오롯이 드러낸다. 말리스가 사람들의 마음에 심은 증오가 녹아 없어진다.

이제 피글릿은 사람들 곁을 떠난다. 각 사람의 조각을 지니고 간다. 피글릿은 작은 조각 하나하나가 다 선물이라는 걸 안다.

그렇게 마을 사람들은 자신을 되찾았다.

피글릿 덕분에 사람들은 이제 자유롭다.

미러벨

황금 빛줄기로 변신한 피글릿이 사람들의 몸을 떠나 하늘로 떠오르더니 옅은 황금빛 안개를 이루었다. 미러벨은 그 안개가 맥박이 뛰듯 사방에 무지개색 빛을 뿌리는 광경을 가만히 지켜보았다. 이윽고 안개가 피글릿의 방으로 돌아가기 위해 저택 현관문 안으로 미끄러져 들어갔다. 피글릿이 무사하다는 걸 깨닫자, 미러벨은 안도감이 파도처럼 몰려왔다.

마을 사람들은 대부분 자리에 털썩 주저앉아 있었다. 미러벨은 서로를 꼭 끌어안은 플레처 가족을 보았다. 모두가 몽롱한 표정을 짓고 있었다. 흑흑 울고
있는 사람도 보였다.

다음 순간, 말리스가
고래고래 소리를 질렀
다.

"일어나! 어서 일어나
라고! 이 멍청이들아!"

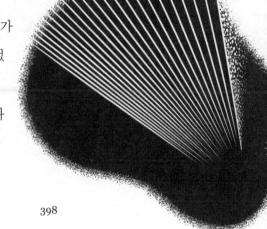

아무도 그의 말에 귀를 기울이지 않았다. 몇 사람이 비틀비틀 일어서더니 친구들이 일어설 수 있게 도와주었다. 그러나 말리스에게 주의를 기울이는 사람은 아무도 없었다.

오드가 이넉 삼촌을 쿡 찌르며 장난스레 말했다.

"피글릿은 위험해요, 그죠?"

놀랍게도 이넉 삼촌이 희미하게 웃었다.

그때 젬이 미러벨을 향해 달려오더니 숨을 헐떡이며 말했다.

"효과가 있었네."

"젬, 어떻게 이런 생각을 했어?"

미러벨이 묻자, 젬은 고개를 가로저었다.

"나도 이렇게 될 줄은 몰랐어. 그냥 짐작만 했지. 피글릿이 어떤 능력이 있는지 아니까. 오빠가 말해 줬거든. 그래서 서로가 서로의 참모습을 볼 수 있다면 어떻게든 되지 않을까 싶었어."

말리스는 계속 악을 쓰더니 주먹을 불끈 쥐고서 룩헤이븐 가족을 향해 돌아섰다.

"뭐, 상관없어. 내가 직접 일을 끝내면 되니까."

말리스가 성큼성큼 다가오자, 미러벨은 긴장한 탓인지 속이 쓰리고 아팠다. 젬이 얼른 미러벨의 팔을 붙잡아 주었다.

다음 순간, 이넉 삼촌이 하늘로 날아올랐다. 세찬 날개바람에 미러벨과 젬은 하마터면 넘어질 뻔했다. 이넉 삼촌이 말리스를 공격해 땅에 처박아 버리자, 미러벨은 팔을 번쩍 들고 함성을 질렀다. 말리스 주변에 있던 마을 사람들이 급히 몸을 피했다. 말리스는 곧바로 자리에서 벌떡 일어나더니 이넉 삼촌이 다시 공격하러 다가가자 옆으로 살짝 비켜서서 이넉 삼촌의 날개에 길고 날카로운 손톱을 휘둘렀다. 이번에는 이넉 삼촌이 땅에 내동댕이쳐졌다. 이넉 삼촌은 데굴데굴 구르면서 날개로 몸을 고치처럼 감싸려 했다. 미러벨은 삼촌의 한쪽 날개가 뒤로 꺾여 있는 걸 알아차렸다. 아무래도 날개가 부러진 모양이었다.

미러벨이 황급히 계단을 내려가려 하자, 젬이 미러벨을 붙잡으며 입 모양으로 '안 돼'라고 말했다.

땅에 널브러져 있던 이넉 삼촌이 몸을 일으키려다 다시 털썩 쓰러졌다. 말리스는 이넉 삼촌에게 어슬렁어슬렁 다가가며 싱글싱글 웃었다. 그러나 다음 순간, 그의 얼굴에서 웃음기가 싹 가셨다. 프레디가 나타나 이넉 삼촌과 말리스 사이를 가로막았기 때문이었다. 말리스는 걸음을 멈추고서 놀란 듯 고개를 갸웃했다. 이윽고 프레디의 아버지와 어머니가 아들 곁에 와서 섰다. 행색이 꾀죄죄해진 티즈데일 씨가 어디 한번 해보자는 표정을 지으며 플레처 가족 옆에 나란히 섰다. 점점 더 많은 사람이 모여들더니 이넉 삼촌을 위해 방어벽이 되어 주었다.

"어디 한 걸음 더 다가오기만 해 봐."

프레디가 쏘아붙였다. 말리스는 예상치 않은 이넉의 구원병들을 조금 놀란 듯 바라보더니 이내 배를 잡고 웃기 시작했다.

"맙소사. 이 쓸모 넘치는 멍청이들이 새로운 인생의 목표라도 찾았나. 참으로 놀랍군, 놀라워."

말리스가 눈물까지 흘리며 웃더니 몸을 펴고 꼿꼿이 섰다. 프레디는 그런 말리스를 매섭게 노려보았다.

"당신네가 할 수 있는 최선이 고작 이 정도란 말이야?"

말리스가 조롱을 퍼부었다. 그러자 미러벨이 소리쳤다.

"우리는 싸워 보지도 않고 포기하진 않을 거야."

말리스가 고개를 절레절레 흔들며 히죽히죽 웃었다.

"오, 뜻은 가상하다만 결국 그렇게 될 거야."

갑자기 말리스가 냄새를 킁킁 맡더니 바로 위의 나뭇가지를 올려다보았다. 미러벨도 말리스의 시선을 따라 눈을 들었다가 그쪽 나뭇잎이 팔랑팔랑 흔들리는 걸 보았다. 미러벨은 얼른 계단에 서 있는 가족들을 돌아보고서 한 가지 사실을 분명히 깨달았다. 정신이 아득해져 왔다.

"안 돼!"

이미 때는 늦었다. 나무에서 누군가 분노의 함성을 지르며 말리스에게 달려들었다. 말리스는 잠깐 놀라더니 손톱을 휘둘러 허공에서 뭔가를 잡아채더니 입을 쩍 벌렸다.

미러벨은 말리스를 향해 돌진했다. 그사이 말리스의 손에 잡힌 기디언이 모습을 드러내더니 말리스를 할퀴거나 물려고 발버둥 쳤다. 말리스는 그런 기디언을 보며 낄낄 웃음을 터뜨렸다.

"하하, 이런 겁 없는 녀석이 있나."

말리스는 기디언의 정수리 쪽 공기를 킁킁 냄새 맡았다.

"오호, 세상에 갓 나온 녀석이군. 아주 싱싱한 게 입에서 살살 녹겠구먼. 넌 마지막까지 아껴 두마."

플레처 씨가 한 걸음 다가서자 말리스는 손가락을 까딱였다.

"이런, 이런. 플레처 씨. 나라면 가만히 있겠어요."

말리스는 같은 손가락으로 기디언의 목을 긋는 시늉을 했다.

"내가 무슨 짓을 할지 나도 모릅니다."

프레디가 아버지의 팔을 붙잡자, 플레처 씨는 마지못해 뒤로 물러섰다.

"내 동생을 내려놔."

미러벨이 말리스에게 매섭게 쏘아붙였다. 심장이 쿵쾅쿵쾅 뛰었다. 온밤 내내 욱신거리던 몸속 통증이 밤이 깊으면 깊을수록 점점 더 심해졌다. 이런 극심한 고통은 처음이었다.

밤하늘에서 외눈 까마귀가 휙 날아내려 오더니 미러벨의 오른쪽 어깨에 내려앉았다.

말리스가 까마귀를 고갯짓하며 말했다.

"저 녀석도 아는구먼. 네 정체를 아는 게지. 넌 썩어 가는 고 깃덩이야. 까마귀 떼나 먹는 썩은 고깃덩이 말이야. 까마귀 씨, 내 말이 맞지 않습니까?"

까마귀는 성한 눈으로 말리스를 가만히 노려보았다.

미러벨은 가쁘던 호흡이 점점 차분해졌다. 미러벨과 눈길이 마주치자 외눈 까마귀가 까악 하고 울었다. 까마귀가 어깨에 내려앉은 때부터 미러벨은 이상하게 마음이 편안했다. 뭐랄까, 이 느낌은…….

말리스가 공기 냄새를 쓱 맡더니 미러벨을 보며 말했다.

"특이한 녀석이로구나."

말리스는 다시 킁킁 냄새를 맡으며 덧붙였다.

"뭔가 냄새가 이상해. 넌 냄새가……, '달라.'"

말리스는 어깨를 들썩이며 말을 이었다.

"상관없어. 말했다시피 넌 썩은 고깃덩이잖아."

말리스의 입이 커지기 시작했다. 두 눈이 안개 낀 듯 회색으로 변하면서 툭 튀어나오고, 손톱이 길어졌다. 이빨도 날카롭게 변하며 숫자가 급격히 늘어났다. 미러벨을 힘들게 하는 몸속 고통은 여전히 잦아들 기미가 없었다. 기디언이 달아나려 몸부림을 쳤다. 말리스는 기디언을 한 손에 꽉 잡은 채 입 가까이 가져갔다. 모든 사람의 눈길이 말리스에게 쏠렸다. 오직 미러벨만이 담장에 앉아 있던 까마귀가 하늘로 날아오르는 걸 보았다. 처음에는 몇 마리 정도였다.

'딱 맞아.'

첫 번째 까마귀가 말리스에게 달려든 순간, 그 생각이 가장 먼저 미러벨의 머리를 스쳤다. 자신의 어깨에 내려앉은 까마귀

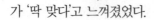

가 '딱 맞다'고 느껴졌었다.

까마귀가 말리스의 옆얼굴을 비스듬히 치고 날아가자, 놀란 말리스가 기디언을 떨어뜨렸다. 기디언은 계단을 쪼르르 올라가서 일라이자 이모의 품에 냉큼 안겼다.

분통이 터진 말리스가 날카로운 손톱을 쫙 펼친 채 미러벨에게 성큼 다가섰다. 그러고는 날카로운 이빨이 가득한 입을 쩍 벌렸다.

"끝장을……."

그 순간 또 다른 까마귀가 말리스를 공격했다. 이번에는 힘과 속도가 가히 날아오는 총알에 가까웠다. 말리스가 믿을 수 없다는 표정으로 뺨을 문질렀다. 무슨 일이 벌어지는지 갈피를 잡지 못하는 듯했다. 또 한 마리, 또 한 마리. 까마귀 떼가 연이어 퍽 하고 말리스에게 몸을 부딪쳤다.

미러벨은 담으로 눈길을 돌렸다. 까마귀 떼가 구름처럼 날아오르더니 저택 뜰로 나아왔다. 까마귀 떼는 사람들 머리 위를 빙글빙글 돌며 목청 높여 울어 댔다. 말리스가 까마귀 떼를 올려다보며 사납게 으르렁거렸다.

미러벨은 외눈 까마귀와 눈을 마주치며 고개를 끄덕였다. 외눈 까마귀가 까악 하고 대답했다. 미러벨은 까마귀 떼를 바라보며 내려오라고 속으로 명령을 내렸다.

성난 먹구름이 땅으로 쏟아져 내려오더니 말리스를 땅에 거

꾸러뜨렸다. 쓰러진 말리스의 몸에 까마귀 떼 파도가 내리치고 또 내리치며 매서운 공격을 퍼부었고, 그의 살을 거칠게 찢어발겼다. 이윽고 말리스의 손에서 손톱 하나가 뜯겨 날아갔다. 말리스가 외마디 소리를 지르자, 미러벨은 잠시나마 쾌감을 맛보았다. 이어 미러벨은 가족과 친구들을 둘러보았다. 다들 놀라서 눈앞에 펼쳐지는 광경을 멍하니 바라보고만 있었다. 도티와 데이지는 아예 입까지 쩍 벌리고 있었다.

미러벨이 소리쳤다.

"데이지, 봐 봐! 나도 할 수 있는 게 있어."

미러벨은 두 팔을 들고서 까마귀 떼를 조종하기 시작했다. 까마귀 떼는 지휘자의 신호를 따르는 교향악단처럼 움직였다. 아예 말리스를 땅에 파묻어 버릴 작정인 듯 공격이 이어지고 또 이어졌다. 까마귀 떼는 펄럭이는 날개와 뾰족한 부리로 이루어진 검은 회오리바람이 되었고, 분노로 번득이는 눈알의 소용돌이가 되어 움직였다. 미러벨은 까마귀 떼를 지켜보며 자신의 뜻대로 움직였다. 찌르고, 할퀴고, 쪼고, 몸을 부딪치는 공격이 한참 이어진 뒤, 마침내 미러벨이 눈을 감더니 고개를 끄덕였다. 모든 까마귀가 동시에 밤하늘로 날아오르더니 사방으로 흩어졌다.

이윽고 미러벨이 눈을 번쩍 떴다. 사방에 섬뜩한 적막이 내려앉았다. 미러벨에 어깨에 앉은 까마귀가 날개 퍼덕이는 소리, 그리고 쓰러진 괴물의 목구멍에서 껄떡껄떡 숨넘어가는 소리만 들렸다.

미러벨은 괴물을 향해 다가섰다. 이제 말리스는 허연 살점이 군데군데 늘어진 해골 덩어리로 변해 있었다. 살이 떨어져 나가고 나니 문에 새겨진 장식과 더 비슷했다. 끈적한 회색 눈동자와 누런 이빨이 달렸다는 점만 다를 뿐이었다.

미러벨이 괴물을 밟고 섰다. 괴물은 살려 달라는 듯 하나 남은 발톱을 들어 보였다. 미러벨은 한쪽 무릎을 꿇고 앉아 두 손으로 괴물의 머리를 조심스레 받쳐 들고서 두 눈을 가만히 들여다보았다.

"당신을 처음 마주쳤을 때부터 난 내내 이 끔찍한 고통에 시달렸어요."

말리스는 미러벨의 눈길을 피하려고 고개를 돌리려 했지만, 힘이 남아 있지 않았다. 뭔가 말하려는 듯 말리스가 끄끄 목 멘 소리를 냈다.

"쉿. 이 고통이 무엇인지 이제는 알 것 같아요. 한 번도 이런 통증을 느껴 본 적이 없었거든요."

미러벨이 눈을 감더니 입을 벌리고서 코로 숨을 한가득 들이마셨다. 말리스의 몸이 덜덜 떨리기 시작했다. 이내 그의 몸에서 검은 안개가 솟아오르더니 빙글빙글 돌며 한 덩어리로 뭉쳤다. 빛나는 중심부는 소름 끼치는 회색을 띠고 있었다. 미러벨이 두 손으로 검은색 빛 덩어리를 쥐더니 입으로 가져갔다. 괴물이 울며 애처로운 소리를 질렀지만, 미러벨은 신경 쓰지 않았다.

다음 순간, 미러벨이 괴물의 검은 영혼을 삼켜 버렸다.

남은 말리스의 몸이 확 무너지더니 녹아내린 회색 살과 뼛조각이 질척하게 뭉친 덩어리로 변했다. 미러벨은 손등으로 입가를 닦았다. 까마귀가 까악 하고 소리쳤다. 미러벨은 자리에서 일어나 가족을 바라보며 방긋 웃었다.

"전 너무너무 굶주려 있었어요. 그런데 이제는 배고프지 않아요."

5장
언제 어디서

젬

젬과 톰은 정원에서 미러벨을 도와 열심히 꽃씨를 심었다.

아직 아침나절인데 벌써 열 송이 넘게 심었고, 두어 송이는 싹이 올라오기 시작한 참이었다. 그중 유난스러운 한 송이는 어느새 60센티까지 자라서 아이들을 공격하기 시작했다. 톰은 제때 몸을 피했기 망정이지 하마터면 물릴 뻔했다.

"조심해."

미러벨이 두 친구에게 주의를 주었다.

"어린 꽃은 행동을 계속 지켜봐야 해. 아직 어려서 예의범절을 못 배웠거든."

꽃씨라고 하지만 크기가 어찌나 큰지 옮기려면 두 손으로 들어야 했다. 젬의 눈에는 꼭 줄무늬가 죽죽 그어진 거대한 사과 씨처럼 보였다.

갑자기 대기에서 비릿한 금속 맛이 느껴지고, 팔에 소름이 쫙 돋더니 오드가 젬 옆에 나타났다. 오드는 팔에 꽃씨 대여섯 개를 안아 든 채 가쁜 숨을 몰아쉬고 있었다. 젬은 오드가 다시 건강해져서 기뻤다. 오드는 회복이 아주 빨라서 미러벨이 말리스를 물리친 뒤 한 주 정도 지나자 예전처럼 마음껏 세상을 돌아다니기 시작했다.

오드는 젬에게 씨앗 두 개를 내밀었다.

"이건 곧 새싹이 나올 것 같으니 빨리 심어야 할 것 같아."

오드가 '빨리'라고 말하는 걸 보니 '지금 당장' 심어야 할 모양이었다.

오드는 씨앗을 나눠 주더니 뒷짐을 지고 서서 발을 까딱이며 뜰을 쭉 훑어보았다. 그러자 무릎을 꿇고 앉아 흙을 파던 미러벨이 웃으며 한마디 했다.

"오드, 그렇게 우두커니 서 있지 말고 좀 도와줘."

오드는 짐짓 '어디서 무슨 소리가 들리는 것 같은데?'라는 표정을 지어 보이더니 능청스레 대꾸했다.

"미러벨, 내 담당 분야는 물건을 구해 오는 쪽이야. 그 임무만으로도 충분히 힘들어."

젬은 오드에게 얄밉다는 듯이 눈총을 날렸다. 그런데 오드의 표정을 보니 뭔가 고민이 있는지 생각이 다른 곳에 가 있는 듯했다. 젬은 고개를 갸웃하며 오드를 빤히 쳐다보았다. 잠시 후 오드가 젬의 염려를 알아차리고서 걱정하지 말라는 듯 고개를 끄덕여 보였다. 그러고는 다시 발을 까딱이며 "저 꽃망울은 영 심상치 않아 보이는데." 같은 잔소리만 간간이 늘어놓았다.

젬은 오드가 아무래도 위원회 회의 때문에 저러나 보다고 나름대로 결론을 내렸다. 지금 저택 안에서는 이넉, 일라이자와 마을 쪽 위원들이 모여, 이넉 삼촌의 표현을 빌리자면, '새 언약'에 대해 회의를 열고 있었다. 어떤 내용을 담고 있는지 젬은 전혀 아는 바가 없지만, 미러벨은 피글릿 덕분에 큰 걱정거리가 없다며 일이 잘 풀릴 거라고 확신했다. 이제 서로가 서로를 이해하게 되었으니까. 사람들 사이를 가로막는 울타리나 거짓말, 가식, 증오가 모두 사라졌으니까.

한편 피글릿은 그날 이후로 자기 방에서 조용히 머물렀다. 식사량이 두 배로 늘어난 걸 보아 만족스럽게 잘 지내는 듯했다. 고기는 대부분 오드가 구해 오는데, 이제 오드는 마을 사람들한테도 필요한 물품을 조금씩 나눠 주었다.

"이 씨앗은 어디서 구했어?"

톰이 물었다. 오드는 여전히 다른 일에 정신이 반쯤 팔려 있었지만, 그래도 대답은 했다.

"말해 줄 수 없어. 말해 주면 머리가 너무 복잡해져서 미쳐 버리고 말걸. 세상이 그저……."

"오드!"

미러벨이 날카롭게 외쳤다.

"뭐?"

"조용히 좀 해."

오드는 고분고분 고개를 끄덕였다. 표정이 어찌나 진지한지 젬은 웃음이 나려 했다.

아이들 머리 위쪽 나뭇가지에서 까악 하는 소리가 들렸다. 외눈 까마귀가 아이들을 내려다보고 있었다. 이제 그 까마귀는 미러벨이 가는 곳은 어디든 함께 다녔다.

미러벨이 싱글거리며 말했다.

"봐, 루키우스도 찬성하잖아."

모두 풋 하고 웃음을 터뜨렸다. 까마귀를 뚱하니 쳐다보는 오드만 빼고. 미러벨은 로마 장군의 이름을 따서 까마귀에게 루키우스란 이름을 붙여 주었다. 오드는 마음에 들어 하지 않았지만, 젬 생각에는 외눈 까마귀의 오만한 성격과 잘 어울리는 듯했다.

그때 저택 뒷문이 열리더니 프레디가 밖으로 나왔다.

"회의 끝났어."

"어떻게 결정 났어?"

미러벨이 일어나 치마에 묻은 흙을 털어 냈다.

"계속 예전처럼 지내기로 했어. 대신 서로를 더 믿기로 하고, 너희 가족이 언제든 마을을 방문할 수 있게 해 주겠대."

"정말?"

오드가 놀라서 되물었다.

"응."

오드는 잠시 뭔가 생각해 보더니 되물었다.

"그런데 왜 우리가 마을에 가고 싶어 할 거라고 여기는 거지?"

미러벨은 오드의 팔을 한 대 쥐어박았다.

"오드!"

"미안. 무례하게 굴려는 건 아니었어."

이윽고 이넉, 엘런비 선생님, 티즈데일 씨가 저택 밖으로 나와 아이들에게 다가왔다.

"얘들아, 꽃밭은 어떻게 되어 가니?"

이넉이 묻자, 톰이 퍼렇게 멍든 손을 들어 보이며 대답했다.

"아직까지는 한 번밖에 안 물렸어요."

이넉이 천천히 고개를 끄덕이며 대답했다.

"그래, 잡아먹히지 않았으면 됐지."

대뜸 미러벨이 생글거리며 물었다.

"삼촌, 지금 농담하신 거예요?"

이넉은 뭐라고 대답해야 할지 망설이는 눈치였다.

오드가 놀랍다는 듯 고개를 절레절레 흔들더니 한마디를 던졌다.

"이야, 세상 많이 변했네요. 삼촌, 이제 정말 철드신 거 같아요. 새로운 삼촌에게 박수를 보냅니다."

엘런비 선생님이 쿡쿡 소리 죽여 웃자, 이넉이 엘런비 선생님에게 눈총을 날렸다.

이어 이넉이 흠흠 하고 목을 가다듬더니 말을 꺼냈다.

"티즈데일 씨가 하실 말씀이 있다는구나."

티즈데일 씨가 앞으로 걸어 나오더니 손을 꼼지락거리며 머뭇대다가 갑자기 말을 와르르 쏟아 냈다.

"미러벨, 먼저 네게 사과부터 하고 싶구나. 하지도 않은 행동을 했다고 뒤집어씌워서 미안하다. 다음으로……."

젬은 티즈데일 씨의 눈에 눈물이 차오르는 걸 보고 깜짝 놀랐다.

"다음으로 내 개인적으로도 그렇고, 마을 사람들을 대표해서 우리를 구해 줘서 고맙다는 인사를 하고 싶단다."

이어 티즈데일 씨는 젬에게 눈길을 돌렸다.

"여기 어린 숙녀에게도 큰 신세를 졌지. 그때 그리핀 양이 기지를 발휘하지 않았더라면……."

티즈데일 씨는 얼른 손등으로 눈을 눌렀지만 이미 눈물보가 터져 버린 뒤였다.

"미안하다."

티즈데일 씨가 흑흑 흐느끼며 말했다.

"내가 감정이 북받쳐서……."

미러벨이 속삭였다.

"티즈데일 씨, 괜찮아요."

"티블스 씨는 좀 어때요?"

톰이 불쑥 묻자, 티즈데일 씨는 눈이 휘둥그레졌다. 자신의 고양이 안부를 챙겨 주는 톰의 마음 씀씀이가 어색하면서도 고마웠다. 티즈데일 씨는 함박웃음을 지으며 대답했다.

"티블스 씨는 잘 있단다. 물어봐 줘서 고맙구나. 그 녀석은 장난이 심한 편이야. 그래서 좀 문제란다."

티즈데일 씨가 고양이에 대해 주절주절 끝도 없이 이야기를 늘어놓아도 톰은 예의 바르게 고개를 끄덕여 가며 경청했다. 엘런비 선생님이 슬쩍 시계를 들여다보며 말을 잘랐다.

"이런, 시간이 벌써 이렇게 됐나? 이제 그만 가 봐야겠는걸."

엘런비 선생님이 대문 쪽으로 걸음을 떼자, 티즈데일 씨도 뒤를 따랐다. 엘런비 선생님이 고개를 돌리더니 저택 식구들에게 찡긋 윙크를 보내며 박수를 짝짝 쳤다.

"미러벨, 런던에서 온 젬 그리핀, 수고했다."

이제 모든 눈길이 이닉을 향했다. 이닉이 뒷짐을 지더니 고개를 천천히 끄덕이며 입을 열었다.

"그래서 말인데……."

오드가 답답한 듯 한마디를 던졌다.

"예, 삼촌, 그래서요?"

잠시 침묵이 이어졌다.

이닉이 목을 다시 가다듬더니 입을 열었다.

"젬과 톰은 우리와 함께 살아도 된다고 결정이 났다. 앞으로도 쭉."

톰과 미러벨이 기뻐서 활짝 웃으며 젬을 바라보았다. 젬은 마음이 따뜻해지면서 환하게 빛나는 느낌이었다.

"물론 둘 다 제 몫을 해야 한다. 할 일이 널렸거든. 쓸고 닦고 기타 등등."

이번에도 오드가 능청스레 장단을 맞췄다.

"기타 등등. 기타 등등. 그럼요, 기타 등등이 가장 중요하죠."

"자, 그럼……."

이닉은 짐짓 아이들을 쭉 둘러보았다. 어떻게 하면 매끄럽게 대화를 끝내고 자리를 뜰 수 있을지 몰라서 머쓱한 모양이었다.

미러벨이 걸어가서 이닉 앞에 섰다.

"고마워요, 삼촌. 다 절 위해서였다는 거 알아요."

이닉은 순간 당황하더니 미러벨의 두 손을 꼭 잡았다. 그러고는 미러벨을 내려다보며 따뜻한 미소를 지었다.

"미러벨, 나야말로 고맙단다."

이닉이 저택으로 돌아가자, 프레디도 친구들에게 웃으며 작별 인사를 했다.

"나도 가 봐야겠어. 아빠가 저택 현관 쪽에서 기다리고 계셔서."

프레디까지 자리를 뜨자, 루키우스가 까악 하고 낮게 소리쳤다. 미러벨이 하늘을 바라보더니 중얼거렸다.

"비가 오려나 보네."

"잘됐네. 그럼 우리도 가 보자."

오드가 대뜸 저택 쪽으로 걸음을 뗐다. 아무도 따라 움직이지 않자, 오드가 멈춰 서더니 아이들을 재촉했다.

"서둘러. 두 번 초대하지 않을 거야."

젬은 오드의 표정이 어쩐지 심상치 않다는 걸 알아차렸다. 오드는 어디가 아프기라도 한 듯 인상을 잔뜩 찌푸리고 있었다.

"오드, 어디를 가자는 거야?"

젬이 물었다.

오드는 재킷 안에 뭔가 뾰족한 게 붙어서 등을 찌르는 바람에 불편한 듯 몸을 배배 꼬았다. 그러더니 짐짓 딴 곳을 쳐다보며 한마디 툭 던졌다.

"내 방."

"네 방?"

미러벨이 깜짝 놀라서 되물었다. 오드는 짜증 난 얼굴로 대답했다.

"그래. 내 방."

"하지만 넌 늘……."

"그래. '오드는 혼자 다니는 체질'이라고 했지. 친애하는 미러벨. 내가 한 말 나도 똑똑히 기억하고 있어. 지금까지 아무도 내

방을 본 사람이 없다는 것도 잘 알고. 하지만 지금은 보여 줄 게 있으니 모두에게 같이 가자고 초대하는 거야."

젬과 미러벨은 서로를 바라보았다. 그리고 친구의 눈 속에서 똑같은 호기심이 반짝이는 걸 확인했다.

미러벨이 환하게 대답했다.

"좋아. 가자."

다함께 저택을 향해 걸음을 떼자, 미러벨이 한 손을 들며 소리쳤다.

"루키우스, 어서 와."

루키우스는 날개를 한번 들썩이더니 제자리에 그대로 머물렀다.

"루키우스?"

오드가 겸연쩍어하며 대신 대답했다.

"루키우스가 아는 것 같아."

미러벨은 인상을 찌푸리며 되물었다.

"안다니? 뭘 안다는 거야?"

"루키우스는 아는 거야. 이제부터 네가 가게 될 곳에 자기는 못 간다는 걸. 적어도 이번에는."

프레디

플레처 부자는 차를 타고 부지런히 마을로 향했다. 플레처 씨는 운전하는 내내 자세를 이리저리 바꾸더니 불쑥 말을 꺼냈다.

"잘 풀린 것 같구나."

프레디는 당황했다. 이렇게 아버지가 먼저 이야기를 꺼낸 적은 단 한 번도 없기 때문이었다. 이건 분명히 대화를 시작하자는 신호였다.

"아빠, 뭐가요?"

"회의 말이다. 일이 잘 풀린 것 같아. 너도 이제 친구들 만나고 싶으면 언제든 저택에 들러도 돼."

프레디는 자신의 귀를 의심했다. 제대로 들은 게 맞는지 곧바로 이해되지 않았다.

"언제든지."

플레처 씨는 앞만 바라본 채 스스로에게 다짐하듯 고개를 끄덕였다.

"아빠, 고마워요."

다시 긴 침묵이 이어졌다. 예전보다 침묵이 더 당혹스럽게 느껴졌다. 프레디는 눈길을 어디에 둬야 할지 알 수가 없었다.

"난 말이다, 그 녀석을 참 자랑스러워했단다."

프레디는 아버지를 쳐다보았다.

"저도요."

아버지가 프레디를 바라보았다. 눈에 눈물이 어른거렸다.

"녀석도 널 자랑스러워했지."

아버지는 얼른 길로 눈길을 돌렸다. 프레디는 몸도 마음도 기쁨으로 벅차올랐다. 이대로 펑 하고 터져 버릴 것만 같았다.

"아빠랑 다시 낚시하러 가자꾸나."

지난번 낚시 때는 제임스 형이 함께 있었다. 프레디는 지난 몇 년 동안 그날에 대해 한 번도 생각해 본 적이 없었다. 그러나 이제 추억이 밀물처럼 밀려들었다. 갈대 사이로 따뜻한 바람이 불고, 수면에 햇살이 반짝이고, 제임스 형은 프레디에게 낚싯줄 던지는 법을 가르쳐 주었다.

"엄마도 같이 가자고 해야겠어요."

"좋은 생각이네. 그럼 도시락도 싸서 아예 소풍을 가자꾸나."

프레디는 앞에 펼쳐진 길을 바라보며 빙그레 미소 지었다.

미러벨

   오드의 방은 거대한 혼돈의 도가니였다. 사방에 온갖 잡동사니가 굴러다녔다. 그림, 시계, 장식품이 가득하고, 샹들리에도 몇 개나 보였다. 천장에는 거대한 거북이 박제가 매달려 있고, 진짜 동물 모피로 만든 양탄자, 페니파딩 자전거*, 다양한 크기의 여행 가방, 1850년대에 유행하던 남성용 벨벳 재킷, 요란한 황금색 여성용 무도회 드레스, 각종 무기, 뾰족뾰족한 철퇴, 나무 방패, 열 개도 넘는 스노글로브**, (미러벨이 특히 호기심을 보인) 매머드 박제 등이 널려 있었으며, 벽에는 (톰이 한눈에 반해 버린) 거대한 사슴 머리 박제가 떡하니 자리를 차지하고 있었다.

   "나 좀 봐 봐. 난 사슴이다. 히히힝."

   톰이 사슴 박제를 얼굴 앞에 들고서 떠들어 댔다.

   "아, 하, 하. 그래, 재밌네."

----

*앞바퀴는 아주 크고, 뒷바퀴는 작았던 초창기 자전거.
**둥근 용기 안에 장식을 세우고 액체를 채워 넣은 장식품. 흔들면 눈보라가 흩날리는 듯한 효과가 난다.

어느 탁자 앞에 선 오드가 건성으로 대답했다. 이어 오드는 잔뜩 상기된 얼굴로 주위를 휘휘 둘러보았다.

젬은 미러벨에게 오드가 도대체 왜 저러느냐는 표정을 지어 보였다. 오드한테 뭔가 꿍꿍이가 있다는 건 확실했다. 미러벨은 대놓고 물었다.

"오드, 대체 뭘 하려는 거야?"

오드는 망설이는 듯 집게손가락 끝을 잘근잘근 씹더니, 결국 강의를 시작하려는 교수처럼 손가락을 흔들며 말했다.

"보여 줄 게 있어."

이어 오드는 재킷 호주머니를 뒤지더니 금사슬 하나를 꺼냈다. 미러벨은 본 적 있는 물건이라는 걸 바로 알아차렸다. 오드가 금사슬을 탁자에 내려놓자, 미러벨은 가까이 다가가서 자세히 살펴보았다. 이제 보니 고리 모양 장식이 달린 목걸이였다. 디자인이 단순하면서도 사랑스러웠다.

"예쁜 목걸이네."

미러벨의 말에 오드가 사뭇 진지한 얼굴로 대답했다.

"네 어머니 물건이야."

미러벨은 깜짝 놀랐다.

"어머니 물건이라고? 어디서 났어?"

"나한테 잘 보관해 달라고 맡겼어."

미러벨이 목걸이를 집어 들자 톰과 젬 남매도 다가와서 살펴

보더니 한마디씩 했다.

"어머, 아름다워라."

"우와, 비싸 보이네."

젬은 오빠에게 대뜸 눈총을 날렸다.

미러벨은 목걸이를 꽉 쥐고서 피글릿의 기억 속에서 보았던 여인을 떠올렸다.

"어머니는 이 목걸이를 어디서 구하셨을까?"

미러벨이 중얼거리자, 오드가 목을 가다듬더니 대답했다.

"그게 중요해. 선물받았다고 했어. 내 생각에는 너한테 받은 것 같아."

미러벨은 놀라서 입을 떡 벌렸다.

"뭐라고?"

오드를 뺀 나머지 셋은 무슨 말인지 이해가 되지 않아 멍하기만 했다.

"자, 내 나름대로 설명해 볼게."

오드가 호주머니를 뒤지더니 꼬깃꼬깃한 종이 뭉치와 늘 가지고 다니는 화살촉을 꺼내어 벤치에 올려놓았다. 오드가 종이를 조심스럽게 펼치자 노르스름한 회색 덩어리가 드러났다.

"이건 비누고, 이건 화살촉이야."

세 아이는 벤치 옆으로 다가가서 오드가 내려놓은 물건을 자세히 들여다보았다.

"중요한 건 이게 고대 바빌론의 비누이고, 이건 옛 앵글로색슨족의 화살촉이라는 거야."

톰이 화살촉을 집어 들더니 고개를 갸웃했다.

"새 물건처럼 보이는데? 게다가 이 비누……. 마치 어제 만든 것처럼 보여."

"맞아."

오드의 대답에 미러벨은 머리가 어질어질했다.

"오드, 무슨 말을 하려는 거야?"

"오드는 혼자 다니는 게 체질'. 모두가 그렇게 말하지. 최근 벌어진 엄청난 사건들 때문에 그 전통이 깨어졌어. 내 본래 성격과 달리 사람들을 데리고 여행해야 했거든."

미러벨은 점점 조바심이 났다. 알듯 말듯 뭔가 감이 오긴 하는데, 낯선 퍼즐을 앞에 둔 것처럼 큰 그림이 보이지 않았다. 미러벨은 마지막 조각이 찰칵하고 제자리를 찾을 때까지 기다리기로 했다.

"난 여행을 떠날 때 어디로 갈 것이냐만 생각하는 게 아니야. 물론 지리적 측면은 중요한 고려 요소 중 하나이긴 하지. 그런데 때로는 '언제'로 갈 거냐는 문제도 중요하게 고려해."

미러벨, 젬, 톰은 아무 말도 하지 않고 미동조차 없이 오드를 빤히 쳐다볼 뿐이었다.

오드가 화살촉을 들며 말을 이었다.

"난 300년을 살았어. 한 10년, 20년 정도 더 살았거나 덜 살았을 수도 있고. 그런데 어쨌든 이 화살촉은 1066년 헤이스팅스 전투 현장에서 주운 거야."

이어 오드는 비누를 집어 들었다.

"이건 고대 바빌론의 귀족한테서 빌려왔지."

미러벨은 놀라서 숨이 멎을 것 같았다. 다들 충격에 빠진 채 그 자리에 얼어붙어 있었다.

"그래. 그랬다 쳐."

톰이 고개를 세차게 흔들며 대꾸했다.

"그런데 넌 '겨우' 300살이잖아."

이번에는 미러벨이 실눈을 뜨며 다그쳤다.

"어머니가 이 목걸이를 나한테 받았다고 했지."

"내가 추측하기로는 그래."

"그러려면 내가 어머니를 만난 적이 있어야 할 거 아니야. 난 어머니를 만난 적이 없는걸."

오드가 고개를 끄덕이며 대답했다.

"어느 날 네 어머니가 그 목걸이를 들고 왔어. 이곳에 머문 지 한두 주 정도 되었을 때였던 것 같아. 이닉 삼촌이 어디서 난 목걸이냐고 정중하게 물었더니, 정원에서 한 여자아이를 만났는데 그 애가 줬다고 했어. 까만 머리칼에 까만 벨벳 옷을 입은 어린 소녀였다면서 말이야."

미러벨은 순간 머리가 어질해서 쓰러지지 않으려고 탁자를 꽉 붙잡았다.

"미러벨. 넌 네 엄마를 만났어. 아직 안 만났을 뿐이지."

오드는 인상을 찌푸리며 덧붙였다.

"벌써 만났다고 해야 하나, 아직 만난 건 아니라고 해야 하나. 아, 헷갈린다."

오드가 친구들 얼굴을 살폈다. 미러벨은 내내 어깨를 짓누르던 무거운 짐을 내려놓는 기분이었다. 오드가 심호흡을 하더니 물었다.

"자, 오드랑 같이 갈 사람?"

이번에는 달랐다.

오드, 젬, 톰과 함께 포털 밖으로 걸어 나왔을 때, 지난번처럼 확 떠밀리는 느낌이 덜했다. 이번에는 그저 문턱을 넘는 듯한 느낌이었다.

아이들이 도착한 곳은 룩헤이븐 저택 뒤뜰에서도 드나드는 이가 거의 없는 한적한 장소였다. 오드는 어느 덤불을 가리키며 아이들에게 자세를 낮추라는 신호를 보냈다.

날씨가 더없이 화창했다. 저택 건물은 아이들이 아는 모습보다 훨씬 멀끔했고, 벽을 휘감은 덩굴과 가시도 덜 보였다. 미러벨은 아직도 현실을 받아들이느라 얼떨떨하기만 한데, 오드가 어깨를 톡톡 치더니 모두에게 잘 지켜보라고 말했다.

하얀 옷을 입은 여자가 벤치에 앉아 책을 읽고 있었다. 미러벨은 그 사람이 누구인지 단번에 알아보았다. 심장이 쿵쾅쿵쾅 뛰었다. 미러벨은 부들부들 떨기 시작했다.

"오드, 난 못 해. 이건 정말이지……."

오드는 미러벨의 손에 목걸이를 살며시 쥐여 주었다.

"괜찮아, 미러벨. 이미 넌 이 일을 해 봤어."

오드는 곧바로 인상을 찌푸리며 덧붙였다.

"아닌가, 이 일을 해내게 될 거라고 해야 하나? 아 이젠 진짜 두통이 오려고 하네."

미러벨은 오드를 와락 끌어안았다.

"고마워, 오드."

오드는 미러벨의 등을 다독여 주었다. 미러벨의 팔에 눌려 말소리가 웅얼웅얼 나왔다.

"천만의 말씀."

이어 미러벨은 톰을 따뜻하게 껴안았다. 톰은 예상치 않은 포옹에 적잖이 놀랐다. 마지막으로 미러벨은 젬을 있는 힘껏 꽉 끌어안았다.

"젬, 고마워. 네 덕분이야."

"아냐. 난 한 게 없는걸."

젬은 포옹을 풀면서 눈물을 닦았다.

미러벨은 고개를 세차게 흔들었다.

"그건 사실이 아니지."

"어서 가 봐."

미러벨은 고개를 끄덕이고서 뒤돌아섰다. 손안에 든 목걸이가 단단히 느껴졌다.

이윽고 미러벨은 덤불 밖으로 걸어 나갔다.

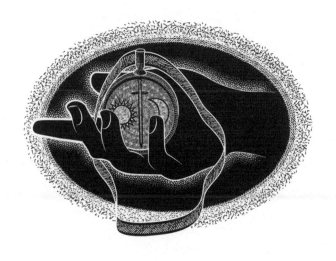

다리가 납처럼 무겁고, 심장이 터질 것 같았다.

여인이 고개를 돌렸다. 여인의 미소가 보였다.

미러벨은 갑자기 허공을 붕붕 떠다니는 것 같았다.

어느새 미러벨은 어머니 앞에 서 있었다. 어머니의 회색 눈동자와 검은 머리칼이 눈에 들어왔다.

"안녕."

어머니가 먼저 말을 꺼냈다.

"안녕하세요?"

"넌 이름이 뭐니?"

"미러벨이요."

"미러벨이라. 예쁜 이름이로구나. 내 이름은 앨리스야."

미러벨이 대답했다.

"알아요."

피글릿

피글릿은 이제 모든 것을 본다.

룩헤이븐 마을의 사람들을 본다.

꽃다발을 들고 빵집에 다가서는 앨피 파킨을 본다. 문을 밀어 열기 전 앨피의 심장이 쿵쾅거리는 소리가 들린다. 문이 열리자 기쁨으로 환해진 에이미의 얼굴이 보인다.

야채 가게에서 일하고 있는 스미스 씨 부부를 본다. 스미스 씨가 일손을 잠시 멈추더니 벽에 걸린 아들들의 사진을 본다. 스미스 부인이 남편 곁으로 가더니 남편의 손을 꼭 붙잡는다.

중심가를 한가로이 걸어가는 엘런비 선생을 본다. 엘런비 선생이 지나가자 사람들이 인사를 건네고, 엘런비 선생도 따뜻하게 안부를 주고받는다. 그러다 엘런비 선생은 걸음을 멈추고 호주머니에 두 손을 꽂은 채 마을을 둘러본다. 피글릿은 그의 눈에서 반짝이는 자부심을 본다.

강가에 나온 플레처 씨 가족을 본다. 플레처 부인은 소풍용 담요 위에 앉아 남편과 아들이 낚싯바늘에 미끼를 끼우는 모습을 지켜본다. 플레처 씨가 아들의 머리를 장난스레 헝클자, 플레처 부인은 빙그레 웃는다.

피글릿은 룩헤이븐 저택도 볼 수 있다. 창가에 서서 영지를 내려다보는 이녁을 본다. 이녁의 얼굴에 희미하지만 만족한 표정이 걸려 있다. 화장대 앞에 앉아 열심히 화장을 고치는 일라이자를 본다. 칼날의 방에서 노래하고 춤추는 도티와 데이지를 본다. 서까래에 앉은 까마귀 떼는 쌍둥이가 마음에 들지 않지만, 꾹 참고 있다는 걸 피글릿은 알 수 있다.

피글릿은 시간과 공간에 매여 있지 않기 때문에, 피글릿은 다르기 때문에, 다른 시간 속의, 피글릿이 더 젊었던 시절의 저택을 본다.

덤불 속에 숨은 오드, 젬, 톰을 본다. 미러벨이 벤치에 앉은 여인에게 머뭇머뭇 다가가는 모습을 본다. 미러벨의 심장이 쿵쾅대는 소리가 들린다.

이제 피글릿은 뒹굴 돌아눕는다. 요즘 들어 너무 힘을 썼더니 피곤하다. 잠시 쉬고 싶다. 그러나 잠들기 전, 피글릿은 미러벨과 여인을 생각하며 빙그레 미소 짓는다.

왜냐하면 이제 피글릿은 사랑이 무엇인지 아니까.

끝

작가의 말

난 괴물을 좋아한다. 예나 지금이나.

어린 시절, 괴물이 나오면 뭐든 가리지 않고 집어삼켰다. 책이든 영화든 만화든 내 관심은 온통 괴물에 쏠려 있었다. 개미나 거미가 방사선에 노출되어 거대하게 변하는 영화가 좋았다. 로봇이 미친 듯 날뛰는 이야기를 반겼고, 공룡에 관한 만화책을 즐겼다. 괴물 이야기는 일상에서, 학교처럼 지루한 대상한테서, 재밌거리라고는 없는 마을에 산다는 현실에서 내가 잠시 벗어날 수 있게 해 주었다. 어릴 때 좋아했던 이야기 중 하나는 끈적끈적한 괴물이 깊은 해저에서 올라와 어느 작은 마을의 무고한 주민을 닥치는 대로 잡아먹는 내용이었다. 그 이야기를 읽고 얼마나 기뻤던지. 내가 가장 중요하게 여기는 두 가지 즉, 괴물이 끔찍하게 생겼고, 사람을 잡아먹어야 한다는 기준을 잘 충족하는 이야기였다.

난 괴물이 단순하고, 복잡하지 않으며, 보자마자 그들의 정체를 알아차릴 수 있어서 좋아했다.

물론 괴물은 단순하지 않고, 우리가 그 정체를 바로 알아차릴 수도 없다.

점차 나이가 들면서는 괴물이란 존재에게 보다 다양한 면이 있음을 깨닫게 되었다. 경우에 따라 괴물은 단순히 괴상한 물체 이상을 뜻한다. 때로는 특정한 두려움을 드러내는 상징이기도 하다. 방사능으로 거대해진 거미나 개미는 모두 원자력 시대에 대한 인간의 두려움을 담고 있다.

그런가 하면 복잡한 괴물도 있었다. 킹콩의 경우, 엠파이어스테이트 빌딩에서 떨어지는 모습을 보며 나는 안타까움에 젖어들었다. 흑백 영화 속에서 프랑켄슈타인 박사가 만들어 낸 괴물이 애처롭게 "혼자, 나쁘다……. 친구, 좋다."라고 중얼거리던 서글픈 모습. 그 괴물은 그저 자신의 존재 자체에 대해 적대적인 세상에서 누군가 친밀함을 나눌 대상을 갈구했던 것뿐인데. 이들은 겉모습 측면에서는 괴물이지만 절대 단순하지 않았다.

이 책을 쓰기 시작했을 때 난 괴물에 대한 이야기를 쓰되, 그들에 대해 더 많은 것을 말하고 싶었다. 독자들이 괴물에게 공감하고 연민을 느끼기를 바랐다. 사람을 닥치는 대로 잡아먹는 괴물도 좋지만, 나의 괴물들은 생김새를 넘어 또 다른 측면을 지녀야 했다.

늘 그랬듯이 난 파편들, 낯선 이미지, 기이하고 단편적인 문구에서부터 시작해서 괴물 가족을 창조해 냈다. 어째서인지 난 늘 결국에는 가족에 관한 이야기를 쓰고 만다. 이어 어린 소녀 둘이 등장했다. 둘 다 마음 둘 곳을 모르고, 외로운 아이들임을 깨닫고서 우정에 관한 이야기를 쓰기로 마음먹었다. 어째서인지 늘 난 결국에는 우정에 관한 이야기를 쓰고 마니까.

그 뒤로 거대한 저택과 지하 깊숙이 자리한, 단단히 잠긴 거대한 문의 이미지가 떠올랐다. 더불어 이런 의문이 들었다. '만약 괴물들도 두려워하는 괴물이 있다면 어떨까?' 왜 괴물들이 그 존재를 두려워하는 건지 나 자신에게 되묻자 거의 곧바로 답이 나왔다.

그렇게 내 이야기가 마련되었다.

글을 써 나가면서 나는 단순히 가족만이 아니라 진짜 괴물에 대한 이야기를 쓰고 있음을 깨달았다. 나이가 더 들면서 세상에 진정한 괴물이 존재한다는 사실을 깨닫게 되었기 때문이다. 진정한 괴물은 흡혈귀의 송곳니를 지닌 채 한밤중에 침실 창문을 통해 몰래 들어오는 종류가 아니다. 침을 질질 흘리며 달을 보며 울부짖는, 날카로운 발톱 달린 형체도 아니다. 낮은 속삭임과 거짓말로 증오와 공포를 퍼뜨리는 자들이 진정한 괴물이다. 이 거짓 가득한 존재는 생김새는 우리처럼 생겼지만, 그들만의 은밀한 방식으로 평범한 사람을 괴물로 바꿔 버린다.

이 책은 그런 괴물에 대한 이야기를 담고 있다.

괴물은 단순할 수도 복잡할 수도 있다. 입에서 불을 내뿜거나

머리가 셋 달렸을 수도 있다. 그리고 우리는 그들을 두려워할 수도 그들에게 공감할 수도 있다.

난 괴물을 사랑한다. 늘 그랬다.

하지만 진짜 괴물을 찾기 위한 노력을 게을리하지 않을 작정이다.

옮긴이의 말

　예전에 뇌 과학을 연구하는 교수님의 강의를 들은 적이 있습니다. 좋지 않은 냄새를 맡았을 때 반사적으로 손을 들어 입과 코를 가리는 행동은 생존 본능에 바탕을 둔 반응이라고 하시더군요. 병균에 대한 개념을 몰랐던 원시 시절에도 그런 냄새는 인간의 몸에 영향을 미칠 수 있으므로 자신을 보호하려는 방어 행동이 DNA에 각인되어 전해졌다는 거예요. 그만큼 낯선 경험은 인간의 생존 본능을 건드리는 면이 있고, 결과적으로 늘 부정적인 감정을 먼저 불러일으키는 것 같습니다. 안타깝게도 그런 부정적인 감정은 이내 낯선 대상에 대한 두려움으로 이어지고 말지요. 한편 '낯설다'라는 말은 '세상에 대한 나의 지식이나 이해와 다르다'라고도 풀이될 수 있을 듯합니다.

　오늘날 우리는 이 다름에 대해 두려움을 넘어 혐오로 반응하는 시대를 맞이하고 말았습니다. 다르다는 면에 중점을 두고 세상을 바라본다면 성별이 다르고, 피부색이, 세대가, 문화가, 종교가, 행동이, 생각이 다르고, 다름은 끝이 없습니다. 그 다름에 대한 반응의 가장 끔찍한 결말은 힘을 지닌 자가 폭력을 행사하여 자기 기준에 모든 것을 맞추어 버리는 것입니다.

그렇다면 반대편에는 어떤 결말이 있을까요? 무엇이 다른지 배우고, 이해하고, 그 차이를 받아들이며 친구가 되고 가족을 이루고 하나가 되어 가는 것이겠지요. 작가는 이 과정을 섬뜩하면서도 아름답게 그려 주었습니다.

안타깝게도 우리한테는 단번에 서로를 알고 이해하게 해 줄 피글렛이 없습니다. 우리한테 피글렛과 비슷한 존재가 있다면, 그건 「룩헤이븐」 같은 이야기가 아닐까 합니다. 인간에게 생존 본능만큼 책이라는 강력한 힘이 함께한다는 사실에 위안을 얻으며, 혐오가 넘치는 세상 속에서 저 멀리 저택으로 이어지는 하얀 길을 봅니다.

2025년 정월에 김경희 올림

록헤이븐 1 괴물들이 사는 저택

1판 1쇄 찍음 2025년 2월 5일
1판 1쇄 펴냄 2025년 2월 15일

지은이 파드레이그 케니 그린이 에드워드 베티슨 옮긴이 김경희
펴낸이 박상희 편집주간 박지은 편집 이재원 디자인 정다울, 이슬기 펴낸곳 (주)비룡소
출판등록 1994.3.17, (제16-849호) 주소 (06027) 서울시 강남구 도산대로1길 62 강남출판문화센터 4층
전화 02)515-2000 팩스 02)515-2007 홈페이지 www.bir.co.kr
제품명 어린이용 반양장 도서 제조자명 (주)비룡소 제조국명 대한민국 사용연령 3세 이상

ISBN 978-89-491-4171-8 74800 / 978-89-491-7000-8(세트)

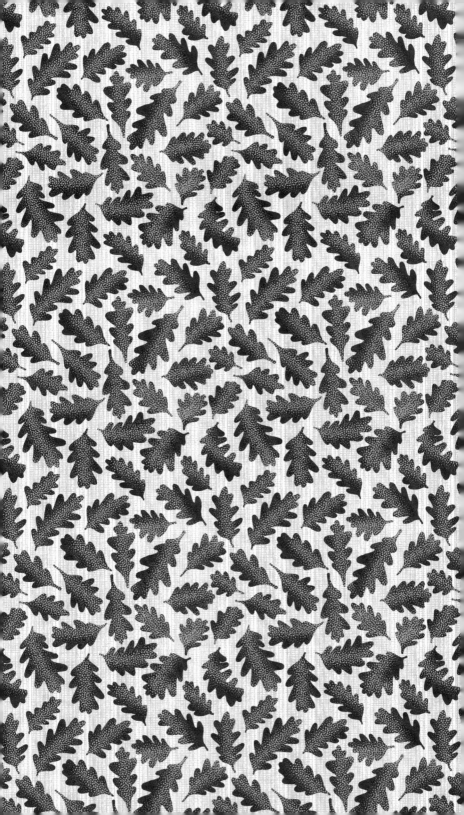